|红色经典丛书|

震撼世界的十天

[美] 约翰·里德 著
高天航 译

图书在版编目（CIP）数据

震撼世界的十天／（美）约翰·里德（John Reed）著；高天航译. —南京：江苏凤凰文艺出版社，2020.10（2024.7重印）
（红色经典丛书）
ISBN 978-7-5594-2450-1

Ⅰ.①震… Ⅱ.①约…②高… Ⅲ.①纪实文学—美国—现代 Ⅳ.①I712.55

中国版本图书馆 CIP 数据核字（2018）第 143711 号

震撼世界的十天

[美] 约翰·里德（John Reed）著　高天航 译

出 版 人	张在健
总 策 划	汪修荣
责任编辑	傅一岑　姜业雨
封面设计	马海云
责任印制	刘　巍
出版发行	江苏凤凰文艺出版社
	南京市中央路 165 号，邮编：210009
网　　址	http://www.jswenyi.com
印　　刷	南京新洲印刷有限公司
开　　本	787 毫米×1092 毫米　1/32
印　　张	9.5
字　　数	229 千字
版　　次	2020 年 10 月第 1 版
印　　次	2024 年 7 月第 4 次印刷
书　　号	ISBN 978-7-5594-2450-1
定　　价	38.00 元

江苏凤凰文艺版图书凡印刷、装订错误，可向出版社调换，联系电话 025-83280257

目 录

序言 001
关键词 001
一　背景 001
二　暴风雨的来临 ... 015
三　前夜 038
四　临时政府垮台了 ... 066
五　勇敢前进 100
六　保卫苏维埃 133
七　革命前线 156
八　反革命行动 176
九　胜利 199
十　莫斯科 222
十一　夺权之争 236
十二　农民代表大会 ... 264

序　言

　　这本书涉及一段剧变的历史——我目睹了这段历史。因此写作本书并无其他目的，只是想要详细地报道一下"十月革命"[①]罢了。在十月革命期间，布尔什维克带领着工人阶级和军队，夺下了俄罗斯的国家政权，将其交到了苏维埃的手里。

　　"红色的彼得格勒"是当时的国家首都和起义中心，因此本书的大部分内容都是在描述此地。但读者必须认识到，所有发生在彼得格勒的这些事，也都曾在不同的时间里，以或更猛烈或略缓和的程度，在俄罗斯的全国各地发生过。

　　作为我的系列创作中的第一部，在本书中，我严格限制自己，只写那些我亲眼观察过、亲身经历过的事件，且这些内容都是有可靠的史实作证的。在第一、二两章中，我简要介绍了十月革命的历史背景和发动缘由。我深知这两章读起来比较艰涩难懂，但如果想要理解后面的内容，这两章是必不可少的。

　　读者们心里会涌出很多疑问吧——布尔什维克是什么？布尔

---

　　① 译注：原文为"十一月革命"。俄国十月革命发生于 1917 年 11 月，属俄历 10 月。作者约翰·里德所用的日期皆为公历纪年；本书对重大历史事件仍采用读者熟悉的称呼，故翻译时遵循通行的俄历。

什维克建立了一种怎样的政体？既然布尔什维克在十月革命之前，曾经为立宪会议而战，那么为什么后来又用武力将其解散了？还有，既然资产阶级反对立宪会议，直到布尔什维主义的危险变得显而易见了，都还对立宪会议持反对态度，那么为什么后来他们又要为立宪会议而战了呢？

  这些问题也好，还有另外一些问题也罢，在这本书里都是无法解释的。在我的另一本书《从科尔尼洛夫的叛乱到布列斯特—立托夫斯克和约》中，我往前追溯了革命之源，里面还涉及与德国媾和的历史。在那本书里我对革命团体的发源和组织架构进行了解说，也谈到了人民情绪的变化、立宪会议的解散、苏维埃的国家结构和布列斯特和谈的经过和结果……

  想要了解布尔什维克的兴起，就必得先弄清楚一点：俄国的经济和沙俄军队并非是到了1917年的11月7日才土崩瓦解的。而是在好多个月以前，即从1915年便已开始了，且结果也都是注定不可改变的。当时，腐败的反动派控制了沙俄宫廷，故意对俄国大搞破坏，为的就是最终能够投靠德国。前线上缺少弹药武器，导致了1915年夏天时"大撤退"的发生。且不管是在部队里还是在大城市里，粮食都不够吃，到了1916年更是出现了制造业和运输业的大崩盘。直到今日我们才弄明白，这些都是反动派们巨大阴谋的一部分，所幸二月革命①及时制止了反动派的破坏行为。

  在新政府成立后的前几个月里，虽说仍有一些大革命时的混乱遗留下来，但毕竟世界上有一亿六千万最受压迫的人民一下子翻身获得了解放，因此不管是国内的形势还是军队的战斗力都有了改善。

---

  ① 译注：原文为"三月革命"。俄国二月革命发生于1917年3月，属俄历2月。作者约翰·里德所用的日期皆按公历纪年；本书对重大历史事件仍采用读者熟悉的称呼，故翻译时遵循通行的俄历。

只可惜这段"蜜月期"太短暂了。有产阶级想要的只是一场政治革命罢了，通过这场革命把政权从沙皇手里夺过来。他们希望俄国也能成为立宪制的共和国，就像法国或美国那样，再不就成为英国那种君主立宪制国家也好。然而，绝大部分民众却渴望能够建立一个真正的工农民主政体。

威廉·英格利希·华林的著作《俄国的消息》——这本书描述了1905年的俄国革命——极为详尽地描述了那些俄国工人的心态，这些工人后来几乎是众口一词地拥护布尔什维克主义：

"他们（那些劳动人民）看出，即使是在一个人人自由的政体之下，政权一旦落入其他社会阶级手里了，他们便还是有可能会继续挨饿的……

"俄国的工人阶级非常革命，但他们既不暴力教条，也非缺乏智慧。他们准备好了为克服重重障碍而战，且已为战斗做了调研，全世界的工人中，只有他们从实践中学习到了战斗经验。他们时刻准备着，且也心甘情愿去同压迫他们的资本家战斗，同时也并未忽视其他阶级的出现。他们只是要弄清楚一点：其他阶级在这场日益临近的激战中到底是会跟他们一头，还是会与他们作对……

"他们（工人阶级）都认可我们美国的政治制度，认为比他们的要强，只是他们并不急于把一个暴君换成另一个暴君（即资本家）罢了。

"在莫斯科、里加和敖德萨，有成百上千的俄国工人被枪毙、被判处死刑，更有成千上万被关进了监狱或流放到沙漠或北极去，他们付出了这么大的代价，可不只是为了要享受哥特菲尔德和克利波克里克的工人们那种不可靠的小权利啊……"

因此正当俄国与外国打仗期间，革命发展到了顶点，演变成了社会变革，而这场革命的高潮便是布尔什维克主义取得了胜利。

A.J.沙克先生是美国的"俄国情报局"——一个专门反对苏维埃政府的机构——局长。他在《俄国民主制的诞生》一书中如是说：

"布尔什维克们组织起了他们自己的政府，由尼古拉斯·列宁任总理，由列昂·托洛茨基任外交部长。自打二月革命一结束，他们将不可避免地掌握政权的事实便立即显露出来了。在革命之后，布尔什维克的历史便成为他们稳步成长壮大的发展史……"

外国人——尤其是美国人——经常会强调俄国工人是愚昧的。他们的确缺少西方人的政治经验，但也在自发形成的民间组织里获得了很好的锻炼。至1917年，俄国的消费合作社已拥有一千二百万以上的会员了，苏维埃更是他们绝佳的组织天才的惊人之作。再说，在这个世界上还没有哪个民族能像俄罗斯人一样，受过十分完善的社会主义理论方面的教育，且将其运用到实际中去。

威廉·英格利希·华林这样形容他们的特点：

"绝大多数俄国的劳工阶级都是会读写的。且由于其国内形势多年处于动荡不安之中，反倒令他们获得了一种优势，即不光是他们之中的佼佼者具有领袖才干，而大部分具有革命性的知识分子都可发挥领导职能，这些知识分子都是抱着追求俄国政治和社会新生的理想而投奔到劳动人民这一边来的。"

很多作者为自己中伤苏维埃政府的行为做了如下辩解：俄国革命打到最后，便纯粹成为那些"可敬"阶层为了反抗布尔什维克暴政而做的斗争，但事实是那些有产阶级看到人民革命组织日渐强大，这才去破坏革命组织、阻挠革命的。到了最后，有产阶级竟不惜孤注一掷——为了推翻克伦斯基内阁，毁灭苏维埃政府，他们大肆破坏运输系统，在国内引发种种混乱；为了打垮工商业委员会，他们关闭了工厂，拿走了燃料和原材料；为了破坏前线上的军事委员会，他们恢复了死刑制度，又默许战士连打败仗。

然而所有这些都成了点燃布尔什维克之火的最佳燃料。布尔什维克做出了反抗：鼓动阶级斗争，宣布苏维埃的权利高于一切。

在这两个极端之间，还存在着一些所谓的"温和派"社会主义者,譬如孟什维克、社会革命党和一些小政党。他们或全心全意或半真半假地各自支持这两个极端政权。不过,这些小党派亦会受到有产阶级的攻击,且他们的那套政治理论令他们也毫无反抗之力。

大体说来,孟什维克和社会革命党相信:俄国的经济尚不成熟,还没有进行社会变革的实力,因此只能先闹个政治革命而已。在他们看来,俄国民众所受的教育尚不足以取得政权,一旦试图这样做了,必会引发负面效应,令一些恶毒的投机家借此机会复辟旧皇权。因此,当那些"温和派"的社会主义者必须掌权时,他们是没有胆量运用这个政权的。

他们相信,西欧的政治经济发展阶段也是俄国一定要经历的,然而最终俄国会与世界其他国家一起进入完全成熟的社会主义状态。因此,他们当然就对资产阶级的观点——俄国必得首先成为议会制国家,即在西方民主政体的基础上再进行一些改进——十分认同。结果便是,他们坚持与有产者在政府中进行合作。

如果这样做的话,再往前一步便成了支持有产者。只可惜,虽然这些"温和派"社会主义者需要资产阶级,资本者们却并不想要他们。这导致的后果便是,社会主义者的部长们一退再退,竟一点一点地放弃了自己的整个政治纲要,而资产阶级则越发顽固强硬起来了。

于是,当布尔什维克最终推翻了这种毫无意义的政治妥协时,孟什维克和社会革命党便与资产阶级一头,来跟布尔什维克作战了……如今这种情况是在世界上每一个国家都能够看得见的。

我认为布尔什维克不仅不是破坏势力,反而是俄国唯一的有建设性政治纲领的领导力量,是能够在全国范围内依其政治纲领展开管理的政党。如果当时他们没能成功获得政权,我敢肯定,彼得格勒和莫斯科就一定会在1917年12月惨遭德国军队占领,且俄国也一定会再次被沙皇的铁蹄践踏……

"布尔什维克起义是一种冒险",这种说法直到苏维埃政府成立一年后仍十分流行。的确,这可算作一种冒险,而且是人类历史上最神奇的冒险之一——将劳苦大众卷上历史舞台,为了实现他们那份既宏伟又简单的心愿而孤注一掷。政体建立起来之后,便将大庄园主的土地都分给了农民,工人们控制了工业,而工商业委员会和职工大会则负责监督他们。在每一个村庄、小镇、城市、地区和省份中,都有工人苏维埃组织、士兵苏维埃组织和农民苏维埃组织,准备负责此地的行政管理工作。

不管人们怎么想苏维埃,都不可否认俄国革命是人类历史上最伟大的事件之一,而布尔什维克的出现更是对全世界而言都颇为重要的。那些拼命搜集巴黎公社的历史资料,不肯遗漏了一丁点小细节的历史学家们,也一样想知道1917年11月在彼得格勒所发生的事情——鼓舞了广大人民的精神是什么?领袖们又是什么样子的?他们说了什么,做了什么?这正是我写这本书的原因。

在实际的阶级斗争之中,我的观点绝非"中立",但在讲述那些光辉岁月里发生的事情的时候,我会秉持记者的良心去看待每一件事,尽力把最真实的情况记录下来。

J. R(约翰·里德)
纽约,1919年1月1日

关键词

对普通读者而言,俄国的各类组织——政治团体、委员会、中央委员会、苏维埃、杜马和工会等——非常容易混淆,因此我在此给出一个简明扼要的定义和解释。

政党

在立宪会议选举中,彼得格勒有十七票,而另外一些省份更是多达四十票。但是我们在下文要介绍其目标和组织的政党则仅限于本书中将要提及的那些,且只提纲挈领地介绍一下该政党的纲要及其选民身上比较引人注意的普遍特点……

1. 各种保皇党和十月党等:他们都曾权倾一时,但如今已不再公开存在了;也许是变成了地下党,也许是其原有党员加入渐渐拥护他们过去的政党纲领的立宪民主党中去了。在这本书中,这两派的代表人物是罗将柯和叔尔根。

2. 卡狄特:立宪民主党的首字母缩写,其官方称谓为人民自由党。沙皇执政时期,卡狄特是由有产阶级中的自由派人士组成的一个大党派,主张政治改革,大体而言与美国的"进步党"类似。1917年3月爆发革命时,卡狄特成立了第一任临时政府。但卡狄特内阁到4月便被推翻了,究其原因,无外乎它宣布赞成协约国的帝国主义作战目的——包括沙皇政府的帝国主义作战目的。由于革命已越发演变成一场社会经济革命,卡狄特自然越显保守了。在本书中,卡狄特党派的代表人物为米留可夫、维纳维尔和沙茨基。

* 社会活动家组:由于与科尔尼洛夫反革命叛乱扯上了干系,卡狄特变得愈来愈不受人民待见,在这之后,便有社会活动家组的代表被任命为部长。这个组声称自己是无党派人士,不过其中却也有如罗将柯和叔尔根一类的人在统治组内的思想。它是由比较摩登的银行家、工商业人士组成的,这些人极其精明,甚至必须要用自己的武器——经济机构——与苏维埃战斗才可以。这个组的代表人物是李安诺索夫和科诺瓦洛夫。

3. 人民社会主义者或特鲁朵维克(劳动团分子):从人数计是一个小党派,其组成人员是一些谨慎的知识分子、合作社的领导人和保守的农民。自称"社会主义者"的他们,其实维护的是小资产阶级、小职员及小业主等人的利益。从直接血缘关系上讲,他们是劳动团在那大部分由农民代表所组成的第四届国家杜马中所一贯奉行的妥协政策的继承者。克伦斯基在1917年爆发二月革命时,正担任着劳动团在国家杜马中的领导人一职。人民社会主义者们是一个民族主义政党,在这本书里,他们是以彼得霍诺夫和柴可夫斯基为代表的。

4. 俄国社会民主工党:这个党派的成员原为马克思主义的社会主义者,曾于1903年举行的代表大会上因策略问题而分裂成了多数派(布尔什维克)和少数派(孟什维克)。从此便有了"布尔什维克""孟什维克"以及"多数派党员""少数派党员"这些概念。这两边的人各成政党,但都以俄国社会民主工党自居,且都说自己是马克思主义者。但实际上,从1905年革命之后,布尔什维克便成了少数派,直到1917年9月才又变回多数派。

a. 孟什维克：在这一党派中存在着各类社会主义者，他们相信社会必须通过自然而然的进化过程才能变成社会主义社会，且工人阶级必须得先夺取政权才成。它也是一个民族主义政党和相信社会主义的知识分子的政党，这就意味着：有产阶级掌握了全部教育手段，知识分子本能地遵循自己所受的教育行事，自然就与有产者们一条心了。本书中，这一党派的代表人物是唐恩、李伯尔和策烈铁里。

b. 孟什维克国际主义者：孟什维克中的激进派、国际主义者。他们反对一切与有产者的合作，却不愿与保守派的孟什维克们决裂，且亦反对布尔什维克所提倡的"工人阶级专政"。托洛茨基曾长久属于这一党派。他们的领袖有马尔托夫和马尔提诺夫。

c. 布尔什维克：现在他们自称"共产党"了，为的是强调自己已与传统的"温和派"或"议会制"社会主义彻底决裂，而这两种人正是在孟什维克和各个国家中所谓的"多数派社会主义者"中占多数的。布尔什维克党人认为应立时三刻便发动无产阶级革命来夺取政权，以便通过强行接收工业、土地、自然资源和金融机构的方式来加快社会主义的实现。这一政党主要代表工厂里的工人和一大部分穷苦农民的意志。不能把其名"布尔什维克"直译成"最高纲领派"，因为"最高纲领派"又是另外一个团体（详见5b）。布尔什维克的领导人是列宁、托洛茨基和卢那察尔斯基。

d. 统一社会民主派国际主义者：又称新生活派。当时有一份非常有影响力的报纸名叫《新生活》，这一党派即由此得名，且这家报社亦为该党的下属机构。这个小党派由知识分子组成，来自蓝领阶层的追随者很少，这一小部分人皆为党派领袖马克西姆·高尔基的拥趸。而在知识分子那一边，其纲领几乎与孟什维克国际主义者完全相同，但新生活派却不肯与孟什维克或布尔什维克这两个党派混为一谈。新生活派虽然反对布尔什维克的主张，不过倒肯留在苏维埃政府里。本书除了高尔基，还提到了新生活派的两位代表人物阿维洛夫和克拉马洛夫。

e. 统一派：一个超小党派，确切人数还在日益减少，党员几乎全是普列汉诺夫——19世纪80年代俄国民主运动的先驱之一，也是那次运动中最伟大的理论家——的信徒。如今垂垂老矣的普列汉诺夫是个极端爱国主义者，即使对孟什维克而言也显得太保守了些。在布尔什维克发动政变之后，统一派便消失了。

5. 社会主义革命党：该政党的成员以其党派名称的首字母简称为爱塞尔。社会主义革命党原是农民的革命党，是"战斗组织"的党，即其中全是起义者；在二月革命之后，党派中加入了很多从不是社会主义者的人。在那会儿，该党派只主张废除土地私有化，而土地的原有者则得到了一些补偿。但最后，农民日益高涨的革命欲令爱塞尔被迫放弃了补偿条款。这也导致了在1917年秋天，更年轻也更激进的知识分子脱离了爱塞尔自成一派——"左派社会革命党"。而爱塞尔从此便被激进组织称为"右派社会革命党"了，且他们奉行了孟什维克的政治态度，并与孟什维克一起工作，最终成为只代表富农、知识分子和边远农业地区毫无政治觉悟的农民的政党。然而，在党派内部也存在着对政治、经济看法的巨大分歧——远比孟什维克党内部大得多。这一党派的代表人物，在本书中出现的有阿夫克森齐也夫、郭茨、克伦斯基、切尔诺夫和"老奶奶"布列什科夫斯卡娅。

a. 左派社会革命党：理论上赞成布尔什维克的"工人阶级专政"纲领，但一开始并不愿追随布尔什维克的"残酷"统治。虽说如此，左派社会革命党人倒也继续留在苏维埃政府里任部长一职了，尤其是农业部。他们也曾从政府里退出过好几次，但又都回头了。随着离开爱塞尔的农民日益增多，且都纷纷加入了左派社会革命党，于是便令这一党派成为一个支持苏维埃政府的农民大党，支持"无偿没收大地主的土地，交给农民自行分配"的政治纲领。其领袖有斯皮里多诺娃、卡列林、卡姆柯夫和卡拉加也夫。

b. 最高纲领派：1905年俄国革命时——当时汹涌的农民运动要求立刻实施社会主义最高纲领——从社会革命党中分裂出的一个支派，但如今它只是一个并不重要的无政府主义的农民组织了。

议事程序

俄国是按欧洲大陆各国的方式而非我们美国的方式来组织会议的，第一个环节往往是选举办事员和主席团。

主席团是会议的主持委员会，由出席会议的政党和团体按人数比例选出的代表组成，负责安排议事日程，且主席团成员也可以应主席的邀请，临时坐上主席的交椅。

一般都是先对每一个问题做大体陈述，然后展开辩论；辩论快结束时，不同党派要提出不同决议，并分别对每一决议进行表决。然而议事程序可能会——且通常如此——在会议开始后半个钟头内便被打乱了：只要提出"紧急动议"——与会人员总是允许这种动议被提出——会场中的任何人便可以起立，针对任何问题各抒己见。与会人员控制了会场，事实上，主席的全部职能也只是靠摇一只小铃铛来维持秩序罢了，还有就是决定让谁发言。几乎大会所有的实质性工作都是在各政党、团体的核心会议上完成的——他们一般都是由各自在会场上的领导人为代表，作为一个整体来投票的。因此，每一次有了重要的新议题时，或者要进行投票表决时，总会休会一会儿，以便给各党派团体去开核心会议的时间。

与会人员总是吵吵闹闹的，或对发言的人喝彩叫好，或对发言的人出口诘责，完全扰乱了主席团的原定计划。他们喊道："请！说下去！""太对了！""真的，对！""够啦！""打倒这家伙！""可耻！""安静啊，别吵啦！"

群众组织

1. 苏维埃：“苏维埃”一词意为“会议”，在沙皇统治时期，沙皇俄国的国务会议即为“国务苏维埃”。自从革命以来，苏维埃就变成了与由工人阶级集体组织成员选举出的某一类议会相关联的一个词——工人苏维埃、士兵苏维埃或农民苏维埃。因此我便将这个词仅用于指这些团体，而其他地方如出现“苏维埃”一词，我则会将其翻译为“议会”。

除了地方苏维埃——由俄国的城市、乡镇和村子分别选举产生的——在大城市里也有区苏维埃，再往上也有州苏维埃和省苏维埃，且全俄苏维埃还在首都设置了中央执行委员会，以其首字母缩写简称为“茨伊卡”（下文写作"中央委员会"）。

几乎所有地区的工人苏维埃和士兵苏维埃都在二月革命之后迅速团结在了一起，但遇到涉及他们切身利益的特殊问题时，他们还是分别开会的。而农民苏维埃却迟迟未加入，直到布尔什维克起义之后方才进来。农民苏维埃的组织形式与工人、士兵苏维埃相同，都是将其中央执行委员会设在首都。

2. 工会：虽说这一组织几乎全由产业工人组成，但俄国的劳动者协会还是被称为"工会"①，且在布尔什维克发动革命那会儿，它已拥有三百万至四百万的成员了。这些工会又再联结成为一个全俄范围的组织，是一种俄国工人联合会，在首都设有中央执行委员会。

3. 工厂委员会：这是一个自发性组织，是工人们趁着革命导致工厂垮掉之机为了控制工厂而建立起来的，通过革命行动来夺取和经营工厂。工厂委员会也有他们的全国性组织机构，将其中央委员会设置在了彼得格勒，与工会为合作关系。

---

① 原文"trade union"，中文译作"工会"，但其俄文原意则指行业工会。由于俄国的"工会"是与美国那种由产业工人组成的"工会"不同的，因此作者有了这句解释。

4. 杜马："杜马"这个词大体上是"协商机关"的意思。旧的国家杜马在二月革命后仍存活了六个月——以民主化的形式——直到1917年9月才自然消逝的。本书中所提及的"市杜马"则指改组后的市议会，常常又叫"市自治机关"。它原是直接被秘密选举出来的，在布尔什维克革命期间却大失民心的唯一原因是，由于以经济集团为基础而建立的组织日益得势，纯政治代表机关的影响力便普遍下跌了。

5. 地方自治局：大体可译为"县议会"，在沙皇统治时期，它是一个半政治、半社会的团体，几乎毫无行政权，绝大多数都是由信奉"自由主义"的读过书的地主建立和掌控的，最重要的职能便是在农民中做教育和社会服务的普及工作。战争期间，地方自治局接管了为俄国军队提供粮食和衣物的全部工作，并且还从国外购买军需，在士兵中亦做了一些工作——差不多就像美国基督教青年会在前线的职能。二月革命以后，为了能够成为农业地区的地方政府，地方自治局民主化了，但就同市杜马一样，它仍无法与苏维埃抗衡。

6. 合作社：是指工农阶级的消费合作社，革命之前便已在全俄拥有上百万的成员。它是由自由主义者和"温和派"社会主义者建立起来的，因其想要以合作社运动来替代"将生产资料分配形式完全归工人阶级掌握"的体制，所以并未得到革命社会主义团体的支持。合作社在二月革命之后迅速蔓延开来，里面大部分人都是人民社会主义者、孟什维克主义者和社会革命党人，以保守政治势力的面目行事，直到布尔什维克革命。但是，正是这些合作社在旧商业系统和运输系统崩溃瓦解时养活了俄国。

7. 军队委员会：由前线的士兵组成，是一个同旧军阀反动势力做斗争的组织。每个连、团、旅、师、军都有其委员会，再往上还会选举产生军队委员会，中央军队委员会则与总参谋部合作。由于军队中的行政管理制度在革命期间崩溃了，所以过去属于军需处的绝大部分工作便压到了军队委员会的肩上,在一些情况下,军队委员会甚至还掌握着指挥军队的权力。

8. 舰队委员会:是海军里等同于"军队委员会"的组织。

中央委员会

在1917年的春夏两季,所有组织在彼得格勒召开全俄代表大会,包括工农苏维埃、工会、工厂委员会、军队委员会、舰队委员会(另外还有陆军和海军各个层级的代表大会)、合作社、各少数民族等,所有这些组织都在其各自的全国代表大会上选出一个中央委员会或中央执行委员会,以保障其在政府所在地的特殊权益。由于临时政府日益衰败,这些中央委员会便只得被迫担起愈来愈多的行政职权。

本书中所提到的最重要的中央委员会有:

协会联合会:在1905年革命时,米留可夫教授联合一些自由主义者建立起了各种专业人员——医生、律师、诊疗师等——的协会。这些协会共同结合于一个中央组织之下,成为协会联合会。1905年,协会联合会曾与革命民主派一起行动,不料到了1917年,协会联合会却反对布尔什维克起义,并把那些因反对苏维埃政权而罢工的政府公务员都组织了起来。

苏伊卡:全俄工农苏维埃中央执行委员会,"苏伊卡"是由其首字母简写得来。

曾托洛伏罗特:中央舰队委员会的俄文简称。

维克希尔:全俄铁路总工会执行委员会,"维克希尔"是由其首字母简写得来。

其他组织

赤卫队:作为俄国工厂中工人的武装组织,赤卫队最初是在

1905年革命期间成立的。到1917年3月，当城市需要力量来维持秩序时，赤卫队便又出现了。此时他们已有了武器，而临时政府则用尽一切办法想要解除赤卫队的武器，几乎都未成功。在每一次革命遇到重大危机时，赤卫队——虽然没有受过训练，又不大遵守纪律——总会充满革命激情地拥上街头。

白卫队：资产阶级的志愿队伍，直到革命进入最后阶段方才出现，为的是在布尔什维克想要废除私有制时保护私有财产。白卫队中有很多人是大学生。

贴金人：军队中所谓的"野蛮师"，是由来自中亚地区的伊斯兰教徒组成，效忠于科尔尼洛夫将军。"贴金人"因盲目服从和打仗残忍而著称。

敢死队：也叫"突击队"。世人都知道有个女兵营是"敢死队"，但其实还有很多男人组成的敢死队。这些敢死队都是1917年夏天时由克伦斯基组建的，目的是加强军队的纪律性，并以英雄事例来点燃军队的斗志。敢死队的绝大多数成员是激进爱国主义者，且大部分是有产者之子。

军官联合会：该组织是由部队中的反动军官组成的，借以从政治上反对军队委员会日益增长的权力。

圣乔治骑士团："圣乔治十字勋章"是用来奖赏在战斗中有突出表现的人，奖章获得者便自然成为"圣乔治骑士"。在这一团体中，拥有绝对领导力的都是怀有军国主义思想的人。

农民联合会：1905年，农民联合会原为由农民组成的革命组织，但是到了1917年，它却变成了富裕农民的政治发声筒，反对农民苏维埃日益增长的权力和革命目的。

纪年和拼音

本书中我从头至尾都以公历纪年，而没有用老俄历。俄历比公历要早十三天。在拼写俄国人名和俄文词汇方面，我并不想遵照任何科学译音规则，只是尽力让说英语的读者能够读到最简洁、最接近其母语的拼音。

资料来源

本书中的很多资料来自我的笔记，不过，我写作时也参照了几百份分门别类收集起来的代表各种不同政治倾向的俄国报纸，内容涵盖了我所描写的那个时期中每一天所发生的时事。另外，我还有一份英文报纸《俄国每日新闻》，和两份法文报纸《俄国新闻》《协约国》。但比这些报纸更有价值的则是彼得格勒的法国新闻处每日发布的《新闻公报》，其中报道了一些重大事件，以及俄国媒体发表的演说和评论。我拥有从1917年春到1918年1月底的全部《新闻公报》，且几乎都是完完整整的。

除了上述材料，我个人还拥有从1917年9月中旬至1918年1月底的几乎全部的宣言、法令和文告——它们当时都张贴于彼得格勒市里的每一面墙上。此外，还有官方所发表的一切政府法令和命令，以及苏维埃政府公布的帝俄与其他国家签订的秘密条约和其他文件。这些条约、文件都是布尔什维克接管外交部时在部里发现的。

一　背景

　　1917年9月底，有一位外国社会学教授访俄时曾到彼得格勒来找我。当时已有工商业者和知识分子告诉他，革命正日趋缓和。这位教授写了一篇相关文章，之后便游遍全俄去走访工业重镇和农民聚居地——令他吃惊的是，这些地方的革命形势似乎还在加速发展哩！当他身处这些工薪族或种田族之间时，还常常听到"全部土地归农民所有""全部工厂归工人所有"的说法。可假如这位教授到前线去访问呢，则又会听到全军都在说着"和平啦"。

　　教授难免迷惑起来，但其实他无须感到不解，这两种截然不同的观察结果都是正确的。因为，此时有产阶级正日趋保守，而老百姓们则愈来愈激进了。

　　工商业者和知识分子都觉得革命已发展得太过火了，时间也拖得太久，如今情势应该安定下来了才是。另外，那些居于统治地位的温和派社会主义团体、拥护克伦斯基临时政府的护国派孟什维克和社会革命党人亦持此种看法。

　　10月14日，温和派社会主义者的官方媒体曾这样说：

　　"革命这部戏一共有两幕，一幕是破坏旧体制，一幕是创建新体制。如今这第一幕是演得太长了些。因此该是进入第二幕的时候啦，且演得愈快愈好。正如一位伟大的革命家所说：'咱们赶紧的,朋友们,快点结束革命吧。把革命延宕得太久了,可就要收获不到革命的果实啦……'"

工农士兵却坚定地认为,"第一幕"还未到演完的时候。前线上,军队委员会常会与那种尚不习惯将士兵当人看的军官冲突起来;而后方的土地委员会——他们是被农民选出来的——则因其努力执行政府颁布的土地法而惨遭监禁;工厂里,工人们也与"黑名单"和关闭工厂的行径做着斗争。此外,政治流亡者原已在回国途中了,却被当作"不良公民"而被拒绝入境;而且在某些情况下,那些已从国外回到家乡的人,竟还会因在1905年时参加了革命而惨遭起诉并被捕入狱。

温和派社会主义者针对人民的各种不满,总归只有一个回答:等12月召开立宪会议再说吧!这个回答当然无法令老百姓满意。立宪会议自然是极好的,可有几个目的——俄国就是为此才爆发革命的,如今革命先烈们已长眠于马尔斯广场上的荒凉坟墓里了——必须实现。开立宪会议也好,不开立宪会议也罢,关于和平、土地和工人监督生产的目的必须要实现才可以。立宪会议曾被一拖再拖——这次没准儿还要再一次延期,直到人民的情绪足够平静了再开。不管怎么说,如今已革命了八个月了,却还一点"大功告成"的苗头都看不到呢!

与此同时,战士们已开始简单粗暴地解决"和平问题"了,而农民则烧掉了大地主的豪宅,占领了大片的土地,还有工人亦在大搞破坏、举行罢工……当然啦,那些资本家、地主和军阀也本能地出尽法宝来抵制对群众做任何民主性让步的行为……

临时政府的政策一直在无效改革与严厉高压之间变来变去。来自社会民主工党的一位部长下命令说,以后所有工人委员会只能利用下班之后的时间开会。而在前线的士兵中,反对政党的"鼓动者"惨遭逮捕,言论激进的报纸被查封,而宣传革命的人竟被判处了死刑!为了解除赤卫队的武装,临时政府也努力了多次。另外,又有哥萨克兵被派到各省区维持秩序了……

这些政策都受到了温和派社会主义者以及他们的领导人——这些人都在内阁中任职——的拥护。他们认为和有产阶级合作是必要的。因此人民便迅速唾弃了这帮人,转而支持那些主张和平、土地公有、工人监督生产、建立工人阶级领导的政府的布尔什维克了。1917年9月,危机爆发了,克伦斯基党人与温和派社会主义者冒天下之大不韪与有产者组成了联合政府,结果导致孟什维克和社会革命党人永远地失去了人民的信任。

10月中旬前后,一篇名为《社会主义者的部长们》的文章在《工人之路》这份报纸上发表了,表达了广大人民群众对温和派社会主义者的看法:

> 他们为资产阶级服务的清单如下:
>
> 策烈铁里:在波洛夫采夫将军的协同下解除了工人的武装,将革命战士判处死刑,且批准在部队中实施死刑。
>
> 斯柯别列夫:曾提议要对资产者的利润百分之百征税,谁知到了最后却致力于解散各个工场间及工厂中的工人委员会。
>
> 阿夫克森齐也夫:将好几百个农民——他们都是土地委员会的委员——抓进监狱,查封了几十种工兵报刊。
>
> 切尔诺夫:签署了"帝国"诏谕,又勒令解散芬兰的议会。
>
> 萨文柯夫:所做包括公然与科尔尼洛夫将军结成联盟,如果说这位"国家的大救世之星"并未出卖彼得格勒的话,那也是有一些他无力控制的原因导致他没办法这么做罢了。
>
> 扎鲁德尼:在阿列夫辛斯基和克伦斯基的批准下,将一批在革命中表现最好的工人、战士和海军投入了监狱。
>
> 尼基廷:以一个恶俗警察的身份行事,专与铁路工人作对。

克伦斯基：他所做的坏事实在太多，所以还是不一一列举的好……

波罗的海舰队的代表在赫尔辛基召开了代表大会，所通过的法案在开篇是这么说的：

"我们要求立刻将那位'社会主义者'、政治冒险家克伦斯基从临时政府中清除出去。这个人一直都在通过为资产者进行可耻的政治讹诈的方式来侮辱和毁坏大革命及革命群众……"

所有这一切导致的最直接结果，便是布尔什维克的兴起……

1917年3月，工人和战士曾如惊涛骇浪一般拥向塔夫利达宫，迫使那位不情不愿的国家杜马掌握了俄国的最高管理权。打那以后，就变成了由人民群众——工农兵——来掌控革命进程中的每一个变化了。他们推翻了米留可夫的内阁，他们的苏维埃组织向全世界公布了其和谈条件："不割地赔款，要人民自治。"然后，到了7月，这些无组织的无产阶级人民又为了争取苏维埃执掌俄国政府而自发地发动了起义。

其时，布尔什维克还只是个小小的政治体系，却领导了这次起义运动。由于起义失败了，公众舆论便转而反对起他们来，失去了领导的他们便只得潜回了彼得格勒的圣安东区①维堡区。紧跟着便有人开始疯狂逮捕布尔什维克了，有好几百人都进了监狱，其中包括托洛茨基、柯仑泰夫人和加米涅夫。列宁和季诺维也夫为了逃脱审判，只得暂时躲了起来。

布尔什维克的报纸亦遭查封。滋事者和反动派们越发嚣张地大放厥词，说什么布尔什维克是德国间谍，他们是打算直到让全世界都相信了这话再住口的。

---

① 圣安东区是巴黎劳动人民最集中的一个区。在18世纪末法国资产阶级革命期间，圣安东区的劳动人民表现出了英勇卓绝的斗争精神。

只可惜临时政府却发现自己根本拿不出任何证据来,证明布尔什维克亲德的文件也被发现都是伪造的①。于是,在走了"保释"的过场——甚至连这都没有——之后,布尔什维克便一个接一个地从牢里被释放出来了,最后只留了六个人在监狱里。对于临时政府的庸碌无为、缺乏决断、反复无常,任何人都无法否认。布尔什维克又提出了那个口号——在人民看来这口号是非常亲切的——"全部政权都归苏维埃执掌!"而且他们这么做绝非出于自私的目的,毕竟当时苏维埃中的大多数还是他们的死对头——温和派社会主义者呢。

更棒的是,布尔什维克代表着工农兵们朴素、简单的愿望,且也是据此来制定其当下纲领的。因此,当保皇派的孟什维克和社会革命党人全身心投入与资产阶级的妥协行动中时,布尔什维克则迅速赢得了民众。7月时,他们尚属被捉拿、遭蔑视的家伙,到了9月初却已几乎赢得了全部大城市里的工人、波罗的海舰队的水兵和陆军战士。9月,各大城市都进行了选举,这次选举的意义非常重大:孟什维克和社会革命党人仅占了当选人数的18%。而在6月时他们却曾占了当选人数的70%以上……

还有一个令外国观察者深感迷惑的现象:苏维埃中央执行委员会、中央军委和中央舰委,以及一些著名的社会团体——如邮电工人和铁路工人的工会——的中央委员会,都曾特别激烈地暴力反对过布尔什维克。这些中央委员会都是在夏天时(或夏天以前)选出来的,那会儿孟什维克和社会革命党人的追随者还颇多,因此如今他们是竭尽全力拖延或阻止进行新选举的。结果,根据工兵代表苏维埃的组织规章,全俄代表大会原应在9月召开的,可惜其中央执行委员会不愿开会,推说再过两个月便又要召开立宪会议

---

① 这就是臭名昭著的"西桑文件"中的一部分。西桑是美国的反动记者,他伪造了一批文件,在美国发表,恶毒地诬蔑布尔什维克党人。

了,又暗示说到了那时苏维埃就该下台了。然而,此时布尔什维克却一次接一次地在全国各地的苏维埃中、在各工会的分会中、在陆军战士和水兵中赢得选票。只有农民苏维埃依旧保守,毕竟他们身处贫穷落后的乡下地方,政治意识成长缓慢,加之社会革命党常年在农民中进行宣传鼓吹……不过,就算是在农民中,革命的羽翼也在日渐丰满。到了10月份,这一形势越发明朗了,因为此时社会革命党的左派分裂了出来,形成了一个新的政治派别——左派社会革命党。

与此同时,处处都有迹象表明反动势力也在重拾信心。譬如,在彼得格勒的特洛易茨基滑稽戏院里,一出名叫《沙皇之罪恶》的讥嘲剧竟被保皇派中止了,还以"侮辱君主"为由威胁说要对演员动私刑哩!某些报纸也开始感叹"要是有一位俄国的拿破仑就好啦"。在资产阶级的知识分子中,将"工人苏维埃"称为"小狗苏维埃"的现象更是司空见惯。

到了10月15日,我与俄国一位大资产者李安诺索夫谈了一回。这个人有"俄国的洛克菲勒"之名,政治上信仰的是立宪民主党。

"闹革命啊,"他说,"就是有毛病的表现。国外政权迟早都会来干涉的,就像一个人要强行给一个病孩子瞧病再教他走路一样的。当然啦,这样做多少是有点不合适,但外国肯定也能认识到布尔什维克主义对他们自己的国家有多危险——那些什么'无产阶级专政''世界社会革命'之类的思想可都是有传染性的哟!如今倒有个机会,令我们或可不用外国来干涉:现在我国的运输系统已全盘崩溃了,工厂也倒闭了,德国人又来侵犯,饥饿和败仗或许会令俄国民众恢复理智吧……"

李安诺索夫先生强调说,他以为无论发生了什么,工商业者都绝不可能允许工厂委员会存在,也绝不会同意工人参与生产管理工作。

"至于那些布尔什维克,有两种方法可以把他们除掉。政府可以从彼得格勒撤出来,然后便宣布戒严,这样一来,什么法律手续都不用走,军区司令官便可收拾他们啦。第二种方法就是,当立宪会议露出一星半点的'乌托邦'倾向时,便立刻直接武装解散了它就好……"

俄国那种可怕的严冬来临了。我听见资本家们说:"冬天向来是俄国的至交好友啊,如今没准儿它能令我们摆脱革命之苦哩。"前线天寒地冻,战士不断饿死,半点作战激情也没有了。铁路系统瓦解了,吃的东西愈来愈少,工厂亦纷纷关门大吉。人民群众忍无可忍,怒吼资产阶级正在摧毁百姓的生活,也导致了前线上的败仗。里加城被弃,在此之前科尔尼洛夫将军刚刚公开说过:"难道我们要付出放弃里加城的代价,才能唤起国人的责任心吗!"

在美国人看来,阶级斗争发展到如此激烈的地步,实在是太难以置信了。但我也曾经在北部前线私下会见了一些军官,他们开诚布公地说,自己宁愿打败仗也不要与士兵委员会合作。立宪民主党的彼得格勒支部书记则对我说,要想使革命失去民心,方法之一便是令国家经济崩溃。一位协约国的外交官——我曾答应不披露其姓名——也根据他之所见肯定了这句话。我也知道哈尔科夫附近的一些煤矿是被其所有者自己放火、灌水而毁坏掉的;而在莫斯科的纺织厂里,工程师在临走前特意弄坏了织布机;更有铁路官员在捣毁火车时被工人们捉住的事情发生……

在有产阶级中,有一大票人都会毫不迟疑地说,自己宁愿要德国人来统治也不要革命,甚至宁愿要德国人也不要临时政府。我借宿在一家俄国人家里,他们在晚餐桌上的话题永远都是"德国人会给俄国带来法律和秩序"……有天晚上我去了莫斯科一个商人家里,喝茶时我曾问在座的十一个人,是愿意要德国的威廉皇帝呢,还是愿意要布尔什维克,结果人人都选择了威廉皇帝……

由于整体局势混乱,投机商人大发乱世财,然后要么一掷千金地狂欢宴饮，要么贿赂临时政府的官员。他们囤积食物和燃料，或者索性偷偷送出国到瑞典去。譬如在革命的前四个月里，巨大的彼得格勒市仓库中的食物几乎是被人公开地抢劫，抢到最后，仓库中原本够全城居民吃两年的谷物储备竟连一个月都维持不了了……根据临时政府最后一任粮食部长的官方报告，咖啡在海参崴的批发价格是两卢布一磅，可到了彼得格勒，消费者们却得花十三卢布才能买到一磅咖啡。大城市的所有商场都囤积了成吨的衣食，只有富人才能买得起。

我知道在一个省会城市里，有一个商人家全做了投机家——俄国人称之为"土匪""食尸鬼"。这家的三个儿子都通过行贿而逃脱了兵役，其中一个更是做着在粮食市场上投机的生意。第二个儿子从连纳矿区弄来非法黄金，卖给芬兰的一些秘密党派。三儿子则垄断着一家巧克力工厂的利润，当地合作社以"为他提供一切所需品"为条件，以便他的巧克力厂能为自己供货。因此，在百姓们用面包卡只能买到 0.25 磅的黑面包时，他却享用着足够的白面包、砂糖、茶叶、糖果、蛋糕和奶油……然而，当前线上的战士因饥寒交迫、疲惫不堪而无力作战时，这一家人竟气得直骂人家是"懦夫"呢！又说什么自己身为俄国人可"真够丢脸的"！最后，布尔什维克终于发现并征用了他们囤积的大批物资，这家人又连骂他们是"强盗"。

这一切的腐朽表象下面，是旧社会所遗留的黑暗势力在作祟。打沙皇尼古拉二世下台至今，这些鬼鬼祟祟的势力一直十分活跃。臭名昭著的暗探局特务仍在作怪，让他们拥护沙皇也好，反对沙皇也罢，拥护克伦斯基也好，反对克伦斯基也罢，全凭谁肯出钱……在暗地里有各类地下帮派，譬如黑社会，他们都忙着要以某种形式来恢复反动政权哩！

在这种腐朽而又谣言多多的社会氛围里，有一个声音却日益清晰起来，那是布尔什维克的深沉呼唤："全部政权归苏维埃所有！

全部政权都归由百十万工农兵直选出来的代表所有！我们要土地，要面包，要结束毫无意义的战争，要结束秘密外交，要打倒投机和卖国行为……革命已到危急关头，它决定着全世界人民的命运！"

无论是无产阶级与中产阶级之间的斗争，抑或是苏维埃与临时政府之间的斗争，到了3月初都已达到了高潮。从中世纪农奴制一步跨入20世纪，俄国令全世界大为震惊地展示了两种方式的革命：政治革命与社会革命。

在经历了一系列的饥饿和绝望时光之后，俄国革命具有多么强大的生命力啊！资本家们真应更多地了解俄国才好。在俄国，"革命"这种"毛病"是不用太长时间便可传播开来的……

如今回首，在十月革命以前，俄国似乎是处于另一个保守得令人不敢相信的时代里的。如今我们却迅速适应了这种崭新的、快速变化的生活，正如俄国政治也在全面左转一样。立宪民主党人已是被视为"人民公敌"的非法党派了；克伦斯基亦沦为"反革命分子"。还有那些"中间派"的社会主义者领袖，策烈铁里啦，唐恩啦，李伯尔啦，郭茨啦，阿夫克森齐也夫啦，在他们的追随者看来都已太反动了，就是如马克西姆·高尔基这样的人也已成了右派啦。

1917年的12月中旬，有一群社会革命党的领袖以私人名义拜访了英国的驻俄大使乔治·布坎南爵士，拜托他不要提起他们曾来过这里，因为他们被视作"极右"的人。

"想想看吧，"乔治爵士说，"就在一年前，我们英国政府还因米留可夫'左'的危险而勒令我不许接待他呢！"

9月和10月是俄国最糟的时候，彼得格勒尤其如此。阴沉的灰暗天空压在头顶，白昼渐短，大雨滂沱。脚下的泥泞积得甚深，又黏又滑，哪儿都是沉重的大靴子踩出来的泥印子。比往年更可怕的是，今年市政管理体制还彻底崩溃了。凄风苦雨从芬兰湾那边刮过来，冷冰冰的浓雾团团笼罩着大街。为了节约，也是害怕德国的齐百林飞船,每到夜晚时分,总是只有很少几盏路灯开着,彼此都离得老远;在私人洋房或公寓房间里,只有晚上六点到中夜时分有电,买蜡烛的话则要四毛钱一根,煤油更是少得可怜,因此在下午三点到晚上六点、午夜十二点到次日上午十点这两段时间里,屋里都是黑漆漆一片。偷东西和入室抢劫的情形愈来愈多了,在公寓房子里,各家男人都会轮流荷枪实弹地去站岗值夜班。——在临时政府的统治下便是这么个惨状。

一周接一周地过去,食物是越来越少了,每日的面包定量从一磅半减少到了一磅,然后是 0.75 磅、0.5 磅、0.25 磅。最后,竟有一个礼拜一点都没有面包供应!糖一般是没有的,偶尔可以买到的话,一个人每月有两磅的份额。在任何地方,一条巧克力或一磅全无滋味的糖果都能卖到十卢布——折合成美国货币的话至少要一美元的。彼得格勒中只有一半小宝宝能吃到牛奶,绝大多数酒店里和人家里都已好几个月没有牛奶了。到了水果上市的季节,街角小摊上的苹果和梨都差不多要一卢布一个……

人们必须要冒着冰冷的寒雨,排上好几个钟头的队,方能买到牛奶、面包、糖果和烟草。一次我开了一宿的会,回家路上竟看见已有人赶在天未亮之时便来排队了,这些人大多数都是女的,还有抱着孩子的呢……卡莱尔①在其著作《法国大革命》中曾描述说,法国人的排队水平无人能比,俄国人则是很习惯于排队。早在 1915 年,"上主保佑的尼古拉二世"执政时,他们便已开始排队了,一直断断续续排到了 1917 年夏天,这事已成为正常生活中的一部分啦。想想那些人吧,穿戴单薄地站在一片银白的彼得格勒街头,在俄罗斯的酷寒严冬中一站就是一整天!我曾站在卖面包的队伍里听他们诉苦,这些俄国人原是最善良不过的,那时却也忍不住尖酸刻薄地骂起来……

---

① 托马斯·卡莱尔(1795—1881),英国作家和历史学家。

皇家戏院自然还是每晚都有节目的，连礼拜天都有哪！卡尔莎维娜在玛丽亚剧院上演了一出新芭蕾舞，俄国所有喜欢舞蹈的人都来看了。夏里亚平也还在唱歌。在亚历山大剧院，美耶霍德导演的托尔斯泰作品《伊凡雷帝之死》重新上演了，我记得演出时曾见一个身穿皇家贵族军官学校制服的学生在幕间肃立，正对着连双头鹰帝徽都被抹掉了的空荡荡的沙皇包厢致敬。而哈哈镜剧院则上演了施尼茨勒所写的豪华歌剧《圆舞》。

虽说冬宫和其他画廊中的藏品都已移去莫斯科了，彼得格勒这里却仍是周周都要举行画展的。更有女学生结伴去听关于艺术、文学和简单哲学的讲座。这一时期的神学亦十分活跃，有史以来第一次被允许到俄国来的救世军，纷纷往墙上张贴讲道说法的广告，令俄国人看了不禁又是可乐又是心惊……

在这段时间里，这座城市里的小资生活仍维持着，尽可能忽视革命的存在。诗人仍吟诗作赋，什么都写，唯独不写革命；写实派画家描摹着中世纪的俄国史，什么都画，唯独不画革命。各地的年轻女郎纷纷到首都来学法文和唱歌，风流倜傥、年轻帅气的军官们头戴绣了金线的深红色风帽，身佩精致的高加索刀剑，在酒店的大堂里打转儿。京都里的小官太太们轮流开下午茶派对，交替着把她们的每一只或金或银或镶珠嵌宝的糖盒子摆出来，可其实她们的皮手笼里却只剩半个面包啦。她们希望沙皇能够复辟，也盼着德国人快来，再或者发生任何能解决雇佣人的问题的事都成……我一个朋友的女儿一天下午回家时竟歇斯底里起来，只因电车上的女售票员管她叫了一声"同志"！

但在这些人周围的广大俄国地区，却正处于新世界诞生前的阵痛时期。仆役们原是过惯了当牛做马却只得勉强维持生计的日子，如今也获得了自由了。一双鞋竟卖到了一百多卢布，可一个公务员一个月的薪水只有三十五卢布啊，因此他们便不肯去排队买东西了，省得磨坏了鞋。但更重要的是，在新社会里，男女都有投票权,工人阶级有了自己的报纸,净写些既新鲜又振奋人心的内容。有了苏维埃和工会了,连马车夫都有了工会,还有代表去参加彼得格勒苏维埃呢!餐厅侍应生和酒店服务员也组织起来,拒收小费,他们在饭馆的墙上贴出这样的标语:"此处不收小费——"或是:"就算有人要靠当服务员来糊口,您也没理由用打赏小费的方式来侮辱他啊!"

前线上的战士也开始与军官做斗争了,还学会了如何通过士兵委员会来进行自治。在工厂里,那些工厂委员会是俄国的特有组织,他们在与旧秩序的搏斗中学到了经验,积蓄了力量,也达到了自我实现。所有俄国人都在学习读写,读关于政治、经济和历史的内容——因为他们太渴望了解这些了。在每座城市里面,在绝大部分的村镇里,在整条前线上,每一个政治派系都有自己的报纸——甚至还不止一份哩。成百上千本小册子被几千个组织分发出来,发到部队、农村、工厂和马路上去了。长久以来对受教育的渴求,随着革命的爆发,被狂热地表达了出来。单拿斯莫尔尼学院一处来说,在革命的头六个月里,每天就会用卡车和火车将成吨的资料运往全国。俄国人民犹如滚烫的沙子吸水一般,永不知满足地吮吸着这些阅读材料中的养分。更何况这些东西绝非神化、伪历史、无聊的宗教或不健康的低俗小说,而是有关社会学、经济学、哲学的内容,以及托尔斯泰、果戈理和高尔基的作品……

还有就是谈话。卡莱尔曾描写过法国大革命时期的"洪水般的法式演说",但如今与俄国一比简直就成了涓涓细流。他们在剧院、马戏场、教室、俱乐部、苏维埃的会议室、工会总部、兵营等处演讲,他们在前线的战壕里、农村的谷场上、工厂里等任何地方开会。看到普梯洛夫工厂里拥出四万人来听演说——听社会民主党人、社会革命党人、无政府主义者或任何人的演说,什么内容都好,只要人家肯开口讲就好——这场面是怎样地壮观哪!好几个月了,在彼得格勒甚至全俄各地都是如此:每一个街角都是一座公共讲坛。在火车里，在公共汽车上，在任何地方，都会临时冒出作即兴演讲的人来……

还有全国性会议和代表大会，把苏维埃管理之下的欧亚两块大陆上的人聚集在一起。这些会议包括苏维埃代表大会、合作社代表大会、地方自治局代表大会、各少数民族代表大会、僧侣代表大会、农民代表大会、各政党代表大会，以及全俄民主会议、莫斯科国事会议和俄罗斯共和国会议。常常会出现三四个代表大会同时在彼得格勒召开的情形。在每次会议上，所有想要限制发言时间的企图都被否决了，以便人人都可畅所欲言……

我们到十二军的前线——位于里加城后面——去过，那儿有一帮形容憔悴、赤裸双脚的士兵，烦透了战壕里泥泞绝望的生活，可一看到我们时却都活跃起来。虽说他们满面疲惫之色，破烂不堪的衣裳又冻得他们青一块紫一块的，可他们却只顾急煎煎地问："你们有没有带点可看的读物来啊？"

从外表看起来，证明政体改变的标志倒是挺多的：亚历山大剧院门前，叶卡捷琳娜女皇的雕塑手里握了一面小红旗；所有的公共建筑顶上都有红旗猎猎飘扬，只可惜有的已经褪色了；沙俄帝国时期由花体字和老鹰组成的国徽早已被拆除或挡上了；凶神恶煞般的旧巡捕已由温文尔雅、不佩枪支的民兵取而代之。但不合时宜的事情仍会发生。

彼得大帝所颁布的官阶表便是一例。这一被彼得大帝用来管制俄国的东西，如今仍被沿用着。从小孩上学开始，几乎每个人都要穿适合自己社会身份的制服，制服的扣子和肩章上要有沙皇的鹰徽标志。因此一到了下午五点来钟，满大街都是身着制服、手提公文包的老先生，他们是从巨大的、犹如兵营一般的政府大楼里下班回家的，一路都琢磨着如果上司中能死上一大票人，他们便有望提升到枢密院大臣等官职上啦，不光退休后可以舒服地靠养老金过活，没准儿还能被授予圣·安娜十字勋章哪……

讲一个枢密院官索科洛夫的故事吧。就在大革命风头正健的时候，一日他穿了便装去枢密院开会，门卫竟不许他进入，理由是没穿沙皇要求的制服！全俄人民就是在这样的背景下，展开天翻地覆的大革命，令旧社会终于土崩瓦解的……

二 暴风雨的来临

9月时,因想让自己成为俄国军队的独裁者,科尔尼洛夫将军开始往彼得格勒进军了。作为他背后的靠山,资产阶级忽然就打出了一拳,百般想要镇压革命。一些社会主义者的部长竟也与科尔尼洛夫有牵连,甚至连克伦斯基都遭到了怀疑。来自社会革命党的萨文柯夫也被召至中央委员会交代问题了,因他不肯"交代",竟被开除出党派。科尔尼洛夫被士兵委员会逮捕了,又有将军被撤职、部长被停职,且内阁也倒台了。

克伦斯基想要试着重组一个包含资产阶级政党在内的新政府。他的社会革命党却命令他将立宪民主党排除在新政府之外。克伦斯基拒绝服从这一命令,还威胁说如果社会革命党执意如此,他便要从内阁辞职。不过由于人民群情激昂,他一时倒也不敢违逆,只得成立了一个由五位部长组成的临时内阁,克伦斯基任领袖职,在问题得到解决之前暂时行使权力。

科尔尼洛夫事件令所有的社会团体——温和派也好,革命者也罢——都满怀自卫热情地联合了起来。绝不能再出现科尔尼洛夫这种人啦!必须要赶紧建立一个新政府才成,且这个新政府必得是支持革命的。因此,全俄苏维埃中央执行委员会邀请各人民团体派代表来参加将于9月在彼得格勒召开的全俄民主会议。

在全俄苏维埃中央执行委员会里立刻便出现了三个派别：布尔什维克要求召开全俄苏维埃代表大会，并想要接管政权；由切尔诺夫领导的社会革命党人的中坚派则与左派社会革命党人——他们是由卡姆柯夫和斯皮里多诺娃领导的——结为同盟；又有马尔托夫领导的孟什维克国际主义者和波格丹诺夫、斯柯别列夫代表的中间派孟什维克，要求成立一个由纯粹的社会主义者组成的政府。而孟什维克的右翼领导人策烈铁里、唐恩和李伯尔，以及在阿夫克森齐也夫和郭茨领导之下的右派社会革命党人，却坚持新政府中也必须要有有产者代表。

布尔什维克几乎立时三刻便在彼得格勒苏维埃中获得了最多的投票，之后在莫斯科、基辅、敖德萨和其他城市的苏维埃中亦一路告捷。

警醒之下，掌控着全俄苏维埃中央执行委员会的孟什维克和社会革命党人便认定，无论如何，他们所担心的科尔尼洛夫的危险性可比列宁小多了。于是他们便修改了原本制定好了的全俄民主会议的代表名额比例，让合作社和其他保守团体派更多的代表来参加。即使是在这样一个包办性质的大会上，第一次投票的结果竟还是要建立一个没有立宪民主党人参加的联合政府。只是因为克伦斯基以辞职来公开要挟大家，再加上那些温和派社会主义者又叫嚣了一堆"共和国处于危急存亡关头"的警告，大会才终于以极微弱的优势通过了决议，宣布与有产者联合，又设置了一个咨询性的、无任何立法权的国会，名为"俄罗斯共和国临时议会"。新内阁实质上是资产阶级在掌控，且在俄罗斯共和国临时议会中，他们所占的议席比例也是超额的。

事实上，全俄苏维埃中央执行委员会已不再能够代表苏维埃的基层了，且还曾非法拒绝召开原定于9月的下一届全俄苏维埃代表大会。苏维埃既不打算召开这一会议，又不允许别人召开。其官方媒体《消息报》开始暗示说，苏维埃已走到生命尽头，也许马上就要解体啦……而就在这时,新政府又宣布了其一部分的政策——"消除不负责任的组织",其实即指的是苏维埃。

布尔什维克对此做出的回应就是要于11月2日在彼得格勒召开全俄苏维埃代表大会,并要接管俄国政府。与此同时,他们从俄罗斯共和国临时议会中退了出来,宣布说不会再加入这等"背叛人民的政府"了。

只可惜布尔什维克的退出并未令命途多舛的议会平静下来。如今资产阶级既已掌权,难免刚愎自用起来。立宪民主党人便公开放话,说临时政府无权宣称俄罗斯为共和国。他们又命陆军和海军部队采取严厉措施捣毁士兵委员会和水兵委员会,且还对苏维埃大加谴责。而在议会的另一边呢,孟什维克国际主义者和左派社会革命党人却主张立时和平,给农民土地、工人监督生产——这些其实就是布尔什维克的纲领。

我听到马尔托夫反驳立宪民主党的演讲。他像一个病入膏肓之人一般半趴在讲台上,声音沙哑得几乎令人听不清楚。他遥指着右边的议席说:

"你们管我们叫失败主义者,但其实那些等待时机利好方才求和的人,那些拖延和平直到俄国军队都被消灭殆尽,害得俄国也成了不同的帝国主义集团之间讨价还价的牺牲品的人,才是真正的失败主义者呐。你们想要把维护有产者利益的政策强加到俄国百姓头上。和平问题必须毫不延宕地马上提出才成……到了那时,你们便会看到,那些被你们骂作德国间谍的人,那些齐美瓦尔得派①——他们的成员致力于唤醒人民群众的觉悟——的人,他们的工作绝不会是无用功。"

在这两派人之间则是摇摆不定的孟什维克和社会革命党人。

---

① 他们是欧洲各国社会主义者中革命的国际主义派。因为参加过1915年在瑞士的齐美瓦尔得城所举行的国际代表大会,所以被称为齐美瓦尔得派。

他们迫于人民不断升高的不满情绪,只得无奈左转。党派间的巨大分歧令共和国议会四分五裂。

就是在这样的总形势下,协约国在长长的期待之后终于宣布召开巴黎会议,引出了尖锐无比的外交问题。

理论上俄国所有的社会主义政党都赞同尽早按民主条件来取得和平。上溯至1917年5月,那时还由孟什维克和社会革命党掌控的彼得格勒苏维埃便已宣布了举世闻名的《俄国议和条件》。他们要求协约国开会探讨战争的目的。协约国原是答应8月份便召开这个会的,但后来一推再推,从9月拖延到10月,如今终于确定在了11月10日开幕。

临时政府派了两个代表去开会——反动军阀阿列克谢也夫将军和外交部长杰烈申柯。苏维埃则选了斯柯别列夫前去代表他们发言,并起草了一份"声明",即那篇大名鼎鼎的"指示"。临时政府不让斯柯别列夫去开会,也反对他的"指示",且协约国也持反对意见,甚至最后英国下议院的伯纳德·劳①竟在回答问题时冷声道:"就我所知道的而言,巴黎会议根本就不是要讨论战争的目的,而是只想谈谈打仗的方法罢了……"

这可把俄国保守派的媒体给高兴坏了,而布尔什维克则宣扬:"瞧孟什维克和社会革命党的妥协政策都把他们给引到歪路上去了!"

前线长达一千英里,沿路的上百万名俄国军人的辛勤都犹如海浪起伏般忽悲忽喜。上百人的请愿团一批批地拥到首都来,高声呼喊:"要和平!要和平!"

我过河往现代马戏院去了,想参加一个声势颇大的民众集会——如今市里净是这种集会,且一夜比一夜人数更多。光秃秃

---

① 安鲁德·伯纳德·劳(1858—1923),英国资产阶级政客,曾先后任大臣和首相等职。1917年时,他任战时内阁阁员、财政大臣、下议院领袖。

阴森森的剧场里，只拉了一根细细的电线，上面点了五盏小灯，从环形的舞台一直斜上屋顶，脏兮兮的长条凳上坐满了战士、水兵、工人和女人，都听得如饥似渴。来自第五百四十八师的战士此时正在发言呢，至于第五百四十八师在哪儿、是什么军，那倒是无所谓的。

他高呼："同志们，"——有一种真心实意的焦虑从他阴沉的面孔和绝望的姿态中流露了出来——"当官的人老想动员咱们去做更大的牺牲，而那些家财万贯的人却总是毫发无损的。

"如今咱们跟德国打，难道咱们能请了德国的将军来替咱这边当参谋吗？所以跟资本家斗争也是一样的道理，谁知我们竟把资本家请进政府里来当官儿了……

"战士们都问呐：'给我们瞧瞧我到底是为什么而打仗。是为了君士坦丁堡呢，还是为了自由的俄国？是为了民主而战呢，还是为了给资本家卖命？如果您能证明我打仗是为了革命，那么我自会冲出去浴血奋战，无须您用死刑威胁我呢。'

"等土地归了农民了，工厂归了工人了，政权归了苏维埃了，那时我们便会知道有值得为之战斗的东西啦！我们是自会为之战斗的呀！"

在军营和工厂里，或在大街拐角处，都有数之不尽的战士在发言，宣扬要结束战争，声称如果政府不为了争取和平而做出有效努力的话，军队便打算抛弃战壕回家去了。

第八军的发言人说：

"我军的战斗力薄弱，且每支队伍里如今都只剩下很少的几个人了。他们得赶紧给我们送吃的、靴子和增援人员来，否则过不了多久战壕里就一个人都没啦。要么和平，要么补给……政府必须二选一，看到底是停战好呢，还是支援军队好……"

第四十六旅——西伯利亚炮兵旅——的代表也说：

"军官们不愿跟我们的士兵委员会合作，正是他们把我们卖给敌人的，正是他们给我们的宣传员判处死刑的，可偏偏反革命政府支持他们。我们原是想着革命会带来和平的。谁知如今这话政府连说都不让我们说了。且与此同时，又连维持生存的必备食物都不给够，也不给我们足够打仗的弹药……"

西欧那边有谣言传进来，说各国要以牺牲俄国为条件议和了……

此时又有关于俄国在法国遭受恶待的消息传来，更加重了人们的不满情绪。赴法第一旅曾按照他们在国内的同志所做的，以士兵委员会取代军官，并拒绝服从开赴萨罗尼亚的命令，要求把他们派回俄国。因此他们竟惨遭围困，挨饿不说，之后还遭到大炮轰炸，死了好多人……

到了10月26日，我来到了用白色大理石建造的玛丽亚宫的深红色大厅里。此时，俄罗斯共和国的议会正在这里召开，我便听了捷列申柯宣布的临时政府的对外政策。全国人民都已疲惫不堪，极度渴求自由，等待着演说开始的他们，心情已焦虑到可怕的地步。

身材高大、穿着光鲜、年纪轻轻、头光脸净、颧骨高凸的捷列申柯平静地朗读了他那篇措辞严谨、一无是处的演讲稿，里面一点"内容"也没有……只是来回地重复那几句话，什么要与协约国齐心协力地击溃德国军国主义呀，什么俄罗斯的"国家利益"呀，什么苏维埃给斯柯别列夫所下的"指示"令人极为尴尬呀……他用下面这几句总结结束了演说：

"俄国是个有力大国，不管发生了什么，其强盛都不会改变。我们都要保卫她，必须要显示出我们是伟大理想的捍卫者，是伟大祖国的孩子。"

没人听了能满意。反动派想要的是"强硬帝国主义政策"，民主党派想要的是政府争取和平的承诺……我从《工人与士兵报》（彼得格勒苏维埃的报纸）上抄了一篇社论如下：

政府对战壕里的士兵是这样说的

捷列申柯先生是我们的部长中最罕言寡语的一位,他实斧实凿地对战壕里的士兵说了如下的话:

1. 我们紧密团结我们的盟友协约国。(不团结人民,而是团结国家。)

2. 不用让民主党派参与讨论冬季作战是否可能的问题。这是由我们协约国政府决定的。

3. 7月1日的反攻是一件有好处的、令人很开心的事情。(他并未提到其后果。)

4. "协约国不关心我们"是错的,因为这位部长手里可拿着非常重要的宣言呢!(只是宣言?就算有行动又能有什么了不起呢?英国舰队的所作所为又该怎么解释?英国国王与流亡海外的反革命分子古尔柯将军谈判,这又算什么?部长可是提都没提这些哩。)

5. 苏维埃给斯柯别列夫的"指示"是极坏的,协约国和俄国的外交官蝌蚪不喜欢这份"指示"哟!到协约国开会时,我们可要"统一口径"才可以。

就这些了?就这些。出路是什么?解决问题的方法便是信任协约国和捷列申柯。和平什么时候才能到来呢?等协约国允许了它就来啦。

这就是政府在"和平问题"上对战壕里的战士们所给出的答案!

这时在俄国的政治背景下隐约出现了一股恶势力——哥萨克兵。《新生活报》——这是由高尔基主编的——请读者注意这伙人的行为:

大革命初期的哥萨克兵也是曾拒绝向老百姓们开枪的。科尔尼洛夫向彼得格勒进军时,他们也是不肯追随的。原本消极效忠革命的哥萨克兵如今竟变成了积极抵抗革命(反革命)。他们原是躲在革命的幕后的,现在竟忽然窜上前台来啦……

卡列金是顿河流域的哥萨克兵首领,曾因参与科尔尼洛夫的反革命行动而遭临时政府撤职。卡列金断然拒绝离职,还集结了驻守在诺伏切尔卡斯克的三支哥萨克军队来势汹汹地阴谋作乱。因他实在是实力雄厚,临时政府被迫放过了他的作乱行为,甚至还被迫从官方角度承认了"哥萨克军队委员会",并宣布:在哥萨克地区内新成立的苏维埃是非法组织……

10月上旬有一个哥萨克代表团去会晤了克伦斯基,他们态度傲慢,坚持要求临时政府恢复卡列金的官职,又谴责那位内阁总理竟敢只看着苏维埃的脸色行事。克伦斯基同意让卡列金官复原职,据报道,他接着还又说:"在那帮苏维埃领导人看来,我可不就是个暴君吗……至于临时政府嘛,它不仅不仰仗苏维埃,而且还觉得这玩意儿的存在实为一桩憾事哩。"

与此同时,又有一个哥萨克代表团去拜访了英国大使,公然以"自由的哥萨克人"的代表自居了。

在顿河周边已建起了一个类似"哥萨克共和国"的组织,库班宣布其为独立国家哥萨克。顿河流域的罗斯托夫以及叶卡捷琳堡的苏维埃均已被荷枪实弹的哥萨克击碎,还有哈尔科夫城的煤矿工人工会总部亦遭到突然袭击。从他们的全部表现来看,哥萨克运动是军事行为,且是反社会主义的。其头领,比如卡列金、科尔尼洛夫、杜托夫将军、卡拉马洛夫将军、巴尔季日将军等,净是身份高贵的大地主,且又有大商人、大银行家在背后支持他们的行动……

古老的俄国一下子便土崩瓦解了。在乌克兰,在芬兰、波兰、白俄罗斯,民族主义运动日益强大也日益公开,当地政府都被资产阶级掌控着,他们要求自治,纷纷拒绝服从彼得格勒发来的命令。在赫尔辛基,芬兰参议院不仅拒绝贷款给临时政府,还宣布芬兰自治，要求俄军撤出芬兰去。而基辅的资产阶级"拉达"则将乌克兰的边界一直扩大到了能将俄国南部最富饶的农田都包括在内的地步，向东更是一直延伸到了达乌拉尔山。且他们竟还要着手成立一支乌克兰国家军队！其头头文尼琴柯暗示说要单独同德国议和，而临时政府也只得听之任之。西伯利亚地区和高加索地区也都要求有其独立的立宪会议。上文提到的所有这些地区，都开始为了自治而与当地的工人苏维埃和士兵苏维埃展开一场恶斗了……

情况日益混乱了。成百上千的战士从前线上跑了，开始像汹涌的潮水毫无目的地瞎跑。唐波夫和特维尔两省的农民等土地都等得不耐烦了，加上又被政府的强制镇压手段激怒，竟去烧毁了好多幢地主的宅院，甚至连地主都给杀掉了。在莫斯科、敖德萨和顿河流域的煤矿上，由于大规模罢工和工厂关闭，生产变得断断续续的。交通系统瘫痪了，战士们在饿肚子，大城市里的人连面包都吃不上。

临时政府被民主党派和反动派左右夹击，因此自然对如此情况束手无策；倘若被迫采取行动的话，则一定是维护资产阶级的利益的。他们派了哥萨克兵去整顿农民的纪律，捣毁罢工运动。在塔什干，政府镇压了苏维埃；在彼得格勒，经济委员会——原是为了将已解体的国家经济生活重建起来而成立的——因陷入劳资双方之间的对立僵局而被克伦斯基解散了。旧军阀仗着立宪民主党撑腰，便要求采取严厉措施来恢复海陆两军的纪律。颇具威信的海军部长、海军上将维尔杰列夫斯基，陆军部长、将军维尔霍夫斯基都坚持"只有一种新的、自发形成的、建立在与同士兵、水兵委员会合作基础之上的民主纪律，方能够拯救陆军和海军"。但这一切都是徒劳的。他们的建议被直接无视了。

似乎反动派是下定决心要激怒民众啦。此时审判科尔尼洛夫的日子越发临近，资产阶级的媒体亦越发公开地为其辩护了，管他叫"俄国的伟大爱国人士"。布尔加科夫主编的报纸《共和国事业报》，竟呼吁由科尔尼洛夫、卡列金和克伦斯基合组一个专政政府算了！

我有一天和布尔加科夫聊了聊。当时我们的对话是在共和国临时议会的记者招待室里进行的。他瘦小佝偻、满面皱纹、高度近视，带了一副厚厚的近视眼镜，头发脏兮兮地配着灰白胡子。

"记住我的话吧，小年轻。俄国需要的是个铁腕人物哩。如今我们不能老往革命上想，而是应该集中精力对付德国佬儿才是呀。蠢货啊蠢货，他们斗垮了科尔尼洛夫，殊不知那些蠢东西的背后却是德国佬儿在操控哩。科尔尼洛夫原是能赢的呀……"

极右势力那边，如普利什凯维奇的《人民论坛报》，又或者《新俄罗斯报》和《活的语言报》这等毫不掩饰的保皇派报纸，都公开倡议要彻底消灭革命民主派。

10月23日那天，在里加湾发生了与德国舰队的海战。临时政府便借故说彼得格勒有危险，竟制定了计划要把首都迁走。最早走的是大型兵工厂，它们被广泛疏散到了全国各地；然后便是把政府移去了莫斯科。立时便有布尔什维克嚷了起来：原来临时政府之所以放弃了"红色首都"，竟是为了削弱革命呢！里加城已是被卖给德国人的了，如今又轮到他们出卖彼得格勒啦！

资方的媒体是欢欣鼓舞的。"在莫斯科呀，"立宪民主党的《言论报》说，"政府便可在宁静的氛围中专心工作了，再不会被无政府主义者打扰啦。"罗将柯是立宪民主党的右派头头，他在《俄罗斯早报》上公开说：若德国人真能占领彼得格勒，那才叫上帝保佑，因为这样一来就可以摧毁苏维埃组织，而且还可以一并除掉革命性的波罗的海舰队。他写道：

"彼得格勒正处于危险之中。我便对自己说：'求上帝庇护彼得格勒吧。'他们担心万一彼得格勒沦陷了，那些中央革命机关也会随之被毁。对此我的回答是：那些机构都玩完了才好呢，它们带给俄国的除了灾难什么都不会有……

"若彼得格勒失守,波罗的海舰队自然也会完蛋……但这一点都不可惜!毕竟绝大部分战舰都已老朽没用了……"

所幸面对人民如暴风骤雨一样的反对,迁都的计划流产了。

与此同时,还有苏维埃代表大会笼罩着全俄,犹如一块雷雨云般,随时可能电闪雷鸣。这个大会惨遭反对,不仅是临时政府,所有的"温和派社会主义者"也是反对的。另外,还有陆军中央委员会、舰队中央委员会、一些工会的中央委员会、农民苏维埃,甚至连全俄苏维埃中央执行委员会自己都毫不留余地地阻止着大会的召开。《消息报》和《士兵之声》原是由彼得格勒苏维埃创立的,如今因掌握在了全俄苏维埃中央执行委员会的手中,便也狠狠抨击起这次的代表大会来,另外社会革命党的《人民事业报》和《人民意志报》亦对大会进行了口诛笔伐。

他们的代表被派往全国各地,给当地的苏维埃委员会和军队委员会发电报,命其阻止或拖延苏维埃代表大会的选举。他们公开反对苏维埃代表大会,宣称民主党派之所以反对大会召开是因为开会日期与立宪会议的日期离得太近了。而且,来自前线上的那些代表、来自地方自治局联合会的那些代表,以及农民联合会、哥萨克联军、军官联合会、圣乔治骑士团和敢死队的代表,都反对召开苏维埃代表大会……俄罗斯共和国的议会犹如合唱般发出各种各样的反对的声音。这一整套在俄国二月革命时所建立起来的政治机关,如今都在竭尽所能地阻止召开苏维埃代表大会……

现在再从另外一方面讲讲无产阶级的工人、普通战士和贫穷农民的那种无形的意识形态吧。在他们当地,许多苏维埃都已布尔什维克化了,然后那些产业工人的组织——工厂委员会和起义了的陆军、舰队组织也都布尔什维克化了。有些地方的人因有人阻挠他们选出正式的苏维埃代表,便举行小型会议,从中选出一个人到彼得格勒去。而另外一些地方的人则击碎了旧的阻挠大会召开的委员会,成立了新的。革命以山呼海啸之势冲破了这几个月来由于革命战火暂时熄灭而在表面上慢慢结起来的硬壳。只有一个自发性的群众运动才能带来全俄苏维埃代表大会的实现……

日复一日,布尔什维克的宣传员到军营和工厂去,猛烈抨击"那个挑起内战的政府"。有一个星期天我们又去了,先乘坐一辆挤死人的公共电车,再蹒跚穿过荒凉工厂和巨大教堂之间的一片简直大如海洋的泥泞之地,终于到了奥布霍夫斯基工厂——那是一座建于施吕塞尔堡大街附近的国营兵工厂。

大会是在一座超大的尚未盖好的建筑里的两扇高大砖墙之间举行的。一万个身穿黑衣裳的男男女女都聚集在铺了红布的讲台周围。人们拥挤在木料堆和砖堆上,也有的高高地蹲在藏在阴影中的大梁上,个个全神贯注,有时也发出响雷般的吼声。现在,透过阴沉的天空,太阳又出来了,火红的阳光射进尚未装上窗户的窗框子里,照在仰望着我们的人民群众那纯朴的面孔上。

卢那察尔斯基是个清瘦的人,看着像个学生似的,长了一张艺术家般多愁善感的脸。他正在给大家讲为什么苏维埃一定要夺取政权——因为除此之外再没有什么可以保证革命不受敌人破坏的方法了。如今敌人们正竭尽所能地破坏国家、毁掉军队,为新的科尔尼洛夫创造机会。

一个从罗马尼亚前线下来的身材瘦弱、面容憔悴却情绪激昂的士兵高喊:"同志们!我们在前线上饿肚子,且都冻僵啦。可我们死得一点意义都没有。我拜托美国的同志们,请把这话传到美国去!俄国人是至死都不会放弃革命的。我们会竭尽全力来坚守革命阵地,直到全世界的人民都肯站起来帮助我们为止!请美国工人也站起来为社会主义革命而战吧!"

然后彼得罗夫斯基上来了,他一副瘦瘦小小、语速缓慢、毫不留情的样子:

"现在是该行动的时候了,光说没有用。经济状况实在太糟糕了,但我们也必须习惯才成。他们是想把我们饿死冻死呢。他们是想激怒我们呢。但我们得让他们知道,他们已经太过分了,如果他们敢对我们无产阶级的组织下手,那么我们会像扫垃圾一样把他们从地球上清除掉的!"

布尔什维克报纸的印数忽然就大大增加了。除了《工人之路报》和《士兵报》两大党报,又有一份为农民而出的新报纸出现了——《农村贫民报》,日发行量竟达五十万份!到了10月17日,《工人和士兵报》创刊了,其社论概括性地说明了布尔什维克的政治观点:

第四年的冬季战役将意味着军队和国家被彻底拖垮……彼得格勒的安全受到了威胁……反革命分子竟然将快乐建筑于人民的不幸之上……农民因太过绝望而被逼公开起义,地主和政府却用讨伐队去屠杀农民;工矿纷纷关门,工人们已受到了饥饿的威胁……资本者和他们的资产阶级将军们想在军队中重建一种盲从的纪律……由于得到了资产阶级的支持,科尔尼洛夫分子公然做着破坏立宪会议召开的准备……

克伦斯基的政府是与人民利益相悖的。克伦斯基会毁了这个国家的……这份报纸是站在人民的立场上,为人民——贫苦阶级的人,譬如工人、战士和农民——说话的。只有完成了革命事业,人民方能够得救……为了达到这一目的,苏维埃就必须得掌握整个政权才可以……

本报主张如下:

全部政权归苏维埃——首都和地方政权都是如此。

前线全线停战。各国人民之间订立一份诚实公正的和约。

将地主的土地无偿地分给农民。

由工人来监管生产。

公正诚实地选举产生一个立宪会议。

我在这里摘抄一篇同样是来自布尔什维克——全世界都把他们看作德国间谍——的《工人和士兵报》上的文章,非常有意思:

"德皇浑身都沾满了数百万死难者的鲜血,如今他想要把军队攻进彼得格勒来了。让我们唤醒那些德国的工农兵群众吧,既然他们对和平的渴望是一点都不比我们少的,那么就请他们也挺身而出来反对这场万恶之战争吧!

"这种事是只有那种真正乐于为俄国工农兵说话的革命政府才能够做得出来的。且这个政府也愿意跳过外交部门的官员,直接向德国军队喊话,也可以用德文写了宣传材料然后撒满德军的战壕……我们的空军是愿意将宣传材料空投到德国的全境去的……"

在临时共和国的议会里,两派之间的鸿沟日益加深。

"资产阶级吗,"代表左派社会革命党的卡列林嚷道,"是想盗用国家的革命机构来把俄国绑到协约国的战车上去!革命政党是坚决反对这一政策的……"

代表人民社会主义者的老尼古拉·柴可夫斯基则和立宪民主党一头,不同意把土地分给农民:

"我们必须赶紧严整军队的纪律……自开始打仗,我便始终坚持'战争期间还进行社会经济改革就等同于犯罪'这个观点。如今我们就正在犯这个罪。但我可不是那种与改革为敌的人,毕竟我还是个社会主义者。"

左派那边发出呐喊:"我们才不信你哪!"可右派那边却排山倒海般的为他喝彩起来……

阿杰莫夫——立宪民主党的代表——说根本没必要告诉军队他们是为什么而战的,毕竟每个战士都应该认识到,他们的首要任务就是把敌人赶出俄罗斯。

克伦斯基本人也到会上来过两回,热情洋溢地呼吁要全国团结一心,一次讲到最后竟流下泪来。与会群众却只是冷漠地听着,有时还插入讥嘲之语打断他的讲话。

斯莫尔尼学院,即全俄苏维埃中央执行委员会和彼得格勒苏维埃的总部所在地,位于宽阔的涅瓦河边的城市边缘地带,离市中心有几英里远。我坐了一辆拥挤不堪、在凸凹不平的泥泞马路上开得慢如蜗牛、满车噪音的公共汽车往那儿去。走到目的地时,只见那里矗立着斯莫尔尼修道院的优雅的青烟色圆屋顶,淡淡金光勾勒出其轮廓,真可谓美轮美奂。在修道院旁边便是斯莫尔尼学院的正门了,十分气派,犹如军营一般,足有两百码长、三层楼高,大门顶上那个巨大的刻于石上的帝国国徽赫然在望……

在沙皇旧政权统治时,这里原是一所为贵族人家的女儿设立的著名教会学校,由皇后亲自主管。如今已被工人和战士的革命组织接手了。学院中有一百多间洁白朴素的大屋,门上所镶的搪瓷引导牌上仍标着对路过者起到提示作用的"第四女子教室"或"教师办公室",只是如今那些牌子已显出了新的社会秩序活力——挂上了许多草草写成的标记:"彼得格勒苏维埃中央委员会""全俄苏维埃中央执行委员会""外事局""社会主义士兵联合会""全俄总工会中央委员会""工厂委员会""中央军队委员会",以及各个政党的中央办公室和核心会议室。

长长的拱形走廊里,只稀稀拉拉地点了几盏电灯,却挤满了川流不息的战士和工人,他们有的还弯腰驼背地背着大捆的沉甸甸的各种各样的报纸、宣言书和用于宣传的印刷品。他们穿的大靴子不断把木质地板踏出深沉如雷般的声音……四下里全贴了标语:"同志们,为了您的健康,请保持清洁!"在每层的楼梯口和楼梯拐角处都摆了一张长条桌,上面堆满了各党派的文件和小册子,这些都是出售品……

楼下原是一张面积大、屋顶低的餐厅,如今仍是做了食堂。我花两卢布买了张餐票便可吃晚饭了。我和一千多个人一起排队,等着走到那长长的打饭台跟前去。在打饭台里有二十个男男女女在忙着从大锅里往外盛菜汤、肉块、米饭和切得薄薄的黑面包。五个戈比可以买一杯茶——是装在锡制茶盅里的。每人还可以从一个篮子里拿到一把油腻腻的木头勺子……木头桌子两边坐的都是无产阶级人士,他们饥肠辘辘,一边狼吞虎咽,一边还计划着将来,隔着偌大的房间大声互开些粗鲁的玩笑……

楼上还有另外一间餐室,是用来招待全俄苏维埃中央执行委员会的,不过其实别人也可以去。在这间餐室里既可以吃到涂了厚厚黄油的面包,还可以享受无限畅饮的茶水……

在二楼的南翼是一间超大的会议室,原是由学院的跳舞厅改造的。房间很高大,四壁洁白,吊着些闪闪发光的枝形吊灯,吊灯上一共装了几百个玲珑剔透的电灯泡。又有两排巨大的拱柱将房间一分为二。在房间一头有个小台子,台子两边各摆一根高大的枝形灯柱,台子后面则挂了一个金色镜框,不过里面的沙皇像已经被拿掉了。过去,逢年过节之时,都会有身穿华美军服或贵重礼服的人欢聚于此处,是专为公爵夫人们进行社交的场所……

会议室正对面便是苏维埃代表大会的资格审查委员会的办公室。我站在此处,瞧着那些新代表来报道的情形——他们有的是健壮而满脸络腮胡的战士,有的是穿黑色工服的工人,也有个别的是留了长发的农民。负责报道工作的女孩子——是个普列汉诺夫的"统一派"成员——笑出一张轻蔑的面孔来。"这帮人跟上届选出的代表真是有天差地别呀。"她说,"瞧他们有多粗鲁无知,这帮子底层人士……"确实如此,如今俄国的社会阶层被打乱了,底层人民反到了最上面的管理层了。因那资格审查委员会还是由旧的全俄苏维埃中央执行委员会任命的,所以难免逐个对这代表们进行盘问,只当他们是非法选出来的。加拉汉是布尔什维克中央委员会的代表,他对此却只是付之一笑。"不用往心里去。"他这样说,"到时候我们会想办法让你们都有位子坐的……"

《工人和士兵报》说,新选出来的全俄苏维埃代表大会的代表们请注意了:某些组委会成员企图通过造谣说"大会无法举行了,请代表们最好快快离开彼得格勒"的方式来破坏本届代表大会……万不要听信这些谣言才好……伟大的日子即将来临啦……

很明显,至11月2日,所到人数还不够大会开幕的法定人数,所以大会便延期至11月7日举行了。不过此时已全俄沸腾了,意识到自己被打败了的孟什维克和社会革命党人只得突然改变了他们的战略,开始疯狂给其各个地方组织发电报,以便尽可能多地选出"温和派社会主义者"来充当代表。与此同时,农民苏维埃执行委员会则发出一则紧急通知,决定12月13日召开会议,一边借此来转移掉因工人和士兵们所要采取的某些行动而引起的人们的注意力……

布尔什维克又会做些什么呢?彼得格勒市里谣言满天飞,说要有武装示威游行——工人和士兵们马上就要"闹起来"了。资本家和反动派的报纸都预言要发生暴动了,逼着临时政府必须逮捕彼得格勒苏维埃才好——至少也得阻止大会召开。有些报纸,譬如《新俄罗斯报》,竟倡议说应发动布尔什维克大屠杀。

高尔基的《新生活报》却赞同布尔什维克的"反动派企图捣毁革命,如有必要必须坚持通过武力手段来抵抗他们"的意见,不过这份报纸认为,所有的革命民主党派应组成统一战线才好。

"如果民主党派尚未将其主要力量拧成一股绳,而反动派的影响力又尚大时,想要转为攻势是不会有利的。但是如果敌人采取了暴力手段,那么革命的民主党派也就应投入战斗之中去夺取政权才好。它定会获得最广大人民群众的支持的……"

高尔基指出,反动派也好,临时政府也罢,他们的报纸都是在激怒布尔什维克,想让布尔什维克掀起暴动。但是,暴动只会替一个新的科尔尼洛夫铺平道路罢了。他敦促布尔什维克站出来辟谣。然而在孟什维克的报纸《日报》上,波特列索夫却发表了一个耸人听闻的配了地图的故事,说要揭露布尔什维克的秘密作战计划。

就像施了魔法一般，大街上贴满了警告、宣传和呼吁——自是出自那些"温和派"和保守党的中央委员会以及全俄苏维埃中央执行委员会——否认任何形式的"示威游行"，恳请工人和战士们，别听人瞎忽悠才好。举个例子吧，下文便是社会革命党的军情局所发出的：

"全城又传播着有人准备发动游行的谣言。这些谣言是从哪里来的？是哪个团体授权给那些宣传员来煽动暴乱的？布尔什维克在回答全俄苏维埃中央执行委员会的询问时，曾经矢口否认他们与这件事有任何关系。……不过，这些谣言本身却带有巨大的危险性。现在很容易发生这样的事：只要有几个热昏了头脑的轻举妄动之徒，不考虑大多数工人、士兵和农民的心理状态，就会召集一部分的工人和士兵走上街头，鼓动他们起来暴动。……革命的俄罗斯正经历着可怕的苦难时期，在这当儿，任何暴动都可以很快地转变为内战，而其结果则将使所有那些艰辛缔造起来的无产阶级的组织归于毁灭。……那些反革命阴谋家正策划着利用这个暴动来扑灭革命，敞开前线让德皇威廉长驱直入，并破坏立宪会议。……大家坚守自己的岗位！不要出来！……"

记得10月28日那天我曾在斯莫尔尼学院的楼道里和身材矮小、长了一丛褐色小胡子、一举一动都有点高卢派的加米涅夫谈过话。他丝毫不敢肯定是否会有足额代表来开会。"如果这次大会能开，"他说，"那便显示出了人民那种排山倒海般的热情。如果布尔什维克在大会上占了大多数——就如同我预料的那样——那么我们就将要求全部政权都归苏维埃，这样一来临时政府就必须要下台了……"

沃洛达尔斯基是个瘦高苍白的年轻小伙子，戴眼镜，脸色总是不大好的样子。他显得更加有把握，"'李伯尔加唐恩'那一伙人也好，其他的妥协主义者也罢，他们都正在破坏全俄苏维埃代表大会呢。万一他们真的成功了,那么我们也完全能够面对现实,索性不依赖这次会议了!"

我在笔记本里查到了一些我从10月29日那天的报纸上摘下来的要闻:

> 最高统帅部大本营莫吉廖夫城:忠于临时政府的近卫团、"野蛮师"、哥萨克和"敢死队"都集结于此。
>
> 巴浦洛夫军官学校、皇村军官学校和彼得霍夫军团学校的士官生依临时政府之令,已做好要开进彼得格勒的准备了。而奥拉年堡军官学校的士官生们则已进入城区。
>
> 有一部分彼得格勒卫戍部队装甲车师的官兵负责驻守冬宫。
>
> 根据托洛茨基所签署的协议,几千支来复枪由塞斯特罗里兹克的国营军工厂交给了彼得格勒工人的代表。
>
> 下李切伊尼区的民兵队开会通过了一项决议,要求全部政权归苏维埃所有。

这只是那段动荡日子里错综复杂的时事的一个缩影罢了。那会儿虽然人人都知道有大事要发生了,却无人知道那究竟是什么事。

10月30日晚上在斯莫尔尼学院里召开了一次彼得格勒苏维埃大会。托洛茨基指出,资产阶级的报纸之所以断言苏维埃想要武装暴动,全是因为"反动派要以此手法来诬蔑和破坏全俄苏维埃代表大会罢了"。"而彼得格勒苏维埃",他宣称,"并未下令采取任何军事行动。如果必要我们会这样做,且我们的做法将受到彼得格勒卫戍部队的支持……临时政府正在为其反革命行动做准备,因此我们要以一种既无情又果断的进攻来回应他们。"

事实也果真如此,彼得格勒苏维埃并未下令要示威游行,但布尔什维克党的中央委员会却正在考虑武装起义的问题。10月23日他们开了一宿的会，党内所有的知识分子和彼得格勒工人及卫戍部队的领导都参加了。知识分子中只有列宁和托洛茨基赞成武装起义，甚至连军人都反对。于是大家投票表决——武装起义的议案惨遭否决！

然后有个大老粗工人站了起来，面孔因愤怒而直发抖。"我代表彼得格勒的无产者说几句话，"他极严厉地说，"我们是赞同武装起义的。你们大可自行其是，但我现在要告诉你们，如果你们竟能允许苏维埃被毁掉，那我们便与你们决裂！"一些战士也站在他那边……他发言之后，又重新投了一回票，通过了主张武装起义的议案……

然而布尔什维克的右翼——他们是以梁赞诺夫、加米涅夫和季诺维也夫为首的——却仍反对武装起义。10月31日早上，《工人之路报》上发表了列宁的《写给同志们的一封信》的第一部分内容，这成为世界史上前所未见的最有胆识的宣传作品之一。在这篇文章中列宁针对加米涅夫和梁赞诺夫的反对，严肃认真地阐明了赞成武装起义的原因。"要么就是抛弃我们的'全部政权归苏维埃所有'的口号，"他写道，"要么就必须得武装起义。没有中间路线可走……"

当日下午，保尔·米留可夫——他是立宪民主党的领袖——便在共和国临时议会上发表了一篇词藻浮华、其心可诛的演讲，说苏维埃给斯柯别列夫下指示这一行为是"亲德"，又说那些"所谓的革命民主派"正在摧毁俄罗斯，还讥嘲了捷列申柯，且公开说自己宁可要德国的外交政策也不要俄国的……左派议席上的怒吼声在他发言期间一直未间断过……

而临时政府则无法对布尔什维克的宣传获得成功的影响视而不见。29日那天，临时政府和议会仓促地草拟出两份法案来：一是要暂时将土地交给农民，二是要推行有力的和平外交政策。次日克伦斯基又下令废除军队中的死刑。当日下午,伴随着盛大的开幕式,新成立的"加强共和政体并勘定无政府状态和反革命暴乱委员会"召开了第一次会议。但之后的历史上便再也找不到它活动的痕迹了……第二天上午,与另外两名记者一起,我去拜访了克伦斯基——这是他最后一次接见记者。

"俄国人民,"克伦斯基气愤地说,"正遭受着经济崩溃的痛苦和对协约国希望破灭的痛苦!世界总觉得俄国的革命已走到了尽头。别搞错!俄国革命才刚刚开始……"可能这话说得比他所自认为的更有预见性。

10月30日彼得格勒苏维埃又通宵开会,气氛激烈得犹如狂风暴雨一般。那些温和派的社会主义知识分子、军官、军队委员会的委员和全俄苏维埃中央执行委员会的委员都在场,一副气势汹汹的样子。而工农及普通战士则与他们对立反抗。

一个农民讲述了特维尔省的动乱,他说那场动乱是因临时政府逮捕了土地委员会的委员而造成的。"克伦斯基啥也不是,只是地主们的走狗!"他呐喊,"他们知道在立宪会议上我们会拿走他们的土地,所以就想方设法地破坏大会!"

有一位机械工——他来自普梯洛夫工厂——则讲述了工厂的监工是如何借口"没有燃料"或"没有原材料"而一个接一个地关闭工厂的各个部门的。"我们的工厂委员会啊,"他宣布,"已经找到了大批的被藏起来的物资。"

"这就是挑衅啊,"他如是说,"他们就是想让我们没了饭碗,或者是逼着我们暴力反抗!"

战士中的一个也开口了:"同志们!我来自一个人们自己给自己挖坟,却管那坟墓叫'战壕'的地方。我从那儿给你们带来问候啦!"

然后又站起来一个瘦瘦高高、眼睛明亮的年轻战士,人群立刻为他欢呼起来。原来这位就是丘德诺夫斯基,之前一度听说他已在七月革命中牺牲了,如今看来他又死里逃生了。

"广大战士们已不再相信军官了,甚至连军队委员会也拒绝召开我们的苏维埃大会,这就是背叛了我们呀……战士们希望立宪会议能如期举行,那些胆敢拖延立宪会议召开的家伙定会遭报应的——这可不是空穴来风的诅咒,毕竟我们的军队手里可是有枪的……"

他说起了如今第五军中正如火如荼地进行着的立宪会议竞选。"那些军官,尤其是孟什维克和社会革命党人,都努力想要打击布尔什维克哪。我们这边的报纸是不许在战壕里看的。且我们的宣传人员也叫他们给抓啦……"

"为啥你不讲讲咱吃不上面包的事儿?"另外一个战士问他。"人不是只为了吃而活着的。"丘德诺夫斯基严正地回答……

在丘德诺夫斯基之后演讲的军官是维特布斯克苏维埃的代表,身为孟什维克护国派,他说:"问题不在于谁取得了政权,现在的麻烦也不是临时政府制造的,而是战争带来的……在谈什么改革之前我们得先打赢了仗才行哪……"听了这话,人们纷纷又是讥嘲又是喝倒彩。这位代表又说:"这帮布尔什维克的宣传员都是大忽悠!"全场哄堂大笑。"咱们都先忘了阶级斗争吧——"但他没机会再往下说了。有个声音在怒吼:"你想得美!"

彼得格勒在这段时间里显出一派西洋镜来。在工厂委员会的办公室里堆着一大捆一大捆的来复枪,通讯员川流不息,赤卫队日日操练……所有军营里都是夜夜开会日日辩论,滔滔不绝,热情似火。马路上,一到了傍晚人流就密集起来了,犹如滚滚浪潮般沿着涅瓦大街移动,抢购报纸……打劫的多起来了,竟多到在马路边走都会有危险的程度……一日下午在花园街那里,我竟看到一伙人——足有好几百个——把一个偷东西的小战士给打死了……一帮子神秘诡异之人围在那些冻得瑟瑟发抖的女人身边——她们在大冷天里排上好几个钟头的长队,就是为了买点面包牛奶——对她们窃窃私语，说犹太人把食物都囤积起来啦，又说如今老百姓都在挨饿，可苏维埃委员们却还过着十分奢侈的生活……

在斯莫尔尼学院的大门口和里面的每个入口处，如今都设了严密的门岗，每个人都得有出入证方可通过。委员会的办公室里日夜不息地人声鼎沸，几百名战士和工人就睡在房间里任何能找出空儿来的地板上。楼上的大厅里更是挤了上千个人，他们是来参加声势浩大的彼得格勒苏维埃大会的……

赌场里从黄昏到黎明都在疯狂豪赌，香槟像水一样灌下去，赌注竟高达两万卢布。市中心地段每到夜晚便会有珠围翠绕、皮裘华美的风尘女子来回徘徊，也有的索性到咖啡馆里去闹……

还有保皇党的勾心斗角，还有德国间谍，还有筹划着的种种阴谋诡计……

这座下着雨、冷飕飕的垂着沉沉灰色天幕的城市，正在越来越快地变化着。它会变成什么样子呢？

三　前夜

在懦弱的临时政府与起义群众之间的这段关系中，如今已出现了一个新的阶段，即当局的一举一动都会激怒民众，而其每一个拒绝行为则都招来大家的鄙视……

临时政府想要放弃首都彼得格勒的提案引起了暴风骤雨，克伦斯基偏又公开否认政府曾想迁都，自是惨遭人民哄然蔑笑的。

"被革命的压力死死按在了墙上的'临时'资产阶级政府（这是《工人之路报》发出的疾呼），竟想通过虚伪地保证说从来没要逃离彼得格勒，绝不愿意放弃首都的方式来脱身呵……"

在哈尔科夫，三万煤矿工人已组织起来了。他们借世界产业工人协会会章序言里的话来表达心声："劳资双方之间是没有共同之处的。"由于煤矿遭到哥萨克兵的袭击，有些矿工便被煤老板解雇了，因此剩下的人便宣布要一起大罢工。工商部部长柯诺瓦洛夫命其助理奥尔洛夫全权处理这回的纷争。奥尔洛夫是很招矿工们憎恨的人，只可惜全俄苏维埃中央执行委员会不仅支持奥尔洛夫的工作，且还拒绝向临时政府提出把哥萨克兵从顿河盆地调回来的要求……

紧接着，加路卡城的苏维埃亦被击垮了。布尔什维克原本已在此地的苏维埃中占了多数，且还释放了一些政治犯。但手持临时政府特派员许可的加路卡市杜马却从明斯克城调来了军队，炮轰苏维埃总部。布尔什维克只得屈服了，但当他们从大楼里撤退时，却又遭到了哥萨克兵的袭击，那帮哥萨克还叫嚣："我们也会这么整治其他布尔什维克的苏维埃的，莫斯科和彼得格勒也一样！"这次事件在俄国激起了恐慌愤怒的浪潮……

在彼得格勒，北方地区的苏维埃代表大会已接近尾声了。这次会议是由布尔什维克党员克雷连柯主持的，以压倒性优势通过了要求由全俄苏维埃代表大会掌握全部政权的决议，会议结束时还向正在坐牢的布尔什维克致敬，让他们开开心心的，因为他们重获自由已指日可待啦。与此同时，工厂委员会的第一届全俄代表会也郑重宣布支持苏维埃，然后又强调说，在政治上摆脱了沙皇统治之后，工人阶级便希望能看到民主制度在生产活动领域内取得胜利。这种胜利的最佳表现方式便是由工人来监督工业生产，而这种方法则是在统治阶级罪恶政策所造成的经济破产情况下自然而然地产生的。

铁路工人工会要求交通部部长李维洛夫斯基辞职。

以全俄苏维埃中央执行委员会之名，斯柯别列夫坚持要把"指示"交给协约国的巴黎会议，还正式对捷列申柯到巴黎开会一事提出抗议。于是捷列申柯便提出了辞职……

不能完成其军队改组计划的维尔霍夫斯基将军则是隔老长时间才来参加一次内阁会议……

11月3日，布尔策夫的《共同事业报》上登出了一个大头条：

公民们！救救祖国吧！

我也是刚刚才知道，昨天，在一次国防委员会的会议上，导致科尔尼洛夫将军失败的罪魁祸首之一的陆军部部长维尔霍夫斯基将军竟提议说，无视协约国，直接签署单独议和的协议就好。

这是叛国行为!

捷列申柯说什么临时政府根本都没考虑过维尔霍夫斯基的提议。

"您以为,"捷列申柯道,"我们是在神经病院里呢?"

国防委员会的委员们亦对维尔霍夫斯基的言论颇感惊讶。

阿列克谢也夫将军还哭了哪。

不!这不只是发疯!比疯了更坏呀!这是直接背叛俄罗斯啊!

克伦斯基、捷列申柯和涅克拉索夫必须马上回答我们:关于维尔霍夫斯基的话到底是怎么回事!

公民们,起来啊!

他们要卖了俄罗斯啊!救救她吧!

维尔霍夫斯基真正说的,其实是必须强迫协约国提出议和条件,因为俄国军队已无力再打下去了……

在俄国内外,此事都激起了巨大反响。维尔霍夫斯基被允许"因健康问题而无限期休假",从此便离开了政府。另外《共同事业报》也被查封了……

到了星期天,即11月4日,是被定为"彼得格勒苏维埃日"的日子,全城各地都计划着要召开大规模集会,表面上是为苏维埃组织及其下属报纸募捐,其实则是要显一显苏维埃的实力。忽然有人说在今天哥萨克则要举行纪念圣像的"十字架大游行"——1812年正是由于其显灵俄国人才得以将拿破仑赶出莫斯科的。气氛一下子就变得激烈起来,一点火星都会点燃一场内战。于是,彼得格勒苏维埃便发表了一篇宣言,标题是:"兄弟哥萨克啊!"

"哥萨克啊,你们是受到了蛊惑,所以才会出头反对我们这些工人和战士的。这等该隐的诡计原是被我们的共同之仇敌想出来的。那些压迫咱们的人，什么特权阶级的将军啦，什么银行家、地主、旧官吏、沙皇的奴才啦……我们是被所有的剥削阶级、有钱人、王公贵族和大军阀——包括你们哥萨克兵的将军——所憎恨着的。他们时刻准备着，一心就要摧毁彼得格勒苏维埃，并且扑灭革命……

"11月4日时有人要组织一次哥萨克宗教大游行。问题是每个人都可以凭良心自行判断要不要参加。在这个问题上我们是不会横加干涉的，也不会阻止任何人……但是，哥萨克啊，我们奉劝您一句吧！请睁大双眼，看看在'十字架大游行'的借口之下，你们的卡列金是否在煽动你们与工人和战士为敌呢？"

十字架大游行被匆匆叫停了……

在军营和工人阶级的街区里，都有布尔什维克在宣传"一切政权归苏维埃"！而黑恶势力的代理人们则鼓动人民站起来屠杀犹太人、小业主和社会主义者的领袖……

一方面，保皇派的媒体在鼓动血腥镇压革命，另一方面，却又有列宁在大声疾呼："起义吧！……咱们不能再等啦！"

甚至连资产阶级媒体都感到不痛快了。《交易所新闻》叫嚣，布尔什维克的宣传是对"社会中最基本的原则——尊重人身安全和财产私有"的攻击。

但"温和派"社会主义者的报刊则是最充满了敌意的。"布尔什维克是革命事业最危险的敌人。"这是《人民事业报》说的。而孟什维克的《日报》则说："临时政府必须要保护它自己，且也保护我们才好。"普列汉诺夫的报纸《统一报》则提醒临时政府注意，说事实上彼得格勒的工人已经武装起来啦。又要求采取严厉措施整治布尔什维克。

临时政府似乎变得愈来愈无助了。就连市政管理系统也崩溃了。每天的晨报上满是胆大妄为的偷盗和谋杀的新闻，可偏又捉不到凶手。

另一方面,荷枪实弹的工人每逢入夜便会上马路巡逻,与盗匪斗争,且不管在哪儿发现了武器都会没收。

11月的第一天,彼得格勒军区司令波尔科夫尼科夫上校发布了如下宣言:

虽说如今我国正在最艰难的日子里挣扎,鼓动武装示威和大屠杀的不负责任的言论却还在彼得格勒不断传播着,偷盗和混乱也在与日俱增。这类事件扰乱了市民的生活,也阻碍了政府和市政机关的正常工作。

出于我对我的祖国所承担的责任和所应尽的义务的充分认识,我下令:

1. 每一个军事机构都要遵照特殊指令在其辖区内提供一切协助给市政府、特派员和民兵,以达到保护政府机关的目的。

2. 巡逻组织应与区司令官和市民兵代表合作,采取措施来逮捕罪犯及逃兵。

3. 逮捕所有进入军营去煽动武装示威和大屠杀的人,并送交本市第二司令部。

4. 在任何性质的武装示威或骚动一开始时便要调集手中一切武装力量进行镇压。

5. 在特派员组织非法搜查住宅和非法逮捕时对其进行协助。

6. 对彼得格勒军区司令部工作人员所负责的辖区内所发生的一切都要即时汇报。

我呼吁所有军队委员会和团体协助司令官都要执行其负担的责任。

在共和国临时议会上,克伦斯基说临时政府十分清楚布尔什维克准备干吗,也有充足的实力可以应付任何性质的示威游行。他斥责《新俄罗斯报》和《工人之路报》是在做同样性质的颠覆活动。"但是既然新闻出版是有绝对的言论自由的,"他又补充说,"那么政府也没有干涉报纸上的谎言的立场呀……"又强调这些言论其实只是同一种说法的正反两面罢了,都是以黑恶势力梦寐以求的反革命为目的的。他接着又说:

"我命中注定不能在乎发生于一己之身的任何事情,且我敢说布尔什维克在城里的那等不可思议的挑事儿行为所导致的后果是很难预料的!"

截至11月2日,只有十五个代表来全俄苏维埃报到。但第二天便来了一百人;第三天一早,又有一百七十五位代表赶来了,其中一百零三个都是布尔什维克……法定人数是四百人,可此时距离大会开幕却只剩三天时间了……

我在斯莫尔尼学院里待了好多天。如今想要进来可就难了,双重门岗守卫着外层大门,在第一道门里,总有一大串人在等着往里放。每次放进来四个,审问身份及来访事由。也曾派发过进门证,但由于特务会不断潜进来,他们只得几个小时更改一次通行制度……

一日我正好走到外层的大门口,只见托洛茨基夫妇正走在我前面,一名士兵拦住了他们。托洛茨基把衣兜都掏遍了,却没有找到通行证。

"没事吧,"他最后说,"反正你也认识我。我是托洛茨基啊。"

"您既然没有通行证,"那门卫顽固地说,"可就不能进。您是谁都不管用。"

"可我是彼得格勒苏维埃的主席啊。"

"哟,"门卫答道,"既然您这么重要,就该有张小小的进门证呀。"

托洛茨基倒是蛮耐心的。"让我见见你们指挥官吧。"他说。

士兵迟疑了一会,嘀咕说不想让每个来人都去烦扰到指挥官,但是最终还是把值班战士找来了。托洛茨基又是一番解释,且重复道:"我是托洛茨基呀。"

"托洛茨基?"值班战士直挠头,"我在哪儿听过您的名字。"他半日方才答应了,"我看应该问题不大,您进来吧,同志……"

我在楼道里碰见了加拉汉,作为布尔什维克中央委员会的委员,他向我解释了新政府会是什么样的。

"是个比较宽松的机构,对苏维埃所表达出来的人民的意志能敏锐听从,也允许地方政府全权领导。目前临时政府就跟沙皇政府一样,总归是各种阻挠地方民主力量的行动。新政府的指导思想则会来源于基层。新政府的组织形式将仿照俄国社会民主工党的党章。新的全俄苏维埃中央执行委员会则是作为国会出现,会对常常举行的全俄苏维埃代表大会的会议负责,而各个政府部门的一把手则不是部长了,而是委员会,这些委员会将直接对苏维埃负责……"

10月30日,按照约定,我去了斯莫尔尼学院楼顶的一间狭小朴素的房间,去跟托洛茨基谈话。在房间正中,他正坐在一把摆在空桌子旁的手工粗糙的椅子里。我只有几个问题要问,他讲话时语速很快,语气坚定,一连说了一个多小时。我用他的原话将其谈话的中心意思记录如下:

"临时政府完全就是懦弱无力的。它被资产阶级控制着,但其实这种控制只是以一种虚伪的同护国派政党联合的形式掩饰着罢了。如今是革命时期,可以看到农民因为等那些老早便许给他们的土地,等得都烦了,于是便起义了;且在全国各地的所有阶层的劳动人民身上,都明显带有同样的烦躁情绪。资产阶级的统治是全凭内战才建立起来的。科尔尼洛夫的法子便是资产阶级获得统治权的唯一途径。只可惜资产阶级手里没有军队啊……军队在我们这边。那些妥协分子、和平主义者,那些社会革命党人和孟什维克,都已丧失了全部的权威——因为农民与地主、工人与资本家、战士与军阀之间的斗争已越发激烈了,比以往更加无法调和。只有与民众一致行动,只有让无产阶级专政获得胜利,革命才能胜利,人民才能得救……

"苏维埃是人民的最佳代表——他们有完美无缺的革命经验、革命理想和革命目标。直接依靠战壕中的士兵、工厂中的工人和乡村中的农民的苏维埃是这场革命的中坚力量。

"有人试图建立一个没有苏维埃的政权——不料却只造就了一派软弱无能。如今各种各样的反革命阴谋正在俄罗斯共和国临时议会的楼道里酝酿,立宪民主党就是以反革命猛将的姿态出现的。但另一方面,苏维埃是人民的主义。在这两大阵营之间再没有任何别的重要团体啦……这是一场大决战喔!资本主义反革命分子已组织起了他们的全部力量,只等我们发动进攻的时机了。我们的回答将是决定性的。我们将完成在三月时才刚刚开始且在科尔尼洛夫叛乱时期提前了的工作……"

他接着说到新政府的外交政策:

"我们第一步是呼吁在一切战线上立即停战,召开各国人民代表会议来商谈民主的和平条件。我们在和约中究竟能得到多大程度的民主,这将取决于欧洲革命反应的大小。如果我们在这里建立起一个苏维埃政府,它就会成为争取欧洲各国立即媾和的强有力因素;因为这个政府会越过各国的政府,立刻直接地向人民呼吁停战。在缔结和约时,俄国革命的压力将施诸'不割地、不赔款和民族自决权'的方向,并建立一个欧洲联邦共和国……

"在这次战争结束时,我看欧洲将得到改造,不是靠外交家,而是靠无产阶级。欧洲联邦共和国——欧洲合众国,是其必然的产物。民族自治已经不够了。经济演进的趋势,要求废除国家的疆界。如果欧洲仍旧是分裂为许多个国家的集团,那么帝国主义又会死灰复燃。只有建立一个欧洲联邦共和国,才能给世界以和平。"他笑了——那是一种他所特有的愉快的、依稀带有讽刺意味的微笑。"不过,如果欧洲各国的人民群众不行动起来,这些目的现在是不能实现的……"

如今每个人都期待着布尔什维克会在某日清晨忽然从马路上冒出来,并且向那帮子精英开枪,把他们打倒在地。到了那时,真正的武装起义就会自然而然地爆发。

临时政府却琢磨着要把彼得格勒的卫戍部队送上前线。

彼得格勒卫戍部队差不多有六万人,这支队伍曾是革命中的重要角色。在3月的那些光辉岁月里,正是他们扭转了形势,建立起士兵代表苏维埃,并击退了即将拥进彼得格勒的科尔尼洛夫的武装叛乱。

现在他们中已有一大批人是布尔什维克了。当临时政府说要从彼得格勒城中撤出去时,彼得格勒卫戍部队做出了如下回应:"如果你们无力保卫首都,那就签订合约吧;如果你们连合约都签不下来,那就赶紧滚开吧,给人民政府让位,人民政府是既能保卫首都又能签订合约的……"

很显然,想要发起任何武装起义都得看彼得格勒卫戍部队的态度行事。临时政府计划用"可靠的人马"——哥萨克兵和敢死队——来把卫戍部队换下来,这也获得了军队委员会、"温和派"社会主义者和全俄苏维埃中央执行委员会的支持。他们到前线上和彼得格勒城里去广泛忽悠民众,强调八个月来彼得格勒卫戍部队都在首都的军营里过着安逸日子这一事实,又说在这段时间里他们的同志却都疲惫不堪地饿死在战壕里了。

说卫戍部队不愿用他们的舒适生活去换冬季战役的艰苦,这等指责自是有些道理,但他们拒绝上前线也还是有其他缘故的。一来彼得格勒苏维埃担心临时政府有不良企图,二来又有前线上被普通战士选出的几百名代表来了,他们呼吁:"我们确实是需要增援,但比这更加重要的是,我们必须确保彼得格勒和革命都被好好地保护着……请同志们坚守住后方,我们也会在前线上坚守的!"

10月25日,彼得格勒苏维埃的执行委员会关起大门来举行了秘密会议,商讨要成立一个负责解决全部问题的特别军事委员会。第二天,彼得格勒苏维埃的工兵部又开了个会,选举出一个委员会来。这个委员会马上便宣布要抵制资产阶级的报纸,又对全俄苏维埃中央执行委员会反对召开全俄苏维埃代表大会一事做出了谴责。到了29日,在彼得格勒苏维埃的公开大会上,托洛茨基建议说请苏维埃正式批准成立军事委员会。"我们应该,"他这样说,"建立一个我们自己的特殊组织,打得了仗的,且必要时能够牺牲生命的……"于是会议上便决定派两个代表团上前线,这两个代表团一个是从苏维埃中选出,另一个则从卫戍部队中选出,他们将与士兵委员会和前线大本营进行商谈。

在普斯科夫,苏维埃的代表团受到了切列米索夫将军的接见。作为北方前线司令官的切列米索夫做了个简短有力的说明,说他已下令将彼得格勒卫戍部队调往前线,这就够呛了。毕竟那个卫戍部队代表团根本就没有得到离开彼得格勒的允许啊……

来自彼得格勒苏维埃士兵部的一个代表团要求彼得格勒军区司令部允许他们派一名代表到军区里来。这个要求惨遭拒绝。彼得格勒苏维埃要求在未经士兵部核准之前不得发布任何命令。这个要求又惨遭拒绝。代表们被蛮横地告知:"我们只认全俄苏维埃中央执行委员会,不认你们。如果你们触犯了什么法律的话,我们可是会逮捕你们的。"

10月30日时所有彼得格勒卫戍部队的各团代表开会通过了一项决议:"彼得格勒卫戍部队不再承认临时政府了。我们的政府是彼得格勒苏维埃。我们只服从通过军事委员会发出的彼得格勒苏维埃的命令。"地方部队奉命等候彼得格勒苏维埃士兵部的指示。

第二天,全俄苏维埃中央执行委员会也召开了其内部会议,与会人士多为军官,会上成立了一个与彼得格勒军区司令部合作的委员会,又往全市各区域都一一派遣了特派员。

11月3日,一次大规模的士兵会议在斯莫尔尼学院召开了:

为军事革命委员会的建立而欢呼的彼得格勒卫戍部队要保证完全支持它的全部行动,为了革命的利益,要让前线和后方更加紧密地团结起来。

卫戍部队还宣布说要与革命的无产阶级一条心,保证维持好彼得格勒的革命秩序。对于任何挑事行为,不管是来自科尔尼洛夫分子还是来自资产者们,他们都将给予无情反击。

如今既已认识到了自己的权利,军事委员会自是立马命令彼得格勒军区司令部服从自己的管制。它对所有印厂都下了命令,如无委员会批准,绝不可印刷任何宣言书或文告。武装特派员去了喀琅维尔斯克军械所,夺取了一大批武器和军火不说,还截下了一万把正要往卡列金司令部所在地新切尔卡斯克送的刺刀……

忽然意识到情况危险的临时政府提出,如果军事委员会自动解散的话,便可不予追究。太晚了。11月5日午夜,克伦斯基亲派马廖夫斯基来提出请彼得格勒苏维埃派代表去参加司令部工作的建议。军事委员会接受了。一个小时后,陆军部长马尼科夫斯基却撤销了这一提议……

周二一早,即11月6日,这座城市里出现了一份文件,将全城都投入了兴奋之中。这份文告署名为"彼得格勒士兵代表苏维埃直属军事革命委员会"。

给彼得格勒人的一封信

市民们!反革命已经抬起了其罪恶之头颅,科尔尼洛夫分子们正为了摧毁苏维埃大会和破坏立宪会议而集结力量。与此同时,大屠杀分子可能亦会致力于煽动彼得格勒的人民起来制造麻烦和血案。于是,彼得格勒的工人代表苏维埃和士兵代表苏维埃便承担起了其通过与反革命和大屠杀做斗争来保卫这座城市的革命秩序的责任。

彼得格勒卫戍部队绝不允许任何暴力行为和无序事件的发生。请市民们主动逮捕流氓和黑社会的那些挑事儿分子,将其送到最近军营中的苏维埃特派员手里。当黑恶势力的人马已开始试图在彼得格勒的大马路上滋事时,不管是打劫还是打架,都要将其立即从地球上消灭了才好!

市民们!我们要求您保持完全平静自制的心态。主义和革命是掌控在强大有力的人民手中的。

下列各师均驻有军事革命委员会的特派员……

在11月3日时,布尔什维克的领导人又关起门来开了另一场颇具历史意义的秘密大会。由于接到了扎尔金德的通知,我便到会议室门外的楼道里去等消息了。后来是沃洛达尔斯基出来把开会时所发生的事情告诉我的。

列宁说:"11月6日这个日子定得太早了些。我们的起义必得有全俄人民的支持做基础才可以,可6日那天连全俄苏维埃代表大会的代表都还没来齐……但话说回来,若拖到11月8日又嫌晚了,毕竟那时会议已就绪啦,让这么一大票组织有序的人迅速、果断地行动亦非易事。所以我们必须在7日那天行动才成,那日正赶上全俄苏维埃代表大会开幕,我们便向大会宣布:'政权就在咱们这儿了,那么你们打算用它来做点什么呢?'"

楼上的某间屋里有一个面庞清瘦、头发长的人在独坐,这一位曾是沙皇军队中的军官,后来起义成了革命者和流亡者。作为数学家和棋手的他真名叫奥弗申柯,却化名安东诺夫,此时正细细计划着如何夺取首都。

临时政府方面也正在准备着。它暗地里下令,从分散在各地的师团里把那些最忠顺于它的团抽调到彼得格勒来。士官生的炮兵部队被调来冬宫驻防。哥萨克兵的巡逻队出现在街头,自从七月事变以来这还是第一次。波尔科夫尼科夫连续发出一道又一道的命令,威胁着要用"最厉害的手段"来镇压一切不服从上级的行为。那在内阁阁员中最招人痛恨的国民教育部部长基什金,被任命为负责维持彼得格勒秩序的特派员!基什金又任命了两名和他自己同样声名狼藉的人——卢登堡和帕尔钦斯基——做他的助手。临时政府宣布彼得格勒、喀琅施塔得和芬兰处于戒严状态。关于这件事,资产阶级的《新时代报》用讽刺的笔调写道:

"为什么要戒严呢?毕竟已不再是权力机关的临时政府,既没有道德层面上的权威,也没有使用武力的必要机构了啊……在最顺心如意的情况下它也只会和那些愿意相谈的人讨价还价一番罢了,它不就只有这点本事吗……"

星期一(即11月5日)一早,我便到了玛丽亚宫来看俄罗斯共和国临时议会的情况。他们正就捷列申柯的外交政策激烈争辩呢——都是些布尔策夫-维尔霍夫斯基的老生常谈啊。各国使节都出席了大会,唯独意大利大使未到——人人都说意大利大使正因意军在卡尔索地区的惨败痛心哩……

我走进去时,左派社会革命党人卡列林正大声朗读一篇来自伦敦的《泰晤士报》的社论:"对付布尔什维克只能用子弹!"卡列林转身面对着那帮立宪民主党人,怒吼:"你们也是这么想的吧!"

右边议席上纷纷发声:"是!是!"

"是啊,我就知道你们也这么想,"卡列林怒吼道,"只可惜你们只敢想不敢做!"

接着发言的是斯柯别列夫。他看上去就像一个演员,留着柔软的棕色胡子和波浪式的黄头发。他用颇为抱歉的口吻在为苏维埃给他的那个指示做辩解。随后讲话的是捷列申柯,他受到左翼议席上猛烈的攻击,人们喊道:"辞职吧!辞职吧!"捷列申柯坚决主张临时政府和全俄苏维埃中央执行委员会派去出席巴黎会议的代表们必须保持一个共同的观点,那就是他自己的观点。他说到要在军队中恢复纪律,说到要把战争进行到彻底的胜利……这时全场骚动,在那好斗的左翼议席上所发出来的坚决反对声中,共和国临时议会转入讨论当天的单一议程。

在议场里面,空着几排布尔什维克的议席。从他们退出共和国临时议会的第一天起,那些座位就是空着的,他们带走了不少的生气。当我走下楼时,我觉得,尽管在这里也有激烈的争吵,但议场外面那种排山倒海的人民群众的真正呼声,还没有透进这座高大而冰冷的大厅呢。临时政府触礁了——触在那曾经使米留可夫内阁倒台的战争与和平的同一礁石上……看门的侍者替我披上大衣的时候,口中嘟哝道:"我真不晓得这可怜的俄罗斯会变成个什么样子。所有这些什么孟什维克呀,布尔什维克呀,'劳动团'分子呀……什么乌克兰呀,芬兰呀,又是什么德帝国主义呀,英帝国主义呀。我已经四十五岁了,在我这一生中,还从来没有像在这地方一样听到过这样多的名词……"

在楼道里,我遇到了沙茨基教授——一个长得活似耗子却穿了一身利索的燕尾服的家伙,在立宪民主党的委员会里颇具影响力。我便问,对于人们议论甚多的布尔什维克的发动,他有什么想法?他却耸着肩做出一派蔑视之态来。

"他们就是一帮蠢如牛的地痞流氓罢了,"他答曰,"不敢怎么着的。就算他们敢,也立马便会被打个落花流水的。在我们看来,他们若发动了倒也不错,因为这样他们便会自取灭亡了嘛,在立宪会议上就再没有权利啦……

"但是呢,我亲爱的,请允许我跟您大概说说我将要向立宪会议提出的方案吧,是关于政府组织形式的。您瞧,我是由临时议会与临时政府联合任命的起草委员会的主席,所以要制定出一份宪法草案来才成……我们将会有一个两院制的立法机关,就像你们美国一样的。下议院将由地方代表组成,上议院呢,则由自由职业团体、地方自治局、合作社和工会代表组成……"

我出了玛丽亚宫,凛冽而寒湿的风从西面吹来,脚下冰冷的泥泞浸透了我的鞋子。有两队士官生大摇大摆地经过海洋大街,他们穿着长大衣,直挺挺地踏着整齐的步伐前进,并且唱着旧日那种刺耳的军歌,正如以前在沙皇政体下士兵们所常唱的一样……刚走到第一个十字路口,我注意到本市的民兵都骑着马,簇新的枪套子里插着左轮手枪;有一小群人站在那边默默地注视着他们。在涅瓦大街的拐角上,我付了一张那种作为找零钱用的邮票,买了一本列宁所写的小册子《布尔什维克能保持国家政权吗》。电车照常地蹒跚而过,公民们和士兵们攀在外面,那种方式简直要使西奥多·肖恩茨为之艳羡不已……在人行道上,有一排穿着制服的逃兵在兜售香烟和葵花籽……

每当阴冷的黄昏将临时,涅瓦大街上的群众都会打架一般的抢购最新出版的报纸,还有一些人会几个一群几个一伙地努力想要看明白那些多如牛毛的宣言书和文告——它们是只要有个平面就会被贴上去的,有的由全俄苏维埃中央执行委员会发布,有的由农民苏维埃发布,有的由温和派社会主义政党发布,还有的是军队委员会发布的。内容林林总总,恐吓的也有,咒骂的也有,拜托工人和战士好好在家待着的和支持临时政府的也有……

一辆装甲车在涅瓦大街上慢吞吞地来回行驶,警笛一路尖叫不停。在每一个角落里,在每一个开阔广场上,都有超多的人集结成群,战士和学生还会争论问题呢。待夜幕降临了,便有稀稀落落的几盏路灯闪出微光来,人潮则开始似无穷无尽一般的拥过大街……每当有什么大麻烦要发生之前,彼得格勒总会是这一番情形。

彼得格勒处于高度紧张的状态,每一个尖锐的声音都会令人心惊。但至今布尔什维克那边还不见半点发动的迹象,士兵们仍待在军营里，工人们仍待在厂子里……我们去喀山大教堂附近看电影——一部极血腥的意大利情色阴谋片。前排坐了一些陆军战士和水兵，他们怀着孩子般的好奇心瞪着银幕，完全不能理解为什么那里会有那么多的暴力横行，而且还杀人如麻……

我从电影院出来赶紧往斯莫尔尼学院去了。在顶层的十号房里，军事革命委员会一直坐在那儿开会哩！会议是由一个名叫拉锡米尔的长着浅黄色头发的十八岁少年担任主席。当我从他身边路过时，他停下话头，非常不好意思地跟我握了手。

"彼得巴甫洛夫的起义就要蔓延到咱们这儿啦，"他边说边开心地咧开嘴笑了，"一分钟前我们刚得到了一个团的保证哩。他们原是奉临时政府之命要往彼得格勒去的，只因战士们都满心疑虑，便索性先在加特契纳停了火车，又派了一个代表团来咱们这儿了。'到底是怎么回事呀？'他们这样问，'你们怎么说？我们刚刚已通过了全部政权归属苏维埃所有的决议……'而军事委员会则回复说：'兄弟们，我们以革命之名向你们致敬啦！请你们暂且留在原地，等候下一步的指示吧！'"

"所有的电话系统，"拉锡米尔又说，"都被截断啦。不过同各个工厂和军营的联络已通过军用电话又建立起来了……"

川流不息的报讯员和委员们不断地走进走出。在门外面等待着十多个志愿人员，他们随时准备把命令传达到市内最远的地区去。其中有一个面孔有点像吉卜赛人，穿着陆军中尉制服，他用法语道："一切都已准备好了，只要按一按电钮就开始行动……"

这边走过来几个人：波德沃依斯基是一个瘦削的、留着胡须的文职人员，他的脑海中思考着武装起义的战略；安东诺夫没刮胡子，衣领很脏，他因为缺乏睡眠而显得昏沉沉的样子；克雷连柯是一个矮胖的、宽面孔的军人，他好用强劲的手势，说话结结巴巴，总是面露笑容；还有德宾科，他是一个身材魁梧的水兵，满面胡须，脸色很镇静。这几位就是决定着当前大局的风云人物——并且也是决定着未来大局的风云人物。

楼下是一间工厂委员会的办公室,谢拉托夫正坐在里面,签署前往国家兵工厂领取武器——一家厂子可领一百五十支来复枪——的命令呢……有四十位工厂代表在排队等候这一命令……

在大堂里,我跑到一些布尔什维克的基层干部身边,跟他们接触。有一位给我看了一把左轮手枪。"起义已经发动啦。"这个面色苍白的人说,"不管我们行动与否,对方都深知必是个你死或我亡的结局……"

而彼得格勒苏维埃则是日夜连轴转地开会。当我走进大会议室时,托洛斯基刚刚结束了发言。

他说道:"有人问我们是不是要发动。我可以对这个问题做一个明确的答复。彼得格勒苏维埃认为,政权必须交由苏维埃掌握的那个时候终于到来了。这种政权的转移,将由全俄苏维埃代表大会来完成。武装示威有无必要,将取决于那些想来干涉全俄苏维埃代表大会的人……

"我们觉得,我们的那个临时政府,由那些临时内阁的人员盘踞着,是一个奄奄一息和无可救药的政府。它仅仅是在等待着被'历史'的巨帚扫除掉,以让位给一个真正代表人民利益的政府罢了。然而,即使在今天,在此刻,我们都还在努力设法避免冲突。我们希望全俄苏维埃代表大会将根据人民群众有组织的自由抉择,把政权拿到……自己手中。但是,如果临时政府想利用它那短促的苟延残喘的时间——二十四小时、四十八小时或七十二小时——来进攻我们,那么我们就将给以回击,予打击者以打击。刀对刀!枪对枪!"

在一片欢呼声中,他宣布,左派社会革命党人已同意派代表来参加军事革命委员会啦……

当我在凌晨三点钟离开斯莫尔尼学院的时候,我注意到有两挺机关枪已经架设了起来,大门口左右两边各一挺。由士兵们组成的强大的巡逻队,把守着大门和附近街头的每一个角落。比尔·沙托夫连蹦带跳地走上台阶,高声喊:"好啊,咱们发动啦!克伦斯基派士官来查封咱们的报纸《士兵报》和《工人之路报》,所幸咱的部队赶到啦,撕去了临时政府的封条,现在咱们也派遣了队伍,分头去占领那些资产阶级报纸的编辑部呢!"他兴高采烈地在我肩膀上拍了一下,就跑进屋子里去了……

6日早上我因有事要找新闻检查员,便去了他设于外交部的办公室。外交部的墙壁上全贴满了声嘶力竭的文告书,呼吁人们要"保持冷静"。波尔科夫尼科夫的命令更是发了一道又一道:

"我命令所有的部队都留在各自的军营之中,听候彼得格勒军区司令的下一步命令……所有不听上级命令便擅自行动的军官都将按叛逆罪受到军事法庭的审判。严禁战士们执行从其他团体那里发来的任何指令……"

晨报上说政府已将《新俄罗斯报》《现代言论报》《工人之路报》和《士兵报》查封,且还下令逮捕彼得格勒苏维埃的领导人及军事革命委员会的委员哩……

当我穿过冬宫广场的时候,有几队士官生的炮队正轰隆隆地驶过红色拱门,在冬宫前集合。参谋总部那座巨大的红色建筑物前面显得非常热闹,有几辆装甲车排列在门口,而满载着军官的摩托车不断地进进出出……那位新闻检查员十分兴奋,就像小孩在看马戏团的表演一般。他告诉我,克伦斯基刚才已经到共和国临时议会去提出辞职了。于是我急急忙忙地跑到玛丽亚宫,赶上听到克伦斯基那篇意气用事而且几乎是语无伦次的演说的末尾部分。克伦斯基的演说充斥着自我辩解,并且恶毒地指责他的政敌。

克伦斯基说道:"在这里,我要引证列宁在《工人之路报》上发表的一系列文章中最具代表性的一段。列宁是国事犯,他已经躲藏起来了,我们正在通缉他……这个国事犯,公然煽动无产阶级和彼得格勒的卫戍部队来重复7月6日至7月18日期间的经历,并且坚持要马上发动武装叛乱……此外,布尔什维克的其他一些领导人也在各种会议上发言,同样是号召马上发动武装暴动。现在彼得格勒苏维埃主席勃朗施坦·托洛茨基的活动,尤其值得注意……

"我应当提请你们注意……在《工人之路报》和《士兵报》上发表的那一系列文章,其论调和风格是与《新俄罗斯报》一模一样的……我们并不十分过问这个政党或那个政党的活动,我们所要过问的是有人利用了一部分居民在政治上的无知和罪恶的本性。当前有一种组织,其目的就是不惜任何代价,在俄国煽动丧心病狂的破坏和抢劫活动。就目前群众的心理状态而言,如果彼得格勒发生任何的行动,继之而来的必然是最恐怖的大屠杀,那将使自由俄罗斯的名誉蒙上永久的耻辱……"

然后克伦斯基便念了如下这段来自列宁著作的引文:

"列宁自己都承认,在俄国,社会民主党的极左派的处境是极好的。

"想想看吧!德国的同志们只有一个李卜克内西,既无报纸又无开会的自由,更没有苏维埃……他们被社会各阶层的人报以一种令人难以置信的敌意,可即使如此,德国同志也还打算努力一把。而咱们呢,有几十份报纸,可以自由自在地集会,作为苏维埃中的大多数,咱们算得上是全世界处境最好的无产者啦,所以咱们又怎么会拒绝支持德国的革命者和起义组织呢……"

接着克伦斯基继续道:

"其实叛乱组织者已经承认,如今在俄国——临时政府所统治的俄国——已为各政治党派提供了活动的最佳条件。在那个党的眼里,临时政府的领袖却是'篡位者'和'把自己卖给了资产阶级的内阁总理克伦斯基'……

"……暴动的组织者们并不是要援助德国的无产阶级,而是要援助德国的统治阶级。他们是要开放俄国的前线,让德皇威廉及其盟友的铁拳伸进来……不管那些人的动机如何,不管他们是有意识地或无意识地这样做,这对临时政府来说是没有什么关系的。可是,无论如何,我完全意识到自己有责任站在这个讲台上宣布:一个俄国政党的这种行为,我认为是背叛俄国的行为!

"……我本人赞成右边议席上的观点。我建议立即进行调查并进行必要的逮捕。"这时左边的议席上发出了一片怒吼。克伦斯基提高了嗓子喊道:"请静一静!在国家因为有意识的或无意识的背叛行为而处在危险中的时候,临时政府的全体人员,包括我自己在内,都是宁可被杀害,也不愿背弃俄国的生存、荣誉和独立的……"

就在这时,有一张报纸被递到了克伦斯基手里。

"我刚拿到的是一份公告,此时他们正在部队里散发这东西呢。它是这么说的。"

他读道:"彼得格勒苏维埃的工人和士兵代表正受着威胁。我们下令各军团立时进入战备状态,听候下一步的命令,如有拖延或拒绝执行此命令,一律视作叛变革命之行为。军事革命委员会,主席波德沃依斯基,书记安东诺夫。

"事实上,这就是想要忽悠民众动乱的行为呀,其目的是破坏立宪会议,为德国威廉皇帝的铁拳打开大门……

"我特意用了'民众'这个词,是因为所有的良心公民,以及他们的全俄苏维埃中央执行委员会,所有的军事机构,所有的令自由俄国为之骄傲的东西,一切的美好、光荣和良心,都是反对那些事的……

"我在这里不是要拜托你们什么,而是要对你们陈述我的坚定信念:临时政府此时正保卫着咱们所获得的崭新的自由,新生俄国必会前途无量,得到全体人民的拥护,只有那帮永远不敢直面真理的人才会反对……

"……临时政府从来没有阻拦过我国任何公民自由行使他们

的政治权利。……但此刻临时政府……宣布：在这紧要关头，凡是胆敢动手来反抗俄国人民的自由意志，同时又威胁着要把前线开放给德国军队的俄国社会成员、团体和政党，都必然要被坚决地肃清！……

"让彼得格勒的老百姓知道吧，他们所要碰到的是一个坚如磐石的政权。也许在最后的时机，理智、良心和荣誉会在那些天性未泯的人们的心里获得胜利。"

这番话从头至尾都有会场上震耳欲聋的吵嚷声相伴。当内阁总理结束了演说，面色苍白、脑门冒汗地和其下属官员大步走出会场时，来自左派和中立派的发言人便一个接一个地反击起右派来。就连社会革命党都由郭茨代表着发言了：

"布尔什维克的政策呢，原是既蛊惑人心又充满罪恶的，毕竟他们是在最大程度地利用民众的不满情绪嘛。但现放着一系列的民众的要求，也确是至今都尚未得到完满解决的……若想要提出关于和平、土地和军队民主化的问题，就必须要以一种令工农兵毫不怀疑我们政府正在坚定不移、行之有效地努力解决这些问题的方式提出来才可以……

"我们孟什维克是不希望引发什么内阁危机的，且我们还时刻准备着尽最大力量保卫临时政府呢，哪怕流干最后一滴血也在所不惜。但条件是在所有那些燃眉之急的问题上，要把民众迫切等待着的解决办法跟他们明明白白、清晰准确地说出来。"

接下来发言的是怒发冲冠的马尔托夫：

"内阁总理竟还大言不惭地用了'民众'这个词哩，但他所说的问题实质上是无产阶级和军队中的重要部分所进行的运动，只可惜叫他给引上了错路，变成了一篇煽动内战的话。

"大会通过了左派所提出来的议案，那实际上等于对临时政府投了不信任票：

"第一，过去这几天一直在准备着的、其目的在于举行政变的武装示威，势将引起内战，为黑帮分子之类的反革命的蠢动和大屠杀制造有利条件。它将不可避免地使立宪会议无法召开，造成军事上的一败涂地，招致革命的失败，使全国的经济生活陷于瘫痪，并毁灭了俄罗斯。

"第二，由于迟迟不采取紧急措施，也由于战争和普遍混乱所造成的客观环境，使得这种煽动获得了有利的条件。因此，目前最紧要的事就是立即颁布一道法令，把土地交给农民的土地委员会；并且在外交方面采取坚决有力的行动方针，建议各协约国公布其媾和条款并开始和平谈判。

"第三，必须采取紧急措施，镇压保皇党的抬头和恐怖分子的蠢动。为了这个目的，必须在彼得格勒成立一个治安委员会，由市政机关和革命民主团体的代表组成，与临时政府协作……"

有趣的是，孟什维克和社会革命党人都联合起来拥护这个决议……然而当克伦斯基看到这个决议时，他却把阿夫克森齐也夫召到冬宫去，要求加以解释。他说，如果这个决议是表示对临时政府不信任，那么他就恳求阿夫克森齐也夫来组织一个新的内阁。于是，"妥协派"的首脑唐恩、郭茨和阿夫克森齐也夫做了他们最后一次的妥协……他们向克伦斯基解释说，这个决议并不意味着对临时政府的批评！

在海洋大街和涅瓦大街的十字路口，有几队士兵拿着安上刺刀的步枪，正在拦住所有的私人汽车，把车主赶下，喝令汽车开往冬宫。周围聚集了一大群人，看着他们这样做。谁也不知道这些士兵究竟是属于临时政府还是属于军事革命委员会。在喀山大教堂前面，同样的事也在发生着，汽车被指挥退回到涅瓦大街。有五六名带着步枪的水兵走了过来，他们很兴奋地欢笑着，并且和两名士兵攀谈起来。这些水兵的帽徽上写着"阿芙乐尔"和"自白曙光"——这是波罗的海舰队中两艘最著名的布尔什维克巡洋舰的名称。这些人中有一个说道："喀琅施塔得人来啦！"这句话颇似

1792年巴黎街头有人说"马赛人来啦"一样。因为在喀琅施塔得有两万五千名水兵,他们都是具有坚定信仰的布尔什维克,愿意为革命事业赴汤蹈火……

刚有《工人和士兵报》出版了,头版被一整篇标题粗大的文告占得满满的:

战士们！工友们！百姓们！

昨儿个晚上,人民的仇敌已发动了进攻了。司令部中的科尔尼洛夫分子正努力想把士官生和志愿兵从近郊调进城里来。所幸奥拉年堡的士官生和皇村的志愿兵都不肯来。他们正酝酿着彼得格勒苏维埃的巨大叛国阴谋……反革命分子的行动是直接针对即将开幕的全俄苏维埃代表大会的,目的是反立宪会议、反人民群众。彼得格勒苏维埃正在保卫革命,而军事革命委员会则负责指挥击退叛乱分子的攻击。全体彼得格勒的卫戍部队和无产阶级群众都做好了准备,给敌人以毁灭性的打击。

军事革命委员会下令:

1. 所有师、团和军舰委员会,再加上苏维埃特派员和全部革命团体,都不能断了开会,这些人手中要掌握到全部反革命分子的阴谋计划才成。

2. 如无委员会的许可,不许任何一名士兵擅自离队。

3. 立刻派代表(每个军事单位两名,每个区的苏维埃五名)到斯莫尔尼学院来。

4. 请彼得格勒苏维埃的全体成员及全俄苏维埃代表大会的全体代表立即到斯莫尔尼学院开特别会议。

反革命势力已扬起了其罪恶之头。

巨大的威胁笼罩在战士和工人们已取得的一切胜利和希望之上。

但革命的力量还是大于敌人的力量的。

主义是由人民的大手掌握着的，阴谋必将被粉碎。

莫犹豫，别迟疑！要坚定，要沉稳，要遵守纪律，要下定决心！

革命万岁！

军事革命委员会

彼得格勒苏维埃在斯莫尔尼学院里连轴转地开会，有时代表们会就地躺下小睡一觉，然后再爬起来加入到辩论之中。与会者如托洛茨基、加米涅夫、沃洛达尔斯基等，一日竟能说上六个、八个，甚至十二个钟头的话……

我走到二楼第十八号房间，布尔什维克的代表们正在那边举行核心会议。房间里不断地迸发出一种严厉的声音，那讲话的人被会众遮住了，看不清是谁，只听他说："妥协派说我们是孤立的。不要理睬他们那一套鬼话。只要一发动，他们必然会跟着我们走，否则他们就要失去他们的群众……"

讲到这里，他把一张纸高举在手里，继续说道："我们正在把他们拉过来！这是刚刚从孟什维克和社会革命党人那边送来的信件！他们说他们谴责我们的行动，不过，如果临时政府攻打我们的话，那他们是不会反对无产阶级的事业的！"会众爆发出一阵欢呼……

当夜幕降临的时候，那宏大的会议厅里挤满了士兵和工人。这是一大片灰褐色的人群，在蓝色的烟雾缭绕的氛围中喻喻低语。那旧的全俄苏维埃中央执行委员会终于决定欢迎那些来参加新全俄苏维埃代表大会的代表们。这次新全俄苏维埃代表大会的召开，将意味着旧中央执行委员会的死亡，而且也许还意味着它已经建立起来的全部革命秩序的崩溃。然而，在这次会议上，却限定只有那些旧中央执行委员会的委员们才可以投票……

午夜过后,郭茨坐上了主席台,唐恩则起身在一片紧张的沉默之中演说起来。依我看来,这沉默似乎颇具威胁力哩。

"如今我们所过的算是最具悲剧色彩的日子。"他说,"敌人都逼到了彼得格勒的大门口。各民主党派都想组织起力量来反抗他们,而我们却坐等着首都街头发生血拼的场面。饥饿的威胁,不仅会毁灭亦是由我们自己的同胞所组建的临时政府,也会把革命给毁掉……

"人民群众困苦颠连,疲惫至极。他们对于革命已经不感兴趣了。如果布尔什维克发动什么事变,那就会葬送革命……(会场上有人喊道:'这是谎话!')反革命分子正在等待时机呢,只要布尔什维克一发动,他们就会开始骚动并进行屠杀……如果有任何发动,立宪会议就开不成了……(会场上有人喊道:'说谎!无耻!')

"在军事行动区内,彼得格勒的卫戍部队拒不服从司令部的命令,那是绝不容许的……你们必须服从司令部的命令,并服从你们所选举出来的全俄苏维埃中央执行委员会的命令。全部政权归苏维埃——那就意味着死亡!强盗和小偷正等待着时机来抢劫和纵火……当有人向你们提出这样的口号:'到房里面去,拿走资产阶级的鞋子和衣服……'(这时会场上掀起一片喧嚣。有人喊道:'从来不曾有过这样的口号!扯谎!扯谎!')那么,一开始可能不是这样,但总会造成这样的结果!

"全俄苏维埃中央执行委员会有权力全权采取行动,诸位必须服从才是……我们并不会害怕刺刀……全俄苏维埃中央执行委员会将赌上自己的身子去保卫革命……(有人怒吼:'您早就是死尸一具啦!')"

巨大的怒吼声持续不断,从中只能勉强听到他在捶着讲台喊叫:"挑事儿的人是在犯罪!"

众声:"您早就是个罪犯啦!打您窃取了国家政权,又交给资产阶级那时候开始,您就犯了罪!"

郭茨猛摇主席的小铃:"肃静! 要不就请你们都出去吧!"

众声:"您赶我们一个试试嘿!"(又是叫好儿,又是吹口哨。)

"现在说一下咱们的和平政策吧。"(众人嗤笑。)"很不幸的是俄国实在打不下去仗啦。和平愈来愈近,但那绝非长久的、民主的和平呀……今儿个在共和国临时议会上出于避免流血牺牲之目的,我们通过了要求把土地交还给土地委员会并马上进行和谈的决议……"(众人哈哈大笑,喊道:"已经晚了!")

然后又有来自布尔什维克的托洛茨基登上了演讲台,观众立即为他震耳欲聋地鼓掌喝彩起来,甚至还全场起立了呢。他那张又瘦又尖的面孔上浮着梅菲斯特式的恶意讥嘲之神态。

"唐恩的战术证明,人民群众——那广大的、愚昧的、无动于衷的人民群众是绝对地拥护他的!"(会场哄堂大笑。)托洛茨基戏剧性地转身对主席说道,"当我们提议把土地交给农民的时候,你们曾表示反对。我们告诉农民说,'如果他们不把土地给你们,那么你们就自己去夺取吧!'于是农民就照我们的话这样做了。现在,你们又提出我们早在六个月以前就提出的主张了。……

"我可不认为克伦斯基下令让军队中废除死刑是出于他的本心。我以为他只是被彼得格勒的卫戍部队压服了罢了,人家卫戍部队才不听他的哪……

"今天有人责骂唐恩,说他在共和国临时议会上所发表的那篇演说,足以证明他是一个暗藏着的布尔什维克……我想总有一天,唐恩自己会说,他是曾经参加过 7 月 16 日至 18 日起义的革命者呢……在唐恩今天向共和国临时议会所提出的议案中,没有提到要在军队中加强纪律,然而他所属的那个政党在宣传中却是主张那样做的……

"不! 过去七个月的历史事实证明:孟什维克已经被人民群众所唾弃了。孟什维克和社会革命党人战胜了立宪民主党人,但后来当他们攫取了政权的时候,他们又把政权交给了立宪民主党人……

"恩格斯和马克思说过,除非是做好了准备,否则无产阶级是无权掌控政权的。在如今这般的资产阶级革命中嘛……老百姓夺取了政权简直就是革命的悲剧结束呀……托洛茨基原是个社会民主工党的理论家,可如今所主张的却正好背弃了他自己的理论……"(众吼:"够啦!打倒这家伙吧!")

马尔托夫则是总被听众打断:"孟什维克国际主义者不反对将政权交给民主党派,但对布尔什维克的夺权方式他们却不能苟同……如今尚不是夺取政权的时候呢……"

唐恩又走上讲台,他猛烈地抗议军事革命委员会的行动,说它已经派特派员去夺取《消息报》的编辑部并检查新闻。这时会场上掀起一阵狂风暴雨般的喧嚣。马尔托夫企图再讲下去,但根本听不清他究竟讲了些什么。会场上所有陆军和波罗的海舰队的代表们都站了起来,他们高呼苏维埃是他们的政府。

在这极端混乱的气氛中,埃尔利希提出一项议案,呼吁工人们和士兵们保持镇静,不要响应那些鼓动游行示威的号召。这个议案还认为有必要马上成立一个治安委员会,同时要求临时政府立即颁布法令,把土地交给农民并开始举行和平谈判……

接着,沃洛达尔斯基跳上讲台,他大声喊道:"在全俄苏维埃代表大会开幕的前夕,中央执行委员会根本没有权力来执行代表大会的职能!"他说,中央执行委员会实际上已经寿终正寝了,埃尔利希所提的议案不过是一种阴谋诡计,想替他那正在消失中的政权撑撑门面罢了……

"对我们布尔什维克而言,是决不会替这个议案投票的!"全体布尔什维克离开了会议大厅,而余者则投票通过了这一议案……

凌晨四点时,我在外头的大堂里碰上了肩膀上扛着一支来复枪的佐林。

"行动!"他说,神色是平静而满足的,"我们已抓住了司法部副部长和宗教事业部部长，此刻正在地下室里关着呢。一个军团赶去占电话局了，另有一个往电报局去了，第三个军团则负责占领国家银行。赤卫队也出动啦……"

在一片凄寒黑夜中，站在斯莫尔尼学院的台阶上，我们第一次见到了赤卫队——这群少年都是仓促集结起来的，身穿工装，扛着带刺刀的枪。此刻他们正凑在一块儿，兴奋地聊天呢。

一幢幢房子的屋顶仍静悄悄的，越过他们往西的方向，正传来零星枪声，那是士官生正努力想要切断涅瓦河上的几座桥，为的是阻拦维堡区的工人和战士赶到市中心来加入苏维埃军队。但喀琅施塔得的水军却又把桥合起来连上了……

宏伟的斯莫尔尼大厦灯火通明地矗立在我们身后，里面发出的嗡嗡说话声，令其颇似一座巨大的蜂巢……

四　临时政府垮台了

11月7日那天正是礼拜天。我早上起晚了,所以待我赶到涅瓦大街时,正赶上彼得巴甫洛夫要塞传来鸣放午炮的声音。这一日阴森寒冷,在国家银行紧闭着的大门前站了几个手持带刺刀步枪的士兵。

"你们属于哪边呀?"我问,"临时政府吗?"

其中一个咧开嘴笑答:"还有什么临时政府啊,这可真是谢天谢地! 托了上帝的洪福啦!"这就是我从他那儿得到的一切信息了。

公共汽车仍在涅瓦大街上跑着,车里挤满了男男女女、大人小孩。商店也都开着,瞧马路上那些人,似乎反倒没有昨儿那么忐忑不安了。昨天一宿的工夫,墙上又贴满了反对起义的布告和传单了——向农民、向前线上的战士、向彼得格勒的工人宣传着。其中一份是这么写的:

由彼得格勒市杜马发布:

市杜马通知所有的公民:在11月6日的非常会议上,市杜马成立了一个治安委员会。它由中央杜马和区杜马的议员以及下列各革命民主团体的代表所组成:全俄苏维埃中央执行委员会、全俄农民代表执行委员会、军队组织、中央舰队委员会、彼得格勒工兵代表苏维埃、职工会委员会,以及其他团体。

治安委员会的委员们在市杜马大厦内办公。电话号码是15—40,223—77,138—36。

1917年11月7日

那时我尚未意识到,这其实就是市杜马对布尔什维克下的战书。

我买了份《工人之路报》——差不多这个就是仅有的还在卖着的报纸了,还有就是,我过会儿又从一个战士那儿花五十戈比买了份二手的《日报》来看。布尔什维克的报纸——从被他们接收来的《俄罗斯意志报》的办公室里用大开纸张印出来——都有着大写的标题:"全部政权归属工农兵苏维埃所有!要和平!要面包!要土地!"头版头条文章上签着"季诺维也夫"的名字——他也跟列宁一样,是个不能公开露面的人。文章起首说道:

"每位战士,每名工人,每个真正的社会主义者,每个忠诚的民主人士,都会意识到在现今的情况下只有两条路可走了。

"一条呢,仍叫资产阶级把控着政权,那么他们自然会对工农兵百般镇压,且仗还会接着打,挨饿和死亡也仍是逃不掉的……

"第二条路,便是把政权夺到革命工农兵的手上来,这么一来,就可以完全废除地主的专制统治,也能立马限制住资本家,公正的和平方案也马上会提出来。然后,农民才能保有土地,工人才能监管生产,挨饿之人才能吃上面包,无意义的战斗才能结束!"

《日报》上有关于那些令人激动的夜里的零星消息,什么布尔什维克占领了电话局、波罗的海车站和电报局啦,什么从彼德霍夫来的士官生没能抵达彼得格勒啦,什么哥萨克兵尚未下定决心要怎么做啦,什么又逮住几个临时政府的部长啦,什么本市民兵偷偷遭枪击啦,还有逮捕、反抗逮捕以及战士、士官生和赤卫队的巡逻队之间打了场前哨战什么的。

我在海洋大街拐弯那儿碰上了孟什维克"护国派"的军事部秘书龚贝尔格上尉。我便问他武装起义是真的发生了吗？他面带倦怠的神色，耸肩道："鬼才知道真打了没有哪！得啦，就算布尔什维克也许能夺下政权吧，只可惜他们是连三天都把握不住的。他们哪儿有管理政府的人呀！让他们试试兴许倒是好事，借此毁了他们也就得了……"

伊萨克也夫广场角落上的军人饭店，由全副武装的水兵们把守着。在饭店的门厅里聚集着许多漂亮的青年军官，他们踱来踱去，或者交头接耳地窃窃私语。水兵们不让他们离开这里。……

突然从外面传来一响清脆的步枪声，接着就是一阵凌乱的射击声音。我跑了出去，只见俄罗斯共和国临时议会的议场玛丽亚宫周围正发生着什么不平常的事。在宽阔的广场斜对面，士兵们排列成长长的一列，持枪注视着这边饭店的屋顶。

"这不是挑衅吗？他们竟朝咱们开枪哪！"有人大叫一声，而这时又有另外一个人朝着大门口跑过去了。

在玛丽亚宫西边的角落里，停着一辆飘扬着红旗的巨型装甲车，那上面崭新地用红漆写着四个字母"S.R.S.D."（工兵代表苏维埃），所有的枪口都对着伊萨克也夫广场。在街口已经筑起了一座街垒——那是用许多箱子、木桶、一张旧弹簧床和一辆车子堆成的。一堆木头堵塞住洗衣场码头的一端。人们从附近的木料场搬来许多短木头，正在建筑物的前面堆一道防热的胸墙……

我不由问道："要打仗吗？"

一名战士颇紧张地回答："这就要打起来了，你快走吧，同志，否则会打伤了你的。他们是从那个方向来的。"说着朝海军部大楼一指。

"是谁啊？"

"哥们儿，这个我可不能告诉你呢。"他啐了一口答道。

宫门口挤着一大帮陆军战士和水兵。有个水兵此时正给大家讲解散俄罗斯共和国临时议会的事。只听他说:"我们一走进去,同志们便把所有的门都给堵啦。我走到那个反革命的科尔尼洛夫分子跟前,只见他正坐在主席的位子上呢。我便对他说,'没什么临时议会了,你赶紧滚回家去吧!'"

这段话引起了大家的哄笑。我挥舞着手中各色各样的证件,好不容易才挤到记者室的门口。可是一个身材魁梧的水兵笑着拦住了我。当我拿出通行证给他看时,他只说道:"同志,哪怕您就是圣米哈伊尔本人,也不能从这里通过。"透过记者室门上的玻璃,我瞥见一名法国记者被关在里面,他面容沮丧,做着手势。

前面不远,站着一个身材矮小、留着灰色小胡子、穿着将军制服的人。他被一群士兵们围在中央,脸涨得通红。

"我是阿列克谢也夫将军!"他大声地喊道,"作为你们的上级军官和共和国临时议会的议员,我要求你们让我过去!"警卫员搔着头,很为难地用眼角一扫,向一个正在走过来的军官招手示意。军官看见阿列克谢也夫,马上显得很紧张。他在还不知道怎么办之前,先行了一个敬礼。

"老爷,"他结巴道,满是一副旧社会的腔调,"玛丽亚宫严禁通行的呀——我没权力让您……"

一辆汽车开过来,我见郭茨正坐在车里,笑得竟是十分得趣的样子。几分钟之后,又是一辆车过来,副驾上坐着荷枪实弹的当兵的,余下的座位上则满是临时政府里那些被逮捕了的成员。彼得是军事革命委员会中的拉脱维亚委员,此时正步履匆匆地穿过广场走了来。

"我只当昨晚你们把那帮子绅士一网打尽了呢。"我说着,拿手一指他们。

"哦,"他回答时满面失望之色,似孩童一般,"那群死傻子赶在我们下定决心之前,竟把他们中的绝大多数都给放走了……"

往下行至斯克列先斯基大街时，来了一大帮水兵，其后有列队的士兵想跟着，队伍长得都望不见头。

我们顺着海军部大街道往冬宫走去。通向冬宫广场的路口全有人站岗，广场西端更是有战士站成一排，权当是警戒线了。这条线外围着焦急不安的老百姓。远处有战士似乎从冬宫的园子里向外搬木头往正门口堆，此外，一切都十分平静。

我们搞不清究竟那些哨兵是拥护临时政府还是拥护苏维埃，但是我们从斯莫尔尼方面所领得的证明文件在这里却完全无效。因此，我们就转到警戒线的另一边去，用一种煞有介事的神情，出示我们的美国护照，说道："有公事！"随即挤了进去。在冬宫的门口，仍旧是往日那些年老的穿着镶有铜纽扣和金红色领子的蓝制服的阍人，彬彬有礼地接过我们的衣帽，于是我们就走到楼上去。在那阴暗的走廊里，往日挂在墙上的壁毯已经被撤掉了，几个年老的侍者懒洋洋地待着。在克伦斯基办公室的门口，有一个青年军官踱来踱去，咬着他的小胡须。我们问他是不是可以让我们谒见内阁总理。他立正鞠躬，把靴跟一碰。

他以法语作答："对您不住啦，不成的。亚历山大·费多洛维奇现在正忙得不可开交呢……"说到这里他又瞧了我们几眼，"其实，他此时也并不在这儿……"

"他在哪儿呢？"

"他上前线啦。而且您知道吗，他的汽车连汽油都不足。我们只得又往英国医院去借了些汽油回来。"

"那些部长都在这儿吗？"

"他们在屋里开会呢——可我不知道是哪屋。"

"布尔什维克要来了吗？"

"可不，他们肯定要来啦。我分分钟在等着通知他们已上路的消息的电话。不过我们也已经准备好了，冬宫正门那边安排了我们的士官生。穿过这扇门就是啦。"

"我们能进去吗？"

"不行，绝对不行！那是禁止的！"他突然和我们每一个人都握了握手，接着就走开了。我们转到那扇禁止通行的门前面。那扇门是安在一座临时用来隔开大厅的隔板上的，从外面反锁着。在隔板那一边有人声，而且有人在大笑。除此以外，那古老而空阔的冬宫安静得就像一座坟墓。有一个岁数蛮大的人跑了过来，喊道："老爷们，不行，你们绝不能到那里面去！"

"干吗锁着门哪？"

"好锁住当兵的啊。"他答道，几分钟之后，他说要喝茶，便走回大厅里去了。我们便打开了那扇门。

紧靠着门里面有几个士兵在站岗，然而他们什么都没有说。在那走廊的尽头，有一个宽敞而富丽堂皇的房间，那里面有饰金的檐口和巨大的水晶枝形吊灯。再走过去便是几个比较小的房间，装着红木的护墙板。在那拼花地板上，两边都铺着几排肮脏的床垫和毯子，一些士兵偶尔在那上面躺一会儿，到处都是乱丢乱扔的香烟头、面包屑、衣服以及一些贴着豪华的法国商标的空酒瓶。我们看到越来越多的士兵，他们身穿有红色肩章的士官生制服，在那空气污浊的充满烟味和汗臭味的房间里来来往往。其中有一个士兵手里拿着一瓶法国的白葡萄酒，那显然是从冬宫的酒窖里摸来的。当我们走过去的时候，他们都用惊讶的眼光注视着我们。我们从这个房间走到那个房间，最后走进一排宏大的正厅，它们龌龊的长窗正对着冬宫广场。正厅的墙壁上挂着许多巨幅的镶着金框的油画——都是描绘历史上著名战役的场面，如"1812年10月12日之战""1812年11月6日之战""1813年8月16日至28日之战"，等等。其中有一幅，右上角已经有一道深长的裂痕。

这里整个是一个大型军营，而且显然已有好几个礼拜都是如此了——从地板和墙壁上便可看出这一点。机枪是架在窗台上的，来复枪是夹在床垫子之间的。

我们正看着画呢,却有一阵酒气喷进了我的左耳里,然后便有一个声音虽粗浊、法语倒也流利的人说:"我瞧得出,从您欣赏那些画的样子来看,您几位一定是外国人吧。"此人五短身材,偏肥而秃头——这一点从他脱帽致敬时便可看出。

"美国来的?幸会啦。我是弗拉基米尔·阿尔齐巴舍夫上尉。完全乐意为您效犬马之劳。"对他而言,我们这四个陌生人——其中还有一个是女的——穿过即将遭到攻击的军队防线并非怪事。他随即便数落起俄国来了。

只听他道:"也不光是这些布尔什维克啦,如今俄国军队的优良传统早没喽。您往四下里瞧瞧,这可都是预备军官学校里的学生呀,可他们有点人样子吗?克伦斯基向部队公开招生到军官学校里来,只要考得过,是个当兵的都能去上学。所以自然会有越来越多的人染上'革命'的毛病啰……"

这个话题还没说完呢,他便又转到下一个话题上了。"我是急切想要从俄国出去的。我已下定决心要去美国参军啦。能否请您去找找你们的领事,替我安排一下?我给您联系方式。"然后便不顾我们反对,依然在一张纸上写了地址,且似乎立刻便感觉好了起来。直到今日,我仍留着他的联系方式——"奥拉年堡第二预备军官学校,彼得霍夫"。

"我们今儿个清晨检查来着。"他又开口了,此时他正引着我们穿过房间,也就顺便把每件事都解释给我们听,"妇女营决定要继续忠于临时政府哩。"

"那些女兵是在冬宫里的吗?"

"对,她们就在后面那些屋里。在那里的话,就算打起来了,她们也不会受到伤害。"他叹道,"这份责任可相当大。"

我们在窗口站立了一会儿,俯瞰着冬宫前面的广场。在那边,有三队穿着长大衣的士官生正在集合,手中拿着武器。一名身材高大、看起来很有精神的军官正在做长篇大论的演说,我认出那就是临时政府的军事委员长斯坦凯维奇。过了几分钟,其中有两队士官生啪的一声把枪上了肩,尖叫三声,挥动着手臂横穿过广场,从红色拱门渐渐消失在那寂静的市区里。

"他们是去占领电话局的。"不知是谁说了这么一句。在我们身边站着三个士官生,我们攀谈了起来。他们说他们都是从行伍中选拔到军官学校来的,并且做了自我介绍,分别是罗伯特·奥列夫、阿列克赛·瓦西连柯和埃尔尼·萨克斯(他是爱沙尼亚人)。他们说他们现在都不愿意当军官,因为军官已经吃不开了。实际上,他们似乎不知道如何是好,而且显然闷闷不乐。

然而马上他们又开始吹嘘说:"如果布尔什维克攻过来,我们将打个样子给他们看看。他们不敢打,都是些懦夫。不过如果万一我们寡不敌众,那么,我们每个人都为自己留着一颗子弹……"

这工夫,有一阵枪声竟从相距不远的地方传了过来,广场上的所有人都开始逃跑,有的伏倒在地上掩体后。还有那帮马车夫,他们原是站在角落里的,如今则纷纷骑马四下奔逃。冬宫里亦是沸腾喧闹,士兵抓着枪和枪带子跑来跑去,一边喊道:"他们来了!他们来了呀!"……然而几分钟后又静了下来,马车夫也回来了,趴下的人也站起来了。又有士官生的队伍走进红色拱门,脚步略嫌凌乱,他们中还有一个竟是被另外两名士官生搀着前进的。

当我们离开冬宫的时候,天色已经暗了。冬宫广场上的哨兵均已撤去。那座巨大的半圆形的政府办公大厦,仿佛已经空寂无人。我们走进法国饭店吃晚饭,正在喝汤的时候,有个侍者跑过来,紧张得脸色发白,坚决请我们挪到后面的大餐厅里去,因为他们要熄掉前面咖啡室里的电灯。他说道:"会打一阵子哩!"

当我们从法国饭店再走到海洋大街的时候,天已经很黑了,只有涅瓦大街的拐角上有一盏街灯闪烁着。街灯下面停着一辆大型装甲车,它的引擎轧轧开动着,喷吐出油烟。有一个小孩从旁边爬上去，正在张望着机关枪的枪筒。周围站着许多士兵和水兵，显然是在等待着什么。我们回头向红色拱门走去，有一群士兵聚集在那边，他们注视着灯火通明的冬宫，并且高声地谈论着。

"不成，同志们，"一个当兵的道，"咱们哪能朝他们开枪呀？那边可是妇女营——人家要说咱们竟向女同胞放枪的。"

待我们走上涅瓦大街时，竟又看见了一辆装甲车正转弯过来，车上有一个人把头伸出了炮塔。

"上啊！"那人大喊，"咱们冲吧！发动攻击吧！"

这时另一辆车的司机过来了，大吼着，努力让自己的声音不叫发动机的轰鸣给压住了。"委员会叫咱们再等等，他们把大炮藏在了木头堆子后面……"

在这一带，电车已经停止行驶，行人稀少，而且没有灯火。然而仅仅隔着几个街口，我们能看见电车、拥挤的人群、照得雪亮的商店橱窗，以及电影院的电灯广告——生活还是跟平常一样进行着。所有的剧院都开门营业，我们有几张玛丽亚大剧院的芭蕾舞戏票，然而户外所发生的这一切太激动人心了。……

在那朦胧的夜色里，我们摸索着爬过了那些堵住警察大桥的木头堆。在斯特罗甘诺夫宫前面，我们隐隐约约地看见有些士兵正在把一门三英寸口径的野战炮推到阵地上。另外有许多穿着各种制服的士兵正在漫无目的地跑来跑去，滔滔不绝地谈论着。……

涅瓦大街上挤满了人，好像这时全城的人都跑出来逛街了。每一个角落里都有人在进行火热的辩论，周围聚集着一大群人。由十几个士兵组成的巡逻队，背着上了刺刀的步枪，在十字路口踱来踱去。有些满面红光、穿着珍贵皮大衣的老头儿，向他们挥舞着拳头，而有些服装华美的妇女们则对他们尖声谩骂。士兵们小声地辩解着，脸上带着尴尬的苦笑。……装甲车在街上驶来驶去，它们都是用古代沙皇的名字来命名的："奥列格"号，"留里克"号，"斯维亚托斯拉夫"号。然而在那些名字上已经涂上了几个鲜红的大字:"R.S.D.R.P."(即俄国社会民主工党)。在米哈伊尔大街上,有一个人抱着一捆报纸跑过来,那些狂热的人们立即蜂拥上去,争着出一个卢布、五个卢布、十个卢布去买一份报纸,互相抢夺着,就像野兽争食一样。这是《工人和士兵报》。它宣告无产阶级革命的胜利,宣告那些一直被关在监狱里的布尔什维克获释;它号召前线和后方的部队拥护革命。……这份报纸只有一小张,四个版面,都是用大写字母印的,但并没有报道任何新闻……

在花园街拐弯的地方集结了两千多人,齐齐望住一座高楼的屋顶——原来那里有一簇红色的小火焰在闪烁。

一个高身量的农民指道:"看哪,那儿有个奸细,他这就要向咱们开枪啦……"可显然没人想到要去查查此事。

斯莫尔尼学院的正面灯火通明,此时我们也坐车抵达了这里,只见每一条往斯莫尔尼去的马路上都是人潮涌动,人们匆匆行走于夜色朦胧之中。汽车和摩托更是穿梭如织,一辆大象皮色、炮塔上有两面红旗在猎猎飘扬的巨大装甲车鸣着警笛,也沉重地开来了。这一日相当冷,因此大门外有赤卫队的战士点了一堆火。大门里也有火,站岗的小兵便是在这火里仔仔细细地检查着我们的出入证,之后还要把我们从头到脚瞧个遍。每个门口的两边都放了四把来复枪,此时都揭下了帆布套子,且还有一条蛇样的子弹带挂在枪闩旁边。有一大堆装甲车都发动机轰鸣地停在树底下。在长长的、宽大的、灯光黯淡的大厅里,有如雷的脚步声,喊叫声不绝于耳……这里有一种忙乱鲁莽的气氛。楼梯上拥下一大拨人来,其中有身穿黑色工服、头戴圆形黑色皮帽子的工人,不少都背了枪,也有着土色粗布大衣和灰色皮帽的战士。在这帮同时开口且都一刻不停嘴的战士中间,倒还走着卢那察尔斯基和加米涅夫两位领导人,他们满面心烦意乱之色,手里还抱着装得鼓鼓的公文包。原来是彼得格勒苏维埃的非常会议刚刚结束。我拦下加米涅夫——他是个行动超快的小矮个男人,一张紧贴肩膀的脸儿生得宽宽的,表情相当丰富。他一句寒暄也无,只是立马便用法文将大会刚刚通过的决议给我读了一遍:

"彼得格勒工兵代表苏维埃欢呼彼得格勒无产阶级和卫戍部队的胜利革命。苏维埃要特别着重地指出,在这次武装起义中,人民群众表现了团结、组织、纪律和完全合作的精神。历史上还很少看到过流血较少和如此顺利的武装起义。

"苏维埃谨表示它那坚定不移的信心:经过这次革命,将建立起作为苏维埃政权的工人和农民的政府。这个政府将保证工业无产阶级会受到全体贫苦农民大众的支持,稳步地走向社会主义。只有这样,才能把我国从灾难的深渊和那旷古未闻的战祸中拯救出来。

"新成立的工农政府将立即向所有的交战国提出建议,缔结一个公正的和民主的和约。

"工农政府将立即没收大地主的财产,将土地交给农民。它将建立工人监督生产和分配产品的制度。它将对银行实行全面监督,把它变为国家所有。

"彼得格勒工兵代表苏维埃号召所有俄国的工人和农民,用全部力量和全部忠诚来支持无产阶级革命。苏维埃坚信:城市工人和贫苦农民的联盟,将保证维持对社会主义胜利必不可少的严格的革命秩序。苏维埃相信:西欧各国的无产阶级将帮助我们把社会主义事业进行到真正的彻底的胜利。"

"你觉得革命已经取得胜利了吗?"

他耸耸肩:"还有很多要做的事情,多得都可怕哩。这不过就是个开始罢了……"

上楼时我碰上了工会理事会的副主席梁赞诺夫。只见他满面乌云,竟还咬着自己的灰色胡须。"真是疯了,疯了呀!"他吼道,"欧洲的工人阶级绝不会行动的!至于俄国嘛……"他慌乱地摆摆手便跑掉了。原来梁赞诺夫和加米涅夫都是反对武装起义的,还因此被列宁劈头盖脸地痛骂过呢。

这次大会是极重要的,以军事革命委员会之名,托洛茨基宣布:临时政府已经灭亡。

"资产阶级的特点嘛,"他说,"就是骗人。而我们,工农兵代表苏维埃,就要进行一次有史以来从未有过的实验:我们要建立一个政权,这个政权除了满足工农兵的利益,就再也没有其他的执政目的。"

列宁一露面便受到热烈的欢迎,全场起立鼓掌。列宁预告着全世界社会主义革命的到来……然后是季诺维也夫,他高喊:"如今我们已为全世界的无产阶级尽责啦,我们给了战争以可怕一击,给了所有帝国主义者,尤其是杀人犯威廉以可怕的打击……"

然后,托洛茨基又说已经给前线部队拍电报宣布武装起义的胜利了,只是他们尚未回复。据他所说,部队都正往这儿来呢,好参加彼得格勒反击战,因此必须要派个代表团去把情况向他们说说清楚才成。

有人吼道:"你们强奸了全俄苏维埃代表大会的意志!"

托洛茨基冷然道:"彼得格勒的工人战士武装起义,不就已预示了全俄苏维埃代表大会的意志了吗?"

我们用力排开那些挤在门口的喧嚷的人群,走进宏伟的会议厅。在雪亮的枝形吊灯下面,每一排座位上、每一个空隙的地方、每一条过道里、每一个窗台上,甚至在主席台的边缘上,都挤满了全俄工人和士兵的代表。会众有的沉浸在紧张的肃静中,有的欢腾鼓舞,等待着主席的铃声。会议厅里并没有生火,然而那些好久没有洗澡的人们身体上所发散出来的热气,却使人感到窒息。会众中升起一团团难闻的蔚蓝色烟雾,浮荡在那浓浊的空气里。不时有些负责人登上讲台,请求同志们不要抽烟;随后所有的人,连抽烟的人自己在内,都跟着喊道:"同志们,不要抽烟!"但大家仍继续抽下去。奥布霍夫工厂的代表、无政府主义者彼得罗夫斯基在他身边为我找了一个座位。他没有刮脸，肮里肮脏，由于在军事革命委员会工作了三天三夜而昏昏沉沉。

那些旧全俄苏维埃中央执行委员会的领导人坐在主席台上，这是他们最后一次来主持这骚乱的苏维埃大会了。从最初的时日起，他们一直把持着苏维埃，而现在苏维埃却起来反对他们了。俄国革命的第一阶段已经结束。在那个阶段内，这班人曾经企图按照他们自己的小心谨慎的方式来领导革命。……这时，他们之中那三个最重要的人物都没有出席：克伦斯基正在经过动荡的乡村和市镇，逃到前线去；那被称为"老鹰"的齐赫泽，已经怀着愤世的心情退休回到家乡格鲁吉亚的山村，在那边害着肺病；那位生气勃勃的策烈铁里也已经病入膏肓，不过以后还要回来，用他那美丽的词令来为一个失败了的事业做辩护。现在坐在那边的是郭茨、唐恩、李伯尔、波格丹诺夫、勃罗伊多、菲力波夫斯基——他们都面色苍白，眼睛深陷，面目显得很气忿。在他们下面，第二届全俄工兵苏维埃代表大会人声鼎沸，情绪激动；而就在他们的上面，军事革命委员会正在极度紧张地进行工作，它掌握着武装起义，猛力打击敌人……这时是晚上十点四十分。

面色和气、秃顶的唐恩身穿一套无型无款的军医制服，正忙着打铃。会场顿时肃静下来，只是这份静意偶尔会被门口处的人们的喧闹和争论打破……

唐恩哀声道："咱们手里有权。"然后略停了停，又低声继续道："同志们，在这般特殊的环境中，在这种非同寻常的时候，我们召开了苏维埃代表大会。你们应该能明白为什么全俄苏维埃中央执行委员会认为没有对你们进行政治演说的必要。如果你们知道自己是中央执行委员会的一员，如果你们知道此时咱党内的同志在冬宫里因枪炮轰打受伤，宁可牺牲自己也要执行全俄苏维埃中央执行委员会派给他们的任务，那你们就更会明白这一点。"（困惑的与会听众纷纷发出喧嚷之声。）

"我宣布,第二届全俄工兵苏维埃代表大会第一次会议开幕了!"

大会主席团的选举是在喧嚷和动荡不安的气氛中进行的。阿瓦涅索夫宣布:根据布尔什维克、左派社会革命党人以及孟什维克国际主义者之间的协议,决定按照各党代表人数的比例来分配主席团的名额。有几名孟什维克站起来反对这个办法,但有一个留着胡子的士兵对他们喝道:"请你们想想吧,当我们布尔什维克还处于少数的时候,你们是怎样对待我们的!"选举的结果是,主席团里有十四名布尔什维克、七名社会革命党人、三名孟什维克和一名孟什维克国际主义者(高尔基集团)。亨德尔曼代表右派和中派的社会革命党人发言,声明他们不参加主席团;亨楚克代表孟什维克做了同样的声明;而孟什维克国际主义者则表示,在某些条件证实以前,他们也不能参加主席团。会场上有零零落落的掌声和跺地板的声音。有人喊道:"你们这些叛徒,还有脸说你们自己是社会主义者哩!"乌克兰的代表们要求在主席团中占有一席,大会接受了这个要求。在这之后,那些旧全俄苏维埃中央执行委员会的领导人走下台来,而在他们原来的位子上出现了托洛茨基、加米涅夫、卢那察尔斯基、柯仑泰夫人、诺根……这时全场起立,发出雷鸣般的欢呼。这些布尔什维克上升得多么快呵!在不到四个月以前,他们还是一个受轻视和受迫害的党派,而现在他们却取得了最高的地位,领导着伟大的俄罗斯在武装起义的惊涛骇浪中前进!

"今日的议程呢,"加米涅夫说,"是这样的:首先,政权组织;其次,战争与和平;再次,立宪会议。"这时便有洛佐夫斯基站起来道,各党各派联席会议的协议建议先听取和讨论彼得格勒苏维埃的报告,之后再给全俄苏维埃中央执行委员会及各党派人士发言的机会;最后则按顺序讨论今日议程的相关事项。

但是突然从远处传来一种新的声音,这声音压倒了会场上的喧嚣,轰隆隆的历久不息,打破了大地上的沉寂——这是沉重的炮声。人们焦急地注视着那模糊的窗子,一种激情浸透他们全身。马尔托夫要求发言,他嗓子嘶哑地说道:"同志们,内战正在开始!首先的问题就是必须用和平方法来解决这个危机。无论从原则上来说或从政治的观点来说,我们都必须立即讨论避免内战的措施。我们的弟兄们正在街头上流血牺牲!此时此刻,正当苏维埃代表大会刚刚开幕,竟有一个革命政党组织了军事暴动,用这种方式来解决政权问题——"他的话被会场上的喧嚣声淹没,隔了片刻又听到他说:"所有革命政党都必须正视这个事实!目前摆在大会面前的首要问题就是政权问题,而这个问题却正在街头上用武力解决着……我们必须建立一个能被全体民众所承认的政权。如果苏维埃代表大会希望能成为革命人民的喉舌,就一定不能对那正在蔓延开来的内战袖手旁观。内战的结果,会导致危险的反革命暴乱……和平解决的可能性,在于建立一个联合的民主政府。……我们必须选出一个代表团,去同其他的社会主义政党和团体进行磋商……"

动辄有轰隆隆的加农炮声有节奏地传进窗子里,还有那些代表,都在互相大声争吵……于是,正是在这炮声隆隆的漆黑中,伴随着彼此相左的意见,伴随着恐惧与无所畏惧,诞生出了一个崭新的俄罗斯。

左派社会革命党和统一社会民主党所支持的都是马尔托夫的提议。于是这一提案被采纳了。有个战士说,全俄农民苏维埃执行委员会拒绝派代表来参加这次会议,所以建议委员会应派去一个代表团,向他们提出正式邀请。"还有些代表就是农民,"他说,"我建议也给他们选票。"这一提议也被采纳了。

带着上尉肩章的哈拉什激烈地要求发言。他大声怒吼:"那些操纵着本届大会的政治骗子告诉我们,说我们是来决定政权问题的——然而在本届大会开幕以前,他们就背着我们私自把政权问题决定了!现在正在开炮轰击冬宫,而那个敢于做这种冒险的政党,就是用这种轰击来钉牢它自己的棺材盖的!"这时全场发出怒吼。接着是盖拉发言:"当我们正在这里讨论和平建议时,街头却正在进行战斗……社会革命党人和孟什维克决不卷入目前所正在发生的这一切,并且号召所有的社会力量来对抗这种夺取政权的企图……"第十二军的代表、劳动团分子库钦说道:"我被派到这里来只是为了打听消息的,我马上就要回到前线去。在前线上,所有的军队委员会都认为,现在距立宪会议的开幕期只有三星期,而苏维埃要在这时夺取政权,那简直是在军队背后刺上一刀,简直是反人民的罪行——"场内有人喊道:"说谎!你在说谎!"……接着又听到他说:"让我们来制止在彼得格勒所进行的这种冒险行动吧!为了救亡和革命,我请求所有的代表们都离开这个会场!"当他在震耳欲聋的喧嚣声中从过道走出去的时候,会众就像怒潮一样向他扑过去,威胁着要揍他……在这之后发言的是亨楚克,他是一个留着尖尖的棕色山羊胡子的军官,用一种温和而劝说的语调说道:"我作为来自前线的代表发言。在这个大会上,部队并没有足够的代表人数。而且部队认为,现在距立宪会议的开幕期只有三星期,实在没有必要举行这个大会——"这时会场上一片叫声和踩地板声,越来越猛烈。他又说道:"部队不认为苏维埃代表大会有合法的权力——"全场的士兵听到这儿都开始站了起来。

"你这是替谁说话呢?你到底代表什么啊?"他们高喊道。

"我代表第五军苏维埃中央执行委员会、第二Ｆ团、第一Ｎ团、第三Ｓ步兵团……"

"什么时候把你给选出来了啊?你是代表军官的,才不是战士呐!你先听听战士们对此有啥高见吧!"讥笑声和喝斥声随之四起。

"我们作为前线小组,对已经发生和正在发生的一些事情,现特此声明：我们都是不负任何责任的。而且我们还以为，必须要动员所有有革命和自我觉悟的力量来拯救革命才是！前线小组还是退出大会比较好……真正的战场在外头，在大马路上！"

怒吼咆哮又充斥了全场："你这是在替司令部讲话哪，根本没站在部队这边！"

"我呼吁，所有有理性的军人都离开会场吧！"

"科尔尼洛夫分子！反革命！奸细！"这家伙被骂了个狗血喷头。

代表孟什维克的亨楚克接着宣布，唯一有可能和平解决问题的方式，便是着手与临时政府谈判，其目的在于建立一个新内阁，社会各阶级都能够拥护的那种。话说到这里，足有好几分钟长的时间，他都没办法再说下去了，但他提高了嗓门又继续宣读了来自孟什维克的声明：

"因布尔什维克在彼得格勒苏维埃的协助下发动了军事政变，却并没有与其他党派商量，所以我们发现根本没办法再在这个大会里留下来了。现决定退出，且恳请其他党派也跟随我们的脚步，来一起开会讨论当前的局势吧！"

"逃兵！"

持续不断的吵闹干扰着社会革命党代表亨德尔曼的发言，只能听到他在抗议轰打冬宫的事件……"我们是反对这等无政府状态的……"

他尚未走下讲台，便有一个年轻的、瘦面庞的、大眼睛忽闪忽闪的战士跳了上去，演剧般的高举双臂：

"同志们！"只听他疾呼一声，全场顿时安静了下来，"我的名字叫彼得逊，我代表拉脱维亚第二步兵团发言。你们已经领教过军队委员会那两位代表的言论了。如果发表那些言论的人真是部队的代表，那么，那些言论也许还有点价值……"这时全场掀起暴风雨般的掌声。"然而他们并不是代表士兵的！"他挥动着拳头，"许久以来，第十二军一直就坚决主张改选苏维埃和军队委员会，但正如你们的全俄苏维埃中央执行委员会一样，我们的委员会直到9月底还拒绝召开群众代表会议。因此，那些反动分子就得以选派他们自己的伪代表来出席本届大会。现在我告诉你们，拉脱维亚的士兵们曾经多次说道：'不要尽是决议了！不要尽是空谈了！我们需要行动！——我们一定要把政权掌握在自己的手中！'让那班冒名顶替的伪代表退出大会吧！部队是不会跟着他们走的！"

这时全场欢声雷动。在大会刚刚开幕的时候，代表们被那些瞬息万变的事态弄得目瞪口呆，被大炮的轰鸣弄得心慌意乱，原是有点踌躇不决的。大约有一小时之久，从讲台上所发出的言论，宛如铁锤不断地打在他们心头上，使他们团结得更紧，但是又使他们困惑不解。那么他们究竟是不是孤立的呢？是不是整个俄罗斯都在起来反对他们？部队正在向彼得格勒进军的消息是否属实？就在这时刻，那个目光锐利的青年士兵发言了，他们心里顿时明白他所说的一切都是真情实况……这才是士兵们的声音——那千百万穿着军服的激动的工人和农民，都是和他们自己一样的人，他们之间的思想感情是完全一致的……

又有几个士兵发言……格热利夏克代表那些来自前线的代表们宣布，前线小组中只有半数多一点的人投票赞成离开大会，布尔什维克的代表根本就没有参加投票，因为他们主张按照政党来分组，而不是按小组来分。他说道："有几百名来自前线的代表都是在没有士兵参加的情况下被选出来的，因为军队委员会不再是普通士兵群众的真正代表了……"鲁基亚诺夫大声说道，像哈拉什和亨楚克之流的军官绝不能在大会上代表部队，只是代表那些上级指挥官。"那些真正生活在战壕里的人们是全心全意地渴望着把政权转移到苏维埃手里的，而他们正对这次政权转移抱着巨大的希望！"说话间事态渐渐有了改观。

然后发言的是阿布拉莫维奇，他代表的是"崩得"——一种犹太社会民主党的组织。厚厚的眼镜片后面,他的双眼眨个不停,同时竟是气得直哆嗦的。

"如今正在彼得格勒上演一场无比可怕的大灾祸呀!我们崩得小组是支持孟什维克和社会革命党人的声明的,我们也要退出大会!"他拔高嗓音,高举双手,"我们对俄国的无产者是负有责任的,这责任不许我们再留在这里,为这些罪行担肩胛了。因为对冬宫的攻击尚未停止,市杜马、孟什维克及社会革命党人,再加上农民苏维埃执行委员会,决定联合起来与临时政府共存亡,因此我们也打算加入进去!我们既然没有武器,那么只得敞开胸膛去面对恐怖分子的机关枪啦……我们恳请大会的全体代表都这么做……"会场其余的人顿时发出暴风骤雨般的斥骂、威胁和诅咒声,当又有五十个代表挤出人群拥上讲台时,声音便越发沸腾起来了……

加米涅夫只得摇铃呐喊:"都坐回位子上去!咱们继续往下议事!"接着托洛茨基面色苍白、神情冷酷地站了起来,放开嘹亮的嗓门,满面蔑视之态地冷声道:"这帮子人都是所谓的社会主义妥协派,孟什维克也好,社会革命党人也罢,再加上崩得分子,既然他们都已经吓坏了,那么——就让他们滚吧!都是一帮子废物点心,只有被扫进垃圾堆的份儿!"

代表布尔什维克的梁赞诺夫说:"应市杜马的要求,军事革命委员会已派代表团来向冬宫方面提出谈判了。如今,我们已做出了最大努力去避免流血牺牲……"

我们匆匆忙忙离开了会场,在军事革命委员会的办公室门口停了一会儿。军事革命委员会正在以疯狂的高速度进行工作,在那应接不暇的嗡嗡的电话声中,有许多忙得喘不过气来的联络员跑进跑出,那些具有生杀予夺之权的特派员奉命驰往本市的每一个角落。房门一开,就有一股混浊的空气和香烟的浓雾迎面扑来。我们瞥见有几个头发很乱的人,正弯着身子在一盏带罩的电灯光底下看地图……那位满面带笑、梳着一头淡黄色头发的年轻同志名叫约瑟弗夫·杜赫温斯基,他为我们填发了通行证。

当我们走出来的时候,外面夜色苍茫,寒风刺骨。整个斯莫尔尼的前院就像是一个巨大的停车场,汽车不断地开进开出。压倒那些汽车的闹声的,是那不时从远处传来的大炮的轰鸣。有一辆大卡车停在那边,它的引擎开动着,车身震动得发抖。有几个人正在把一捆捆的东西捧到车上去,而车上另外有几个人把它们接过来,他们身边都带着枪。

"你们正要往哪儿去呢?"我大喊着问。

"往城里去——去哪儿都成啊!"一个小个子工人张大嘴巴笑开怀地答道,好一副眉飞色舞之态。

我们拿出我们的通行证来,要求跟他们一起走。他们表示欢迎,说道:"请上来吧!不过也许会碰到射击呢——"我们爬了上去。咔嚓一声,司机挂上了档,大卡车就猛然向前冲进。我们不禁都向后一仰,倒在那些正在爬上车来的人们身上。车子从院内那一大堆篝火旁边驶过,接着又从大门口那一堆篝火旁边驶过,有许多背着枪的工人蹲在篝火周围取暖,他们的脸被那熊熊的火焰照得通红。车子开足了马力在苏伏洛夫大街上奔驰,车身左右摇晃……这时有一个人打开一捆印刷品,开始将一大把一大把的传单散到空中去。我们也模仿他这样做,于是,当车子在那夜色朦胧的大街上疾驰而过时,它后面就拖着一条由无数白纸所组成的长尾巴,飘飘荡荡,随风飞舞。深夜的行人弯下了身子来捡这些传单,那些围在街头巷尾篝火旁边的巡逻兵也纷纷跑过来,举起双臂去扑这些飞舞着的传单。有时车子前面突然出现几个武装人员,他们举起枪来,高声喝令"停车"!然而我们的司机只是若无其事地喊些什么听不清楚的话,继续颠簸地向前飞驰……

我捡起一张纸来,就着时明时灭的路灯读道:

全俄的公民们！

临时政府已然垮台了。因此国家的统治权便转交到了彼得格勒工兵代表苏维埃机关以及军事革命委员会的手中。他们堪称彼得格勒无产阶级及卫戍部队的龙头组织。

如今人民是为了这一主义而奋斗的：立时提出民主和约，剥夺地主对土地的所有权，工人监督生产，成立苏维埃政府——这样，主义才能得到实现。

革命工农兵万岁！

彼得格勒工兵代表苏维埃军事革命委员会

我身边坐着一个斜眼的、蒙古面型的人，戴着一顶高加索式的羊皮帽。他突然说道："要当心呵！在这一带，常常有奸细从窗户里往外开枪射击哪！"我们的车子转弯开进那昏暗的、几乎空寂无人的兹纳缅斯基广场，绕过那座显得很狰狞的特鲁伯茨科的雕像，然后驶往那广阔的涅瓦大街。我们车上有三个人站起来，执枪注视着沿街的窗户。当我们的车子驶过时，大街上的气氛非常活跃，人们纷纷跑过来，俯下身子拾传单。这时已经听不到炮声了，愈靠近那位于城市边缘的冬宫，大街上就愈安静，行人就愈稀少。市杜马大厦仍然灯火辉煌。再往前走，就模模糊糊看见前面有一大群人影。有一长排水兵拦在那边，拼命地叫我们停车。于是车子慢慢停下来，我们下了车。

那真是一个惊心动魄的场面。就在叶卡捷琳娜运河拐角的地方，在一盏弧光灯的光焰下，有一队全副武装的水兵拦在涅瓦大街上，挡住一大群人不让他们通过。那边有三四百人，四个人一排，其中有穿着礼服大衣的男人和穿着讲究的妇女，还有军官——那是一群各色各样、身份不等的人。在那一群人中，我们认得有许多都是从第二届全俄苏维埃代表大会中退出来的代表，孟什维克和社会革命党人的领导人。如那瘦瘦的留着红胡子的农民苏维埃执行委员会主席阿夫克森齐也夫,克伦斯基的发言人索罗金,还有亨楚克、阿布拉莫维奇;而站在队伍最前面的就是年迈须白的彼得格勒市长施勒伊德和普罗柯波维奇,他是临时政府的粮食部部长,曾于当天早上被逮捕但又被释放了。我在人丛中瞥见《俄罗斯每日新闻》的记者马尔金,他高兴地喊道:"我们要到冬宫去殉难呢!"那个长长的队伍站着不动,然而前面却传来一阵激烈的争吵。施勒伊德和普罗柯波维奇正在对一名身材高大的水兵咆哮,看样子他就是这一队水兵的指挥员。

他们嚷道:"我们要过去!你看哪,这些同志都是从办维埃代表大会来的,还带着代表证呢!我们要到冬宫去!"

那门卫不由得大窘,双眉紧锁,粗糙的手直挠头。"军事革命委员会给我下了命令,不许放任何人进冬宫的。"他打着磕巴,"但我也可以派个同志去给斯莫尔尼打个电话……"

"我们是一定要进去的!我们又没带武器,你同不同意我们都非进不可!"老施勒伊德满面激动之色地嚷。

"我也是奉命行事。"门卫面罩寒霜地重复了一句。

"你要想打我们,那就开枪吧!我们是一定要过去的!大家走哇!"吼声四起,"我们是做好了牺牲的准备的,如果你竟没人性到了能朝俄国人和自己的同志开枪的地步,那么我们也敢袒胸面对你的枪口!"

门卫却坚定地道:"不成,我不能让你们过去的。"

"如果我们就过了,你能怎样?放枪吗?"

"不会,我不会打手里没武器的人的。我们不可以朝手无寸铁的俄国老百姓开枪……"

"我们一定要过去!你又能怎样?"

那门卫终于气急败坏了,答道:"我倒也是有办法对付。我们不能让你们通过,我们可以对付你们的。"

"你能做什么?你要怎么对付?"

另一个战士这时过来了,一副非常生气的样子,咬牙切齿地道:"我们可以揍你们啊!到了必要的时候我们可以开枪啊!所以现在你们快滚,让我们也好清静会儿!"

这时,只听见一阵极愤怒、极怨恨的嚷嚷声,然后,普罗柯波便站到了一个箱子状的东西上,挥舞着他的雨伞,开始做演讲了:

"同志们,百姓们,"他说,"他们是已对咱们使用武力的了!可咱们决不能叫咱们干干净净的热血流在这些无知家伙的手里!叫这群叛道夫(我一直不明白'叛道夫'到底是什么意思)把咱打倒在大马路上,这岂不太有失咱们的身份了吗!所以咱们还是回到市杜马去探讨救国和革命的最佳途径吧!"

就这样,在一片肃穆中,长长的队伍掉了个头,又走回到涅瓦大街上去了,但一直保持着四人一排的队列。我们忙趁乱溜过了门卫,往冬宫的方向去了。

这一带完全没有灯光,除了有些士兵和赤卫队在极端认真地往来巡逻,一切都毫无动静。在喀山大教堂前面,街道中央安着一门三英寸口径的野战炮。它刚才轰击过楼房那边的目标,炮身因为后坐力而倾斜到一边去了。所有的门口都站着士兵,他们在低声细语,并且注视着那边的警察大桥。我只听清了他们所说的一句话:"可能我们做错了呢……"每个角落里都站着巡逻队,对所有的行人进行搜查。而这些巡逻队的组织方式是很有意思的,因为总是由一名赤卫队的战士来指挥几名正规士兵。……这时射击已经停止下来了。

当我们刚刚走到海洋大街的时候,就听到有人正在大声叫喊:"士官生打发人来传话,说他们希望我们去接管冬宫,好让他们撤出来。"接着,就听到指挥员开始发号施令的声音。在那漆黑的夜里,我们模模糊糊地看见有一大群人影在向前移动,他们那沙沙的脚步声和铮铮的武器撞击声,打破了四周的沉寂。我们插进了这支队伍的最前列。

这支队伍就像一条黑色的河流，顺着街道一直向前奔流，没有唱歌，也没有呼口号。当我们穿过红色拱门的时候，正走在我前面的那个人低声说道："同志，小心点！不要相信那些士官生，他们一定会开火的！"队伍走到空旷的地方，我们就开始跑步前进，身子俯得低低的，大家靠得很紧，然后很快地拥到亚历山大纪功柱台基的后面。

"你们叫他们杀了多少啊？"我问。

"不知道啊，十来个总是有的……"

我们挤在那儿几分钟，这数百人的队伍镇定了一下，并没有任何人发号施令，又突然继续前进。这时，在从冬宫所有窗户里射出来的灯光下，我才看清楚那些走在前头的二三百人都是赤卫队，中间只夹杂着少数几个士兵。我们爬过那座用木柴堆成的街垒，跳到里面去。当我们的脚踩到那些原先守卫在这里的士官生所丢下来的一堆步枪时，大家都发出了胜利的欢呼。冬宫正门两旁的便门都敞开着，里面倾泻出灯光。从那座巍峨的建筑物里，听不到一点轻微的声音。

我们夹在那狂涛怒潮般的人群里，拥进了右手的入口。这入口通向一个巨大而空荡荡的拱形房间，那是冬宫东厢的地下室，从这里通向许多曲折迷离的走廊和楼梯。房间里摆着许多装东西的大箱子，那些赤卫队和士兵们猛然扑过去，用枪托把那些大箱子打开，从里面拿出一些地毯、窗帘、细麻布、瓷盘、玻璃器皿之类的东西。其中有一个人肩上扛着一架铜制的自鸣钟，大摇大摆地走来走去；另外有一个人找到一支鸵鸟的羽毛，把它插在自己的帽子上。抢劫刚刚开始，就听到有人大声喊道："同志们！不要动任何东西！不要拿任何东西！这是人民的财产！"马上有许多人喊道："住手！把所有东西都放回去！不要拿任何东西！这是人民的财产！"有许多人拖住那些拿东西的人，从他们手中夺下了锦缎和地毯；有两个人夺下了那架铜制的自鸣钟。人们迅即把那些东西横七竖八地放回到原来的箱子里去,并且有人自动地在那边站岗。所有这一切,完全是自发的。在走廊和楼梯上不断回荡着人们的喊声。"革命的纪律!人民的财产!……"

我们又掉头回去,从左侧的入口进去,直入冬宫的西厢房。此时这里倒也恢复了秩序。有一个赤卫队的战士把头探进内门里大喊道:"全部离开冬宫!来吧,同志们,让他们瞧瞧咱可不是盗贼。每个人都走,只有特派员留下。等设了门卫咱们再进来。"

有两名赤卫队的战士、一名士兵和一名军官,握着左轮手枪站在门口。在他们后面,另外有一名士兵坐在桌子旁边,手里拿着纸和钢笔。门里门外都是一片喊声:"大家都出来!大家都出来!"于是那一大群人熙熙攘攘,互相规劝着,争论着,从门里拥出来。每走出一个人,那个自动组织起来的委员会就把他当头拦住。掏遍他的每一只口袋,并且搜查了全身。凡是显然不属于他自己的物品都被扣留下来,由那个坐在桌子旁边的士兵登记在纸上,然后送到近旁的小房间里去。在那些被没收的五光十色的东西里面,最引人注目的是些小雕像、墨水瓶、绣着皇室徽记的床单、蜡烛、小型的油画、案头吸墨具、镶着金柄的刀剑、肥皂、各色各样的衣服、毛毯等。有一个赤卫队战士背着三支步枪,其中有两支是从士官生那边拿过来的。还有一个人拿着四只皮包,那里面装满了公文手稿。那些犯错误的人不是垂头丧气地认错,便是像小孩一样地请求饶恕。委员会总是立刻向他们解释道:偷窃行为是和人民战士的光荣称号不相容的。常常有些自己被搜查过的人马上就转过来帮着搜查其余的同志。

这时便有三四人排成一列的士官生出来了。委员会成员们以超乎寻常的激动劲儿抓住他们,一面玩命地搜检,一面审问他们道:"哼,是奸细吧!是科尔尼洛夫分子吧?反革命!屠杀人民的刽子手!"虽说并未对他们施加暴力,但这伙士官生已经吓坏了。他们的衣兜里满是掠夺来的小零碎,此时都被记录员细细地记下来了,然后全部拿走,堆进了一个小屋子里……士官生们的武器也被解除了。有人声如洪钟地斥问:"你们现在还敢不敢拿枪拿刀地对付老百姓啦?"

"不了。"士官生们纷纷回答道,于是这才放他们走了。

我们问能否进去,委员会的人犹犹豫豫地不知能否放行,但有个大块头的赤卫队战士十分决绝地回答绝对不允许。"你们到底是啥人?"他问,"我哪能判断出来你们到底是不是克伦斯基分子呀?"(其实我们五个人里,还有两个是女的呢。)

"让路呵,同志们!请让路!"有一名士兵和一名赤卫队战士出现在门口,把人群推向两边,随后出来的是几名卫兵,带着安上刺刀的步枪。在他们后面有六名穿便服的人鱼贯而出——他们都是临时政府的成员。走在前头的是基什金,他神情沮丧,面色苍白;接着是卢登堡,绷着脸,低着头;再后面是捷列申柯,他横眉厉目地东张西望,用一种冷冷的眼光注视着我们。……他们默默无言地走了过去。胜利了的起义者都挤过来看他们,然而也仅仅是义愤地嘟囔了几句。后来我们才知道,街头的群众曾经想私自处死他们,而且有人开了枪,但有一队水兵把他们安全地押解到彼得巴甫洛夫要塞去了。……

在这当儿,我们没有遇到什么阻碍就走进了冬宫。还有许许多多的人拥进拥出,在这宏伟的建筑物里搜查那些刚刚被发现的房间,看有没有士官生躲藏在里面,然而实际上那里面并没有什么士官生。我们走上楼,从这个房间逛到那个房间。从涅瓦河那边过来的另一些队伍,也已开进了冬宫的这一部分。大厅里的图画、雕像、挂毯和地毯都安然无恙,但在那些办公室里,所有的办公桌和橱柜都被翻开,地板上撒满了零乱的文件。在起居室里,床上的被单都已被揭走,衣橱都已被扭开。最宝贵的劫掠品莫过于衣服了,因为那是劳动人民所迫切需要的东西。在一间堆着家具的屋子里,我们撞见两个士兵正在从一些椅子上把那精美的西班牙出产的皮面子撕下来,他们说要拿去做靴子。……

旧宫廷的用人们依旧身着蓝、红、金色相间的制服,十分紧张地站在那里,且习惯性地重复说道:"大人们!你们不能进去!那是禁止的——"最后,我们钻进一间涂着金色和孔雀石色的、挂着深红色锦缎帷幔的房间,这就是当天那些临时政府的部长们曾经日夜开会的地点。也就是在这里,他们被宫廷仆役向赤卫队告发了。那个铺着绿色呢绒的长台子,还丝毫未动地保留着他们被逮捕时的情况。在每一个空座位前面都摆着钢笔、墨水和纸,纸上面胡乱地写着一些行动计划、宣言和文告的草稿,然而都只有开头几句。那些草稿绝大部分都被涂抹掉了,因为执笔者自己也逐渐明白那些计划是完全不可能实现的。纸张空白的地方有一些随心画出的几何形图案,那是执笔者心猿意马地坐在那里听一个部长接一个部长提出一些虚妄的计划时信手乱画的。我捡起一张这样乱涂乱画的纸,那是柯诺瓦洛夫的手迹,上面写道:"临时政府呼吁一切阶级都来拥护临时政府——"

必须记住,在所有这一段时间内,尽管冬宫已被包围,临时政府还是与前线部队以及俄国各地保持着联系。布尔什维克在当天清晨就占领了陆军部,但是他们不知道陆军部的电报室是设在阁楼上的,也不知道它与冬宫之间有一条秘密电话线可以联系。就在楼顶的电报室里,有一个青年军官坐了一整天,向全国各地发出洪水般的呼吁和文告。直到他听说冬宫已经陷落了,才戴上帽子,泰然自若地溜出了陆军部大厦。……

我们虽然对这一切都感到无穷的兴味,却很长时间都没有注意到我们周围那些士兵和赤卫队态度的转变。当我们正从这个房间踱到那个房间的时候,有一小群人尾随在我们后面。及至我们走进那巨大的图画陈列室(当天下午我们曾经在那边和一些士官生谈过话),差不多有一百人跟着我们拥进来。有一个身材魁梧的士兵拦住我们的去路,他的脸上带着怀疑的怒容。

"你们是些什么人?"他咆哮如雷地问道,"你们在这里干什么?"其他的人徐徐地围拢上来,盯着我们并且开始窃窃私语。我听见有一个人说道:"奸细!小偷!"我出示军事革命委员会发给我们的通行证。那个士兵小心翼翼地把通行证接了过去,颠倒着拿在手上,呆呆地看不懂。显然他是不识字的。他把通行证还给我并往地板上吐了一口唾沫道:"又是什么文件!"那一群人慢慢地向我越走越近,就像一群野牛围住一个徒步的牧童一样。这时我瞥见他们背后站着一个军官,看上去似乎无能为力的样子。我就喊那个军官,他从人群中挤到我们这边来。

他对我说:"我是特派员。你们是谁?这儿到底是怎么啦?"说话间,其他人便都退后等着了,而我则拿出了相关文件。

他语速飞快地用法文问道:"您是法国人吗?这可相当危险哩⋯⋯"说罢便转向了人群,高举起我们的证明文件。"同志们!"只听他嚷道,"这几位都是从美国来的同志。他们到咱们这儿来,就是为了能把无产阶级军队的勇敢和革命纪律带回他们本国去哩!"

便有个大块头战士说道:"你是怎么晓得这些的?我倒说他们都是些奸细呢!他们一边说自己到这儿来是为了观察一番无产阶级军队的革命纪律,可一边却无组织无纪律地在冬宫里闲荡。再说了,我们哪儿能知道他们是不是揣了一口袋的掠夺品呀?"

"就是!"其他人一边大嚷一边就挤上前来。

"同志们!同志们!"方才那位军官央求道,脑门儿直冒汗,"我是军事革命委员会的特派员,你们还不信任我吗?得啦,我告诉你们吧,他们这些通行证上的签名,跟我那张证件上的可是一模一样的!"

他引我们下楼去,穿过冬宫出了一扇朝着涅瓦河码头开的大门。这里也照例有一个负责搜身的委员会成员把守着⋯⋯"你们差点就走不了了!"他嘟嘟囔囔地道,连连抹着脸上的汗。

我们便问道:"妇女营那边出什么事啦?"

"唉,那帮女的呀!"他笑道,"全都缩到后头那间屋子里去了。到底该拿她们怎么办,这可真愁死我们啦——好多人都歇斯底里了。所以,我们最终是押着她们到了芬兰火车站,让她们坐火车往拉瓦肖沃去了。拉瓦肖沃那里也有她们的营房……"

我们走了出来,夜里很冷,气氛很紧张。人影幢幢的部队正在移动,发出沙沙的声音,巡逻队则风驰电掣而过。在涅瓦河的对面,隐现着彼得巴甫洛夫要塞的巨影,从那边传来了粗哑的喊声。……脚下的人行道上堆积着一些崩碎的泥灰,那是由于"阿芙乐尔"号战舰所发的两枚炮弹打中了冬宫屋檐而落下来的,而这就是冬宫在炮击中所受到的唯一损失……

这时已经是凌晨三点多钟了。在涅瓦大街上,所有的街灯又重新放射出光芒,大炮已经撤走了,只有一些赤卫队的战士和士兵蹲在篝火周围取暖,那便是战争留下来的唯一痕迹。全城都很安静——也许在它的历史上就从来不曾这样安静过,在那一夜没有发生过一件拦路抢劫的事,也没有发生过一件盗案。

然而,市杜马大厦还是灯火通明。我们走进那座有长廊的亚历山大大厅,里面挂着巨幅的、镶着金框和披着红色彩带的历代沙皇御像。大约有一百人围在讲台前面,斯柯别列夫正在那边讲话。他主张扩大治安委员会的组织,把一切反对布尔什维克的力量都联合起来,组成一个庞大的团体,命名为救亡和革命委员会。当我们在旁边看着的时候,那个救亡和革命委员会就组织起来了。后来,那个委员会发展成为布尔什维克最强大的敌人。在下一周中,它时而以它自己的党派名称出现,时而又严格地以无党派的社会治安委员会名称出现……

唐恩、郭茨、阿夫克森齐也夫都在那边。一些从第二届全俄苏维埃代表大会中退出来的代表,农民苏维埃执行委员会的委员,老态龙钟的普罗柯波维奇,甚至连一些共和国临时议会的议员——其中包括维纳维尔以及其他的立宪民主党人,也都聚集在那边。

李伯尔大叫大嚷道,苏维埃代表大会是不合法的,旧全俄苏维埃中央执行委员会仍然在行使职权……他们起草了一篇向全国呼吁的宣言。

我们喊住了一辆马车。"去哪儿啊?"但一听我们说"去斯莫尔尼",马车夫便连连摇头了。"才不去呢!"他说,"那地方净是些魔鬼……"于是我们在街上直走到筋疲力尽了,才终于找到一个愿意送我们过去的马车夫,但这人一来竟要价三十卢布,二来还只能停在离斯莫尔尼尚有两条马路远的地方。

斯莫尔尼大厦里还是灯火辉煌,不断地有汽车开进开出。哨兵们挤在那仍然烧得很旺的篝火四周取暖,急切地向每一个人打听最新的消息。走廊上都是忙碌的人群,他们眼眶深陷,而且很脏。在有些委员会的办公室里,人们躺在地板上睡觉,把枪摆在身边。尽管有些代表已经退席,会议大厅里还是挤满了人,喧嚣得像一片波涛汹涌的海洋。当我们走进会议大厅的时候,加米涅夫正在宣读那些被逮捕的临时政府部长们的名单。一读到捷列申柯的名字,会场上迸发出雷鸣般的掌声、欢呼声和笑声;卢登堡的名字所引起的反应比较弱;可是一读到帕尔钦斯基的名字。会场上又掀起暴风雨般的哄笑、怒吼和喝彩声……大会宣布,任命丘德诺夫斯基为驻冬宫的特派员。

这时出现了一幕富有戏剧性的小插曲。有一个大块头农民,顶着一张生满了络腮胡且怒不可遏的脸冲上讲台,拿拳头把讲桌砸得嘭嘭作响。

"我们,作为社会革命党人,坚决要求立刻释放那些在冬宫里的卓著的社会主义者的部长!同志们!你们知道吗,这四位同志可是宁愿牺牲生命和自由,也要反抗沙皇专政的呀!可是现在他们却被投进彼得巴甫洛夫的监狱里去了——那可是堪称'埋葬自由之坟墓'的监狱呀!"在一片怒吼声中,他继续擂着讲台大声嚷嚷。然后又有一名代表上台了,站在他身边,朝着主席团一指:

"难道咱们这群革命群众还能踏踏实实地坐在这里开会吗？此时那伙布尔什维克的暗探可正在拷打咱的领袖哪！"

托洛茨基做了一个手势，要求大家安静下来，说道："那些所谓'同志'在同政治冒险家克伦斯基一齐阴谋破坏苏维埃时被当场抓住——难道我们还有任何理由戴着白手套去和他们周旋吗？经过7月16日至18日的事变以后，他们对我们就一直是很不客气的。"他用一种得意的声调喊道："现在，那班'护国派'和意志薄弱的人都已经滚开了，整个保卫革命、拯救革命的重任都落在我们肩头上。目前特别重要的就是加紧工作，加紧加紧再加紧！我们已经下定决心，宁死不屈！"

接着发言的是一位刚刚从皇村来的特派员，他跑得气喘吁吁，身上沾满路上的泥土。他说："驻守在皇村的卫戍部队把守着彼得格勒的大门，时刻准备着保卫苏维埃和军事革命委员会！"全场掀起暴风雨般的喝彩声。"从前线上调回来的摩托兵团已经到达皇村，现在士兵们已经反正到我们这边来了，他们承认苏维埃政权，承认有必要立即把土地交给农民并由工人监督生产。驻扎在皇村的摩托兵第五营，是我们自己人……"

之后又有摩托兵第三营的代表上台发言。在狂热的气氛中，他告诉大家在三天以前，摩托兵团接到西南前线司令部的命令调来"保卫彼得格勒"。然而，士兵们都怀疑这个命令的用意。他们在别列多里斯克车站上遇到了从皇村来的第五营的代表，于是举行了一个联席会议，才晓得"在所有的摩托兵里面，没有一个人愿意使同胞们流血，也没有一个人愿意拥护那个资产阶级和地主的政府"！

作为孟什维克国际主义者的代表，卡别林斯基建议选出一个特别委员会，由其负责找到和平解决内战的途径。"根本就没有和平途径！"听众们闻言不由得大吼起来，"打胜他们才是唯一的办法哪！"投票时，这个提案被以压倒性的态势否决掉了，孟什维克国际主义者只得在一片冷嘲热讽的怒骂声中离开会场。这次退场已不会再引起什么恐慌来了……主席台上的加米涅夫朝着孟什维克的背影喊道:"孟什维克国际主义者口口声声说'和平解决途径'是'紧急提案',可一到投票时他们总会赞成那些要求退出大会的党派,害得议事日程一直悬而未决。""很显然,"加米涅夫总结道,"所有的退会行为原都是这帮子叛徒事先就想好了的!"

于是大会决定,忽略那些退会党派,直接发出了"告全俄工农兵书":

工友们,战士们,农民们:

全俄工兵代表苏维埃第二次代表大会开幕了。出席这次代表大会的有绝大多数的苏维埃的代表,还有很多农民苏维埃的代表。妥协派所把持的中央执行委员会的权力就此结束了。根据绝大多数工人、士兵和农民的意志,依靠彼得格勒工人和卫戍部队所举行的胜利起义,代表大会已经把政权掌握在自己手里。

临时政府已经被推翻。临时政府的大多数人员已经被逮捕。

苏维埃政权将立即向各国人民提出民主的和约,立即在一切战线上停战。苏维埃政权将保证把地主、皇室和寺院的土地无偿地交给农民委员会处理;将使军队彻底民主化,以维护士兵的权利;将建立工人监督生产的制度;将保证按时召开立宪会议;将关心城市的粮食和农村的生活必需品的供应;将保证俄国境内各民族都享有真正的自决权。

代表大会决定:各地全部政权一律转归工兵农代表苏维埃,各地苏维埃应负责保证真正的革命秩序。

代表大会号召前线士兵提高警惕,坚持到底。苏维埃代表大会深信,在新政府向各国人民直接提出的民主和约尚未缔结以前,革命军队定能捍卫革命,使其不受帝国主义的任何侵犯。新政府将采取一切措施,实行向有产阶级征发和课税的果断政策,以保证革命军队的一切必需品,并改善士兵家属的生活。

克伦斯基及卡列金之流的科尔尼洛夫分子妄想用军队来对付彼得格勒。好在有几支被克伦斯基骗来的队伍如今已经站到起义人民这边来了。

战士们!要时刻保持警惕,做出积极的反抗科尔尼洛夫分子克伦斯基的行动呵!

铁路工人们!请把所有被克伦斯基所利用,往彼得格勒运兵的火车都拦下来呵!

战士们!工友们!职员们!革命和民主之和平的命运掌握在你们手里!

革命万岁!

全俄苏维埃代表大会

这时才凌晨五点十七分。克雷连柯一副疲惫之态地爬上讲台,手里还拿了一份电报:

"同志们!这是从北方前线拍来的电报。第十二军向苏维埃代表大会致敬,他们宣布成立了一个军事革命委员会,已经把北方前线的指挥权掌握了!"全场欢声雷动,人们热泪盈眶,紧紧相拥。克雷连柯又继续报告道:"切列米索夫将军已经承认了那个委员会——临时政府的特派员沃伊廷斯基已经辞职了!"

情况如上所述。列宁和彼得格勒的工人们决定举行武装起义,彼得格勒苏维埃推翻了临时政府,并且把政变强加给第二届全俄苏维埃代表大会。现在,还要去争取伟大俄罗斯全境的胜利——然后再去争取全世界的胜利!整个的俄罗斯会跟着起来吗?而全世界又会怎么样呢?世界各国人民会不会起来响应?会不会掀起一个世界性的红色巨浪呢?

　　虽然已经是清晨六点钟,但夜色还很重,而且寒风凛冽。只是天空渐渐破晓,神秘的苍白色晨光正在不知不觉地照到那静寂的街道上,使篝火慢慢地暗下去。一个美妙的黎明的影子正在升起,照临整个俄罗斯的大地……

五　勇敢前进

11月8日是礼拜四，天亮时分，全城便陷入一片兴奋和混乱之中了，整个国家都在此番长久酝酿的大风暴中沸腾起来。表面上倒还风平浪静的，成百上千的百姓依然按时就寝，早早起床，上班也依旧遵守时间。彼得格勒的公共汽车仍走着，商店和饭馆仍开着，剧场有节目，绘画展也还打着广告……居家过日子的种种琐碎——哪怕是打仗的时候也照常进行的种种——都一丝未变。没有什么能比这更令人吃惊啦——社会机构竟能有如此蓬勃的生命力，即使面前有如此惨重的大灾难，社会居民们仍要把日子过下去，穿衣吃饭之外，娱乐也是不可缺少的。

哪里都能听到克伦斯基的小道消息，有人说他已上了前线啦，马上就要率领一大堆人马来攻打首都哩。又有《人民意志报》刊登了一道他发布于普斯科夫城的命令：

"布尔什维克丧心病狂的企图所造成的混乱状态，已经把国家推向灭亡的边缘，因此要求我们每一个人都立志尽最大的努力，献出自己的勇气和赤胆忠心，使祖国能够胜利地通过这场严峻的考验……

"在新的政府组织方案（如果组织成功的话）未公布以前，每一个人都必须留在自己原有的岗位上，对正在流血中的俄罗斯祖国尽自己的一份职责。必须记住,如果变动目前的军事组织机构,哪怕是最微小的变动,都将把前线开放给敌人而招致无可挽救的灾难。所以一定要不惜任何代价来维持军队的士气,保证严整的秩序,不使军队受到新的震荡,并保持军官与其下属之间的绝对信任。为了国家的安全,我命令所有的长官和特派员都坚守在自己的岗位上,正如我自己坚守在最高统帅的岗位上一样,等待共和国临时政府宣布它的意志……"

又有一道公告——它被贴得到处都是——回击了这道命令:

全俄苏维埃代表大会公告

前部长科诺瓦洛夫、基什金、捷列申柯、马利扬托维奇、尼基廷等人均已被军事革命委员会逮捕了。克伦斯基仍在逃亡之中。现下令:各级军队要用尽一切手段,尽早逮捕克伦斯基,押送至彼得格勒。

所有包庇克伦斯基的行为都将以重大叛国罪的罪名进行惩罚。

军事革命委员会放手加紧工作,像飞溅的火花一样,颁发了许许多多的命令、呼吁书和文告……它下令把科尔尼洛夫递解到彼得格勒来。它宣布恢复那些被临时政府拘禁的农民土地委员会的委员们的自由。它废除了军队中的死刑。它命令政府机关中的职员继续工作,并且警告道,如果他们拒不从命,就要予以严厉的处罚。它禁止一切盗窃、扰乱社会治安和投机倒把的行为,违者处以死刑。它任命了一批临时的人民委员去接管各个政府部门:外交部的人民委员是乌里茨基和托洛茨基;内政与司法部的人民委员是李可夫;劳动部的人民委员是施略普尼柯夫;财政部的人民委员是孟仁斯基;社会福利部的人民委员是柯仑泰夫人;商业、交通部的人民委员是梁赞诺夫;海军部的人民委员是水兵科尔毕尔;邮电部的人民委员是斯皮里多诺娃；剧院管理局的人民委员是穆拉维约夫，国家出版局的人民委员是杰尔毕舍夫；彼得格勒市政府的特派员是涅斯帖罗夫中尉；北方前线的特派员是波捷尔恩……

而对各级部队则是呼吁建立军事革命委员会。又号召铁路工人维持秩序，要毫不拖延地往城里和前线运送粮食……作为对他们的回报，则是允许铁路工人派代表去交通部里工作。

"哥萨克兄弟们！"又有一份宣言书说，"你们被派来攻打彼得格勒了。他们是想强迫你们与首都的革命工人、革命战士为敌呢。可千万别相信他们的话呀，他们那帮子地主和资本家，才是咱们共同的敌人。

"在本届的苏维埃代表大会中，俄国各地一切有觉悟的工人、士兵和农民的团体均有代表出席参加。大会也欢迎哥萨克的劳动人民能派代表来共聚一堂。那些黑帮分子的将军们，那些地主和暴君尼古拉的爪牙们，乃是我们的敌人。

"他们跟你们说什么苏维埃想要没收哥萨克人的土地，这是骗你们的。只有哥萨克大地主的土地会被没收掉，为的是把这些地给老百姓啊。

"请组织起哥萨克代表苏维埃吧！请同工人代表苏维埃和农民代表苏维埃结合起来吧！请向黑恶势力证明，你们绝非人民的叛贼，你们绝不想要受到整个革命俄国的咒骂！

"请哥萨克兄弟万不要执行敌人的命令。还望你们能派代表到彼得格勒来与我们谈……我们为彼得格勒卫戍部队中的哥萨克兵骄傲，因为他们没有去迎合敌人的期望……

"哥萨克兄弟啊！全俄苏维埃代表大会向你们伸出友谊之手。祝哥萨克与全俄工农兵之间的兄弟情谊长存！"

而"敌人"一方却四处张贴布告、散发传单，在报纸上打口水仗，说什么俄国马上就要倒大霉啦。如今这场仗是在报纸上打的，因为除了媒体，所有武器都已掌握在苏维埃手里了。

首先有"救亡和革命委员会"向俄国及欧洲其他地区广播呼吁：

写给俄罗斯共和国的全体公民！

彼得格勒的布尔什维克违反革命人民的意志，于11月7日罪恶地逮捕了临时政府一部分的成员，解散了共和国临时议会，并且宣布成立了一个非法的政权。当此外患极端严重之际，竟对革命俄国的政府施用这样的暴力，简直是对祖国犯下了滔天罪行。

布尔什维克的武装暴动，使国防事业受到了致命的打击，并且无限期地推迟了为人们所渴望的和平时日的到来。

我国的内战就是叫布尔什维克给挑起来的，带来了将国家推进无政府状态和反革命恐怖之中去的威胁，而且还害得立宪会议——我们原是要在这次会议上确定国家的共和政体，且将土地的所有权永远转交到百姓手里的——也失败了。

为了保持那唯一合法政权的法统，在11月7日夜间成立的救亡和革命委员会乃采取主动，组织了一个新的临时政府；这个新的临时政府建立在民主力量的基础之上，它将把祖国引导到立宪会议的召开，并且把祖国从无政府状态和反革命的深渊中拯救出来。公民们，救亡和革命委员会号召你们：

请拒绝承认那一暴力政权，请不要服从他们的命令！

请挺身而出，保卫祖国，捍卫革命！

请支持救亡委员会！

救亡委员会（即上文所说的"救亡和革命委员会"）由下列各团体组成：俄罗斯共和国临时议会、彼得格勒市杜马、全俄工兵代表苏维埃中央执行委员会（第一届）、全俄农民代表苏维埃执行委员会，以及从第一、二届全俄苏维埃代表大会中退出来的前线部队的代表、一部分的社会革命党人、孟什维克、人民社会主义者、统一社会民主派和"统一派"。

接着又有社会革命党、孟什维克护国派、农民苏维埃执行委员会、军队委员会和中央舰队委员会纷纷发文叫嚣：

"饥荒就要把彼得格勒给毁啦！德军将来践踏咱们的自由啦！黑恶势力的大屠杀亦将蔓延全俄！此时此刻，咱们全体有觉悟的工人、战士和市民都必须要团结起来才成！

"别再听信布尔什维克的话啦！他们是答应马上和谈，可那都是谎言呀！他们答应让咱们都能吃上面包，真是骗子！还有什么给咱土地，简直就是在编童话故事哩……"

所有文章全是这么一副腔调。

"同志们！你们是被卑鄙残忍地骗啦！所谓的夺取政权，完全是布尔什维克他们一手做出来的……对苏维埃中的其他社会主义政党，他们是把自己的阴谋隐瞒起来了的……

"他们许诺说给你们土地和自由，只可惜反革命会从布尔什维克所造成的这种无政府状态中坐食渔翁之利，反要将你们的土地和自由给抢走呢……"

报纸上则说得更狠些。

"吾之责任，"《人民事业报》说，"就是要从工人阶级中把叛徒给揪出来。我们有责任为此尽最大的力量，并且保卫我们的革命的主义！"

而作为最后一次为全俄苏维埃中央执行委员会发声的《消息报》则威胁说要狠狠复仇。

"至于全俄苏维埃代表大会嘛，我们可以肯定，它根本不是什么全俄苏维埃代表大会！不过就是个布尔什维克内部的私人小会罢咧。所以他们根本无权取消中央执行委员会的权力……"

《新生活报》一边呼吁成立一个必须把一切社会主义政党都联合在内的新政府，一边又严厉地批评社会革命党人和孟什维克那种退出第二届全俄苏维埃代表大会的行为。它还指出,布尔什维克的武装起义很清楚地意味着:一切关于与资产阶级成立联合政府的幻想都被证明是徒劳无益的……

《真理报》的前身为列宁主持的报纸《工人之路报》,但不幸于7月时被临时政府查封了。如今它犀利地欢呼道:

"工友们,战士们,农民们!你们3月份时已推翻了贵族集团的暴政,昨儿竟又把资产阶级的暴政给推翻了……

"当前的第一要务是守住彼得格勒的交通要道。

"其次要解除彼得格勒市里的一切反革命分子的武装。

"再来便是要建立革命政权,且要确保人民群众的纲领得以实现……"

立宪民主党的少数机关报和资产阶级的多数报纸,对于目前所发生的这一切采取一种超然事外和冷嘲热讽的态度,并以一种轻蔑的"我早就告诉过你是要这样的嘛"的口吻对待其他政党。一些有势力的立宪民主党人在市杜马里转来转去,同救亡和革命委员会勾勾搭搭。此外,资产阶级还在暗中进行活动,等待他们的时机,以为那总不会很远了。也许除了列宁、托洛茨基、彼得格勒的工人和普通士兵,当时就没有一个人曾经想到布尔什维克的政权会维持到三天以后。

那天下午,在那高大的半圆形的尼古拉大厅里,我看见市杜马仍在举行长期会议。会场上吵吵嚷嚷,所有一切反对派的力量都纠集在那边了。那位须发皆白、道貌岸然的老市长施勒伊德,正在描述他昨天晚上代表市自治政府到斯莫尔尼提出抗议的经过。他曾经向托洛茨基说道:"市杜马是由平等、直接和不记名投票选举出来的,是本市唯一现存的合法政府,它不承认新政权!"而托洛茨基却回答:"可以用一道宪法手续来消除这个困难,那就是把市杜马解散掉而另行改选……"他说到这里,会场上发出了一片怒吼。

那老头儿继续在市杜马会议上说道:"如果人们要承认一个靠

刺刀建立起来的政府,那么,我们倒是有一个。但我认为,只有被人民群众、被多数人所承认的政府才是合法的,而由少数篡夺者建立起来的政府绝不合法!"这时除了布尔什维克的议席,全场都发出狂热的掌声。在一阵乱哄哄的闹声中,这个市长宣布:布尔什维克在许多政府部门中任命了特派员,这就已经是在侵犯本市的自治权了。

布尔什维克的发言人站了起来,他竭力提高嗓子,使人们可以听到他的话。他说,全俄苏维埃代表大会的决定就意味着整个俄国都是支持布尔什维克的行动的。

"你们!"他吼道,"你们根本不是真正的彼得格勒市民的代表!"有人尖叫怒骂:"侮辱我们!侮辱我们!"老迈的市长显出一副妄自尊大之态,提醒他(指布尔什维克的发言人)说,市杜马可是经过最自由的民主投票方才选举出来的。"是啊,"布尔什维克的发言人道,"可那已是老早以前的事情啦——譬如旧全俄苏维埃中央执行委员会和军队委员会是老早选出来的一样。"

"根本就没有什么新全俄苏维埃代表大会!"又有人怒回他道。

"我们布尔什维克党派拒绝在这个反革命窝子里待下去啦——"随之叫嚣四起,"我们要求改选市杜马……"

在这之后,立宪民主党人盛加略夫要求将所有那些已经同意充当军事革命委员会特派员的市政工作人员予以免职并提出诉讼。施勒伊德站起来提出一项议案:市杜马向布尔什维克抗议其解散市杜马的威胁。而且,作为人民合法的代议机关,市杜马决不离开它自己的职守。

在外面,亚历山大大厅里挤满了人。救亡和革命委员会正在开会,斯柯别列夫又在讲话了:"革命的命运还从来没有像现在这样危急过,俄罗斯国家生死存亡的问题还从来没有像现在这样引起人们无限的忧虑,历史从来还没有像现在这样严峻而毫不含糊地把问题摊在面前——俄国是存在还是毁灭?挽救革命的伟大时刻已经到来了，我们认清这一点，所以能够自觉地把革命民主的有生力量都紧密地联合起来。由于我们的共同意志，一个救亡和革命的核心组织已经建立起来了……"他还说了许多其他诸如此类的话。"我们宁愿牺牲，也决不放弃我们的职责！"

在一阵特别热烈的掌声中，有人宣布铁路工会已经参加了救亡和革命委员会。过了一会儿，邮电部门的职工走了进来；接着，有几名孟什维克国际主义者进入会场，人们鼓掌欢迎。铁路上的职工们说，他们不承认布尔什维克，他们已经把整个铁路系统掌握在自己手中，拒绝把它交给任何一个篡夺者的政权。电讯工人的代表宣布，只要有布尔什维克的特派员坐在办公室里，电讯人员就干脆不开动他们的电报机。邮务人员拒绝向斯莫尔尼方面投递或接收邮件……所有通往斯莫尔尼方面的电话线都被掐断了。当有人描述乌里茨基如何到外交部去索取秘密条约而被涅拉托夫轰出来的情景时，会众都乐不可支。政府机关的职员也都停止了工作……

这是一场战争——一场经过周密计划的、俄国式的战争，是以罢工和破坏活动来进行的战争。当我们坐在那儿的时候，主席就宣读了一张委任名单：某某人去联络政府各部会，某某人去联络银行；十多个人到兵营里去进行活动，劝士兵们维持中立，向他们说："俄国的士兵们，不要使你的同胞们流血！"有一个代表团要出发去和克伦斯基进行磋商；还有一些人要被派到各省的大城市里去，在那边为救亡和革命委员会建立支会，并且把那些反对布尔什维克的人士串联在一起。

会众精神抖擞，情绪热烈。"那些布尔什维克竟然要对知识分子进行专政吗？我们倒要给他们一点颜色瞧瞧呢！"只要把参加这个会议的人与参加第二届全俄苏维埃代表大会的人做一对比，二者之间的差别就再清楚不过了。在苏维埃代表大会上，出席的是一大群衣衫破旧的士兵、衣服很脏的工人和农民，他们都是贫苦的人,在无情的生存斗争中被折磨得伤痕累累,直不起腰来。而在这个会议上,出席的却是些孟什维克和社会革命党的领导人——阿夫克森齐也夫、唐恩、李伯尔之流,以及前临时政府的部长们——斯柯别列夫、切尔诺夫之流。同他们肩并肩地坐在一起的有立宪民主党人,像老奸巨猾的沙茨基、巧言令色的维纳维尔,此外还有记者、学者、各色各样的知识分子。这一伙参加杜马会议的人都是吃得好、穿得好的。在他们这班人里面,我总共就没有找到三个以上的无产者……

各种新闻都风生水起。什么科尔尼洛夫的私人粉丝"野蛮师"竟把别霍夫地区看守科尔尼洛夫的人给杀了,并让科尔尼洛夫逃走了呀;什么卡列金正往北方行军呀……此时莫斯科苏维埃已成立了军事革命委员会,又与莫斯科卫戍司令谈判,想要拿下军械局的管理权,同时把工人都武装起来。

这些事实与一大堆令人吃惊的严重歪曲事实的谣言以及赤裸裸的谎话混在一处,比如,有个很聪颖的年轻立宪民主党人,先是当过米留可夫的私人秘书,后来又当了捷烈申柯的私人秘书,把我们拉到一边去,给我们讲了很多关于攻占冬宫的小道消息。

"布尔什维克是被德国和奥地利的军官带来的。"他信誓旦旦地说。

"真的?"我们礼貌地应付着,"您是怎么知道的?"

"我的一个朋友正在冬宫里,看见了他们哪。"

"那他怎么就敢说那是德国军官呢?"

"嗨,因为他们都穿了德军制服嘛!"

成百上千诸如此类荒唐之至的流言蜚语在传布着。不仅那些反对布尔什维克的报纸都郑重其事地把这些消息发表了出来,而且有许多似乎最不应该轻信的人——那些一向标榜只尊重事实的孟什维克和社会革命党人,都对之深信不疑……

然而,更严重的还是那些关于布尔什维克的暴行和恐怖主义的传言。例如，人们众说纷纭，报纸上也这样登载，说赤卫队不仅把冬宫洗劫一空，而且在把士官生解除武装以后又横加屠戮，此外还冷酷无情地杀死了几名临时政府的部长；至于那些女兵呢，说她们绝大多数都遭到奸污，而且有许多人因为受不了折磨而自杀了……所有这些故事，都被市杜马里面的这一群人完全信以为真。更糟糕的是，士官生和女兵的父母们读到了这些骇人听闻的细节（而且常常附有受害者名单），到了傍晚时候，这群急得发疯的公民就包围了市杜马……

有一个十分典型的例子，原本许多家媒体都说图曼诺夫亲王的尸身找到了，是在海洋运河里漂着呢。谁知才过了几个钟头，便又有亲王的家人站出来否认该说法，还补充说亲王只是被逮捕了。这样一来，报纸们便又改口说死了的那位是杰米索夫将军。但其实杰米索夫将军也活得好好的，且据我们调查，根本找不到从哪儿发现过死尸的任何迹象……

我们正要从市杜马大楼走时，只见两个童子军正在那扇对着涅瓦河开的大门口向一大群堵着门的人发传单哩。这些群众基本上是由商人、小业主和小职员组成的。有一张传单说：

市杜马布告

在10月26日的市杜马会议上，鉴于当前的形势，现发布一道日间法令：申明绝不可私闯民宅。通过房屋委员会，市杜马号召彼得格勒的市民采取一切果决有效之办法，以抵抗暴力入侵私人住宅的行动。只要是市民们出于自卫的目的，那么我们并不禁止使用武器。

在李切伊尼大街的拐角上，有五六名赤卫队队员和两三名水兵正在围住一个报贩子，要求他把孟什维克出版的《工人报》交出来。当一名水兵从摊子上把那些《工人报》抽出来的时候，那个报贩子愤怒地对他们高声呼喝,并且挥舞着拳头。周围聚拢了一大群乌合之众,他们也在责备这些巡逻兵。有一名青年工人正在倔强地对那一群人和报贩子进行解释,他说了一遍又一遍:"那张报纸上登着克伦斯基的文告,胡说我们屠杀俄国人民。那会引起流血的……"

如果说还有什么是更紧张的,斯莫尔尼的气氛是比以前任何时期都更为紧张了。在那光线很暗的走廊里,那同样忙碌的人群在跑来跑去。他们是一队队背着步枪的工人,以及手里拿着鼓鼓的公文包的领袖人物。他们一面匆匆忙忙地跑着,一面同围在身边的战友们和助手们讨论问题、解答问题、发布命令。他们都是些真正名副其实的忘我的人,都是些活生生的能不眠不休、夜以继日地工作的传奇人物。这些人都有许多天没有刮胡子,衣服很脏,眼睛红肿,他们正乘着高歌猛进的列车,用最大的速度奔向他们预定的目标。他们有许多事必须做,简直多得不得了!他们要接管政府机关,要组织市政,要使卫戍部队忠于苏维埃政权,要同市杜马以及救亡和革命委员会斗争,要抵御德国军队,要准备同克伦斯基作战,要把在首都所发生的一切通知各省,要在从阿尔汉格尔斯克直到符拉迪沃斯托克(海参崴)之间进行宣传鼓动工作。……政府机关和市政机关的职员都拒绝服从他们派去的特派员,邮电职工切断了他们同外界的电讯交通,铁路员工冷酷地不理睬他们关于征用火车的呼吁,克伦斯基正在逼近首都,卫戍部队也并不是完全可靠的,哥萨克兵正在伺机而动。……反对他们的不仅是那些有组织的资产阶级,而且还有一切其他的社会主义政党。只有那些左派社会革命党人、少数几个孟什维克国际主义者和统一社会民主派国际主义者是例外,但甚至连他们也动摇不定,不知道何去何从。固然,工人们和士兵群众是拥护他们的,不过农民却是一个未知数。而归根到底,布尔什维克毕竟是一个党派,他们之中受过专门训练和教育的人员是不多的。

我碰见梁赞诺夫正从大门口的台阶上走上来,他用一种带有幽默意味的惶恐语气向我解释,说他这位商业人民委员对于商业简直是一窍不通。在楼上咖啡室的角落里孤零零地坐着一个人,他戴着羊皮帽,穿着羊皮衣(我本来想说,他把这件衣服作睡觉的被窝用,不过他实际上一直没有睡觉),胡子至少已经有三天没刮了。他正聚精会神地在一个弄脏了的信封上计算数字,不时咬着铅笔头在沉思。这就是财政人民委员孟仁斯基,他在财政方面的资历便是他曾经在一家法国银行里做过办事员……又有四个人从军事革命委员会的办公室里连奔带跑地出米,他们一面走,一面迅速地在小纸头上写着些什么。他们都是被派往俄国四面八方去的特派员,其任务是传递消息,进行辩论,或进行战斗——不管遇到什么问题或拿到什么武器……

全俄工农苏维埃代表大会定于下午一点钟开会,那宏伟的会议厅里早就挤满了人,然而直到晚上七点钟还没有看见主席团的影子……布尔什维克和左派社会革命党人都各自在他们本党的办公室里举行会议。整个下午,列宁和托洛茨基都在同那些主张妥协的人进行斗争。在布尔什维克党里面有相当一部分人都主张妥协,甚至赞成建立一个把一切社会主义政党都包括在内的政府。他们大吼道:"我们支持不下去了!反对我们的力量太大。我们没有足够的人手。我们将陷于孤立,而整个的革命事业将归于失败。"加米涅夫、梁赞诺夫等人都如是说。

但是,在托洛茨基协助下的列宁却如岩石一般屹立不倒。"请妥协分子接受我们的纲领吧,接受了之后,他们也是可以加入我们的!哪怕是一英寸的小退让,我们也决不同意。如果这里有同志没有勇气、没有意愿像我们一样勇敢行事,那就请他们离开——与那伙妥协分子和胆小鬼们一起走吧!我们只要依靠工人和战士,便可一直坚持下去了。"

到了七点零五分时,有左派社会革命党人来传话,说他们这一派愿意留在军事革命委员会里。

"瞧啊!"列宁如是说,"他们愿意跟着咱们干呢!"

过了一会儿,当我们坐在大会议厅记者席上的时候,有一位替资产阶级报纸撰稿的无政府主义者约我一道去看看主席团究竟怎样了。全俄苏维埃中央执行委员会的办公室里空空如也,彼得格勒苏维埃的办公室里也没有人。我们从这一个房间踱到那一个房间,走遍了这宏大的斯莫尔尼大厦。然而,似乎没有一个人晓得究竟到哪里才可以找到大会的主席团。当我们这样走着的时候,我的那位同伴描述了他早年的革命活动,他那在法国度过的长期而愉快的流亡生活……至于那些布尔什维克党人呢,据他私底下告诉我,他们都是些平庸、粗鲁而无知的人,缺乏审美观念。他是俄国知识分子的一个真正的典型……最后他走到军事革命委员会的办公室第十七号房间门口,夹在那些挤进挤出的人流中间。房门开了,里面走出一个身体矮胖、面庞宽阔的人,穿着一套没有肩章的军服。他似乎在微笑着——然而仔细一看,就可以知道不过是在极度疲劳之后所呈现出来的没有表情的苦笑。那就是克雷连柯。

我的朋友——一个短小精悍、很有教养的小伙子——忽然欢叫了一声便冲上前去了。

"尼古拉·瓦西里叶维奇!"他一边喊一边便伸出手去,"同志,您不记得我啦?咱们俩是一起蹲过监狱的呀。"

克雷连柯努力集中思想,凝神看着他。"可不,"他最后说,满面极其友善的表情,把小伙子从头看到脚,"你是斯什么来着,您好呀!"两人吻了对方。克雷连柯又挥舞着手臂发问:"您这段时间怎么样呀?"

"嗯……我也就是看看罢了……您看起来好成功啊!"

"是,"克雷连柯答话时,表情十分坚毅,"无产阶级革命本身就是巨大的成功啊。"说罢又大笑起来,"但是,没准儿以后咱们又能在大狱里会齐哩。"

等我们又出来走到楼道里时，我的朋友继续向我解说："您瞧，我是克鲁泡特金的追随者。在我们看来这场革命无异于巨大的失败哩。因为它根本没有激发广大国人的爱国热情啊。这当然只能证明，老百姓们还没做好革命的准备呢……"

这时刚刚是晚上八点四十分，主席团入场，全场掀起一阵雷鸣般的喝彩。在主席团里有列宁——伟大的列宁。他身材不高，但很茁壮，头大，前额凸出，已经秃顶了。他的眼睛细眯眯的，鼻梁端正，口形宽厚有力，下颌厚重。这时他已剃掉了胡须，然而他那过去和将来都很有名的胡子又已经开始毛茸茸地露了出来。他穿着一套旧衣服，那条裤子对他说来太长了。作为一个人民群众的偶像，一个在历史上罕见的受人爱戴和尊敬的领袖，他给人的印象却是平淡的。他是一位异乎寻常的领袖，一位纯粹以自己的智慧见长的领袖。他不矫饰、不幽默、不妥协，而又公正无私。他没有引人注目的癖性，却具有一种以简单的语句来阐明极其深刻的思想的能力，有对具体情况加以精辟分析的能力。这些品质之外再加上他的精明干练，就形成了最有智慧的胆略。

加米涅夫正在宣读军事革命委员会的工作报告：在军队中废除死刑；恢复人民言论出版的自由；释放那些由于政治原因而被逮捕的军官和士兵，下令逮捕克伦斯基，以及没收私人仓库中所贮存的粮食……这时会场上响起热烈的掌声。

然后那位崩得分子的代表便又开腔了："布尔什维克的毫无妥协余地的态度会导致革命的崩盘，所以崩得的代表决不在大会里多留一分钟啦。"听了这话，便有听众大喊："我们只当你们昨儿个晚上就退出了呢！你们还想来来回回几趟呀？"

然后轮到孟什维克国际主义者的代表。喊声四起："怎么回事，你们还赖在这儿哪？"那位发言人便解释说，只有一部分孟什维克国际主义者退出了大会，剩下的人都还没走呢。

"我们认为这样对革命事业而言很危险啊，甚至可以说是个致命打击,如果把政权交给苏维埃的话。"——有人打断了他——"但是,我们觉得继续留下来开会是我们的责任,我们有义务投票反对这里举行的政权移交!"

在这之后又有几个其他的代表发言,会场上显然没有安排发言顺序。有一位顿巴斯煤矿工人的代表要求大会立即采取措施来对付卡列金,他说卡列金很可能会切断首都的煤炭和粮食的供应线。有几名刚刚从前线上来的士兵,给大会带来了他们本团队的热烈祝贺……此刻列宁发言,全场响起一片长时间的震耳欲聋的欢呼,历时达数分钟之久。当他站着等待大家安静下来时,他把手紧紧地撑在讲台边上,眨着眼向会众巡视,显然没有为人们的欢呼声所动。欢呼声一停止,他就简单扼要地说道:"现在我们要着手建立社会主义的秩序了!"于是全场又响起一阵热烈的欢呼。

列宁说道:"当前第一件事就是要采取切实有效的措施来实现和平。……我们将根据苏维埃的和平条件(不割地、不赔款和民族自决的权利),向一切交战国的人民提议议和。同时,遵循我们自己的诺言,我们将公布并废除一切的秘密条约……战争与和平的问题是这样清清楚楚,所以我想我不必多讲引言,就来宣读《告一切交战国的人民和政府书》草案……"

当他说话的时候,他那宽阔的嘴巴张得很大,似乎是在微笑。他的嗓子有点嘶哑,却绝不是不悦耳的。好像是经过年复一年的演说以后,已经铸炼成这种音调了。他用一种始终如一的声调讲下去,似乎可以就这样永远地讲个不停。……为了加重语气,他把身子稍稍倾向前面。没有任何手势。而在讲台下面,有千百张朴质的面孔在仰望着他,怀着无限敬爱的心情。

告全体交战国政府及该国人民书

我们的工农政府是依靠工农兵代表苏维埃,通过11月6日至7日的革命建立起来的。我们现在向全体交战国的政府及人民建议,请马上开始进行公正民主的和谈吧!

由于绝大多数的工人和劳工阶级的人民,都已被战争折磨得疲惫不堪、一无所有了,所以政府决定以争取正义和民主和平为要务,即俄国的工农群众在推翻沙皇的君主制后最明确坚决地所要争取的和平——立时实现和平——即不割地(也就是说,不侵略别国的领土,也不强行对其他国家进行殖民统治),也不赔款。

俄国政府建议所有交战国的百姓都能立刻签署这份合约,并自觉自愿地进入以和平为目标的谈判阶段,且毫不延宕,不再等各国最高人民代表们批准这个合约上所提出的种种条件。

本政府根据一般民主派的权利意识,特别是劳动阶级的权利意识,认为凡是把一个弱小民族合并入一个强大国家而没有得到这个民族的同意合并、希望合并的明确而自愿的表示,就是兼并或侵犯别国领土的行为,不管这种强迫合并是发生在什么时候,不管这个被强迫合并或被强制留在别国版图之内的民族的发展或落后情形如何,最后,不管这个民族是居住在欧洲或是居住在远隔重洋的国家,都是一样。

如果某个民族被强制留在别国版图之内,如果违反这个民族的愿望(不管这种愿望是在报刊上、人民会议上、政党的决议上表示的,或是以反对民族压迫的骚动和起义表示的,都完全一样),不给它以权利,使它能在兼并国军队或任何较强民族的军队完全撤走的条件下,不受丝毫强制地用自由投票的方式决定这个民族的国家形式问题,那么合并这个民族的行为就是兼并,即侵占或暴力行为。

将这场以弱肉强食为目的的战争继续打下去,以便让各强国可以瓜分弱小,我们政府认为这是违背人道主义的巨大犯罪,所以我们郑重声明:我们有决心依据上述对所有国家都无一例外公平公正的条件,立即签署合约以结束这场战争。

我们政府将废除秘密外交政策,在全国人民面前公开表明我们的坚定立场,所有和谈都将在光天化日之下、在全国人民的监督下进行,且会立即将从1917年3月至11月7日间的由代表地主和资本家的利益的政府所缔结的秘密条约全部公布出来。所有这些秘密条约,其目的无外乎是维护俄国资本家的势力与特权罢了,我们政府会立即对其进行批判取缔,且此事无须上会讨论即可执行。

我们政府在建议各国政府和人民立即就缔结和约问题进行公开谈判的同时,表示愿意通过用电报交换意见,通过各国代表之间的会谈,或通过各国代表的会议来进行这种谈判。为了便于进行这种谈判,本政府特派自己的全权代表前往各中立国。

我们政府向一切交战国政府和人民建议,立即缔结停战条约,并认为停战时期最好在三个月以上,以便使所有卷入战争或被迫参战的民族代表所参加的和约谈判完全可能结束,同时使各国最高人民代表会议完全可能召集起来并最终批准和约条件。

我们工农代表政府一边向全体交战国的政府和百姓发出和平协约,一边又同时向这世界上文化程度最高且最重要的三大参战国——即英法德三国——的有觉悟的工人阶级发出了呼吁。这些国家的工人对于进步和社会主义事业贡献最多,例如英国的宪章运动树立了伟大的榜样;法国无产阶级进行过多次具有世界历史意义的革命;最后,德国工人进行过反对特别法的英勇斗争,并为建立德国无产阶级群众组织进行过长期的坚持不懈的有纪律的工作,为全世界工人树立了榜样。所有这一切无产阶级英雄主义和历史性的创造的范例,都使我们坚信上述各国工人定会了解他们现在所担负的使人类摆脱战祸及其恶果的任务,定会以多方面无比坚决果敢的行动,帮助我们把和平事业以及使被剥削劳动群众摆脱一切奴役和一切剥削的事业有成效地进行到底。

待雷鸣般的掌声渐渐平息了,列宁又开口了:

"我们恳请大会批准这一宣言。在向交战国政府发出呼声的同时,我们也在呼吁这些国家的百姓,但光倡导老百姓是不够的,那会导致缔结和约的延宕。那些将于停战期间所拟出的和平条件,将会被提交立宪会议请求批准。停战时间亦是有限期的,以三个月为限,目的是让交战国的百姓在经历了种种血腥屠杀之后能够尽量多休息一段时间,另外也使他们有了选代表的工夫。和平条约的提出是一定会为帝国主义国家所阻挠的——对此我们不用自欺欺人。但是我们还是希望,很快就可以有革命在全体交战国中爆发,正因如此,我们才特意向英法德的工人阶级发出呼吁。"

"11月6日到7日的那场革命,"他又总结道,"已经开创了新的社会主义革命时代……我们的工人运动史为了实现和平和社会主义,一定会胜利的,也一定能够完成它的使命的……"

在列宁的发言中有种宁静平和却充满了力量的东西,可以深深撼动人们的灵魂。因此也就不难理解为什么列宁的话总是特别令人信服。

投票的结果很快便决定只有每个党派的代表才可以发言,且每个人说话不能超过十五分钟。

首先发言的是卡列林,他是左派社会革命党人的代表。"我们党并没有对上述宣言的草稿提出修改意见的机会,因为它只是布尔什维克拟出的一份私密文件罢了。但是我们会对它投上赞成的一票,毕竟国内宣言中的中心思想我们倒是认同的……"

克拉马洛夫代表统一社会民主派国际主义者发言。他身材瘦长,有点驼背,而且是近视眼——他注定要得到反对派中丑角的恶名。克拉马洛夫说,只有一个把所有社会主义政党都包括在内的政府,才有权采取这样一种意义重大的行动。如果能组成一个社会主义政党的联合政府,那么他所属党派的人将拥护整个纲领,不然的话就仅仅拥护其中的一部分。至于说到这篇宣言,国际主义派完全同意其中的主要观点……

然后代表们便一个接一个地踊跃发言了,气氛也因此愈来愈热烈。其中,乌克兰社会民主党、立陶宛社会民主党、人民社会主义者、波兰社会民主党和拉脱维亚社会民主党都纷纷表态支持这份宣言。另外,还有波兰社会主义党也表示支持,只是说应该成立一个社会主义政党的联合政府。已经有些东西在这些人心里被点燃了。有代表说:"世界革命即将发生,而我们便是先行者。"也有代表说:"四海皆兄弟的新时代就要开始了,全人类都将团结成一个大家庭……"还有一位代表要求以个人名义发言。"宣言里可是有些自相矛盾之处啊。"他说,"你们先说要缔结的是一份没有割地赔款条件的合约,然后又说也会考虑其余一切和平建议。所谓考虑其实不就是'会接受'的意思吗……"

列宁起身道:"我们所想要的是公平公正的和平,但这并不是说我们害怕革命……也许那些帝国主义国家的政府不肯回应我们的呼吁,但我们所下的最后通牒一定是令他们无法轻易拒绝的……假使德国的无产者们能认识到,我们已准备考虑所有的和平建议了,那么这也许就会成为压死骆驼的最后一根稻草——令德国很快爆发革命……

"我们同意对所有的议和条件都加以考虑,但这并不意味着我们就一定要接受……为了实现我们这边所提出的一些条件,我们会战斗到底的,但可能有些国家会发现自己没办法继续打下去了……综上所述,咱们还是得结束这场战争才是……"

此时的确切时间是晚间十点三十五分,加米涅夫便请赞成这一宣言的人把代表证举起来。有一位代表举手表示反对宣言,不料却立即被周围爆发出的尖锐痛骂给压下去了……于是,这一宣言全票通过。

突然,我们都情不自禁地全体起立,大家哼着哼着,很快就汇成流畅而高亢的《国际歌》来。有一位头发灰白的老战士感动得像小孩一样呜咽着。亚历山德拉·柯仑泰很快地眨眨眼把眼泪收住。那嘹亮的歌声翻翻滚滚,震动着大厅,飞出了门窗,消失在那静寂的天穹里。"战争停止了!战争停止了!"有一个在我旁边的青年工人这样说,他脸上流露出喜悦的光芒。唱完了《国际歌》,当我们在一种不知所措的沉默中站着的时候,会场后面有人喊道:"同志们!让我们来纪念那些为自由而牺牲的人们!"于是,我们开始唱《葬仪进行曲》。那深沉的、忧恨的却悲壮的歌声,是多么扣人心弦,多么富于俄罗斯的民族情调呵!《国际歌》毕竟是外来的风格,这《葬仪进行曲》似乎才是俄国被压迫人民真正的灵魂。那些被压迫人民的代表们正坐在这座大厅里,依照他们那朦胧的憧憬来缔造一个崭新的俄罗斯——也许还远不止是俄罗斯呢!

在那场生死之战中你牺牲了自己的生命
为了民族的解放,为了民族的荣光……
生命和一切珍贵之物,都被你置之度外
你们在阴森恐怖的大牢里受苦
你们披枷带锁地走在流放的路上……
一言不发地,你被套上了镣铐,皆因你不肯无视自己饱受煎熬的同胞
也因为你相信,正义一定能够战胜武器……
你们付出生命所换来的新时代就要来临了
新时代即将来临
专制崩塌,人民雄起,自由取得伟大的胜利
永别了兄弟,你之所选是极高尚的道路

新的勇士已循着你的足迹,做好了为国牺牲的准备……
永别了兄弟,你之所选是极高尚的道路
在你的坟前,我们起誓:
为了自由和民族的幸福
我们誓将战斗到底……

就是为了这个,二月革命的烈士们长眠在那冰冷的马尔斯广场的兄弟冢里;就是为了这个,成千成万的人死在监狱、流放路上和西伯利亚的矿井中。革命并没有如他们所期待的那样到来,也没有像知识分子所向往的那样到来,但它终于到来了——它粗犷,强劲,不拘形式,鄙视温情,然而这就是真正的革命啊……

列宁正在宣读《土地法令》:

1. 立刻毫无报偿地废除地主土地私有制。

2. 所有土地——包括属于地主、皇室、寺庙及教堂的全部土地——连同牲口、农具、房屋及其他附属品,全都要交给所有乡的土地委员会及所在县的农民代表苏维埃以作分配,直到立宪会议解决了土地问题为止。

3. 任何损害被没收的财产,即今后属于全民的财产的行为,都是严重的罪行,应由革命法庭惩办。县农民代表苏维埃应采取一切必要的措施,保证在没收地主田庄时遵守最严格的秩序,规定应没收地段的大小和应没收的是哪些地段,编造没收财产清册,并对转归人民所有的土地上的产业连同一切建筑物、工具、牲畜和储存产品等用革命手段严加保护。

4. 下附农民委托书是由《全俄农民代表苏维埃消息报》编辑部根据242份地方农民委托书拟定的,公布于该报第88号(彼得格勒,1917年8月19日第88号),在立宪会议对这一改革做出最后决定以前,各地应把这个委托书当作实行伟大的土地改革的指南。

5.农民及哥萨克百姓的土地,军队无权没收。

"这个土地法,"列宁如是解说,"可不是过去临时政府的部长切尔诺夫所提出的方案。那切尔诺夫老说'先要把框架搭起来',想试着由上而下地改革。但其实改革必得是自下往上的,方才能解决当地的土地问题。不同地区的农民所分到的土地数量也是不同的……

"当时临时政府统治时,地主们公然拒绝服从土地委员会的命令,这是因为那土地委员会原是李沃夫提案、盛加略夫造就和克伦斯基掌管的伪会啊!"

在辩论还没有开始之前,就有一个人横冲直撞地排开过道上的人群,爬上了讲台。这个人就是农民苏维埃执行委员会的委员皮亚内赫,他显然是气得发疯了。

"全俄农民代表苏维埃执行委员会抗议!不许逮捕我们的萨拉兹金部长同志和马斯洛夫部长同志!"皮亚内赫脸上挂着寒冰一样的表情,怒吼着,"我们要求立时释放他们二位!如今他俩正关在彼得巴甫洛夫要塞呢,咱们必须马上行动起来才成,一刻儿也不能再耽误啦!"

跟在他后面开口的是个战士,这位胜者有一副乱蓬蓬的胡子和一双怒冲冲的眼睛,因道:"你们往这儿一坐,便说什么要把土地分给农民,可你们却对由农民选出的代表犯下了如暴君一般、如篡位者一般的罪行呢!""我说,"他扬了扬拳头,"只要你们伤了他们一根毫毛,他们就一定会起义的!"与会听众顿时骚动起来。

接着,托洛茨基站了起来,会众发出一片欢迎的吼声。他意识到自己的力量,镇静而狠恶地说道:"昨天军事革命委员会已经在原则上决定释放那些社会革命党人和孟什维克的部长们——马斯洛夫、萨拉兹金、格沃兹杰夫、马利扬托维奇。至于为什么他们此刻还被拘留在彼得巴甫洛夫要塞,那只是因为我们要做的事太多了。……然而,我们要把他们软禁在他们自己的家里,直到我们将他们在科尔尼洛夫叛乱期间参与克伦斯基叛国活动的罪行调查清楚时为止!"

"从来都没有,"皮亚内赫吼道,"从来都没有在革命中遇见过这等事情!"

"你这可说得不对呢,"托洛茨基回敬道,"哪怕就是在这回革命中,也发生过这样的事啊。譬如七月事变时,有上百个我们的同志被捕……后来由于有医嘱,柯仑泰同志总算被释放出狱时,她家门口竟还来了两个在沙俄时代当过秘密警察的特务呢,自然是阿夫克森齐也夫派来的!"听了这话,农民代表便退场了,一路骂骂咧咧的,许多人在他们身后嘲笑着。

又有左派社会革命党的代表发表了关于《土地法令》的意见,说他们党派总的来说是支持这一法令的,但此时尚未经过讨论,所以不好投票,还是应该征求农民苏维埃的意见才是……

还有孟什维克国际主义者,也是坚持要先通过本党的核心会议才成。

然后便有最高纲领派的领导人上台,他们是农民的无政府主义派:"对这样一个政党我们应该表示尊敬才对啊,因为他们执政的第一天便实行了这般有效的土地法令!大家都别再废话了吧!"

有一个身着羊皮袄、脚蹬长筒靴的长发农民——很典型的农民形象——上台后便鞠躬,然后道:"给您诸位问好啦,同志们,市民们!"又道,"外头还有些立宪民主派的人神气活现地出没,可你们却忙着来抓咱们社会主义者的农民了——干吗不先把他们给抓起来呢?"

这一问犹如信号一般,在群情激昂的农民中间引发了辩论——同昨天晚上战士们的雄辩一模一样。由此开始,那些真正的没有土地的无产者们开口了……

"那些农民苏维埃执行委员会里的委员,譬如阿夫克森齐也夫之流,我们原以为他们是我们农民的保护者哩,谁知竟是些立宪民主派的人。把他们抓起来!把他们抓起来吧!"

另外一个农民也说:"什么皮亚内赫啦,什么阿夫克森齐也夫啦,他们到底都是些什么玩意儿?根本就不是农民嘛!不过是随风倒的墙头草罢咧!"

会场上的人都纷纷起身向几位发言者致敬,将他们认作真正的兄弟!

左派社会革命党人提出了休会半小时的建议。就在代表们开始鱼贯出场时,列宁从他的座位上起身了。

"咱们不能浪费时间啊,同志们!明儿一早,报纸上就得把所有这些对俄国十分重要的新闻都给登出来。不能再耽误啦!"

有一个声音压过了与会群众的热烈讨论、激昂争辩和纷沓脚步,原来是一位来自军事委员会的代表在大声喊:"立刻往十七号房间派十五名宣传员!是马上要上前线去的!"

几乎过了两个半小时,代表们才陆陆续续地回到大厅里来。主席团就位,大会又重新开始了。开头是宣读各个部队发来的电报,他们都表示服从军事革命委员会。

会场上起初还有点散漫,但后来越开越紧张。有一位从马其顿前线俄国军队中派来的代表在咬牙切齿地报告他们的情况,他说道:"在那边,我们吃所谓'盟邦'友谊的苦头,实在比吃敌人的苦头还要大得多!"第十军和第十二军的代表刚刚赶到,他们都声明:"我们用我们一切的力量来支持你们!"有一个农民出身的士兵反对释放"那些社会主义叛徒马斯洛夫和萨拉兹金",至于农民苏维埃执行委员会,他认为应该把那些委员们统统逮捕起来!这些都是真正的革命语言。……有一个从驻扎在波斯的俄国部队中派来的代表,说他奉命要求把全部政权归苏维埃掌握。……有一个乌克兰的军官用他那本乡的口音说道:"在这紧急关头,民族的界限是不存在的……世界各国的无产阶级专政万岁!"这样崇高而又热烈的思想像滚滚洪流,俄罗斯人民肯定不会再沉默了!

加米涅夫指出,那些反对布尔什维克的势力正企图在各地制造混乱。他宣读了大会致俄国各地苏维埃的倡议书:

> 全俄工兵代表苏维埃代表大会,其中包括一些农民代表,吁请各地苏维埃立即采取坚决有效的措施,反对一切反犹太人的反革命暴行,并防止发生任何的大屠杀。为了维护工农兵革命事业的荣誉,不允许发生任何大屠杀。
>
> 在首都,自有彼得格勒赤卫队、革命卫戍部队和水兵负责维持十分严格的秩序。
>
> ……
>
> 工友们,战士们,农民们,请你们追随彼得格勒工兵的脚步吧!
>
> 士兵同志和哥萨克的同志,在咱们身上担着保卫真正的革命的重任哪。所以,全国的革命群众,乃至全世界的革命人民,都在看着咱们……

在深夜两点钟的光景,大会投票表决《土地法令》,结果只有一票反对。农民的代表们欣喜若狂……就是这样,布尔什维克克服了踌躇,战胜了阻力,不可抗拒地勇往直前——在俄国,只有这些人具有坚定不移的行动纲领,而其他的那些人只不过是空谈了八个月之久。

这时有一个战士站起来了,他面相憔悴,穿着又破,然而口才极好,说反对《委托书》中那项乡下不给军队逃兵分地的条文。一开始是有听众嘘他骂他的,然而到后来,他那简单明了而又非常动听的演说却使会场肃静了下来。他大声说道:"违反士兵们的意志,强迫他们到战壕里去屠杀,那就是你们自己在《和平法令》中所斥为毫无意义的、可怕的战争呵！士兵们满怀着对和平和自由的希望来迎接革命。然而'和平'在哪里呢？克伦斯基政府又强迫他们开到加里西亚战场上去互相屠杀；对于他们的和平呼吁，捷列申柯只是一笑置之……'自由'在哪里呢？在克伦斯基的统治之下，他们眼看着他们的委员会横遭解散，他们的报纸被查封，他们的政党发言人被关进监狱……而在他们家乡的农村里，地主们公然反抗他们的土地委员会，拘禁他们的同志……在彼得格勒，资产阶级和德国人勾结在一起，破坏军队的粮食和军火供应……士兵们没有靴子，没有衣服……究竟是谁逼着他们逃跑的？就是那个已经被你们所推翻的克伦斯基政府呵！"当他说完时，会场上有人鼓掌。

但也有一个战士激烈地驳斥了他的看法："克伦斯基的政府可不是庇护这种逃兵卑鄙行为的保护伞哟！逃兵都是一帮子流氓，他们倒是跑回家啦，可他们的同志呢，却都死在战壕里了呀！每一个逃兵都是叛徒，都得受到惩罚才是……"会场又沸腾了，喊声四起。"得啦！静一静吧！"加米涅夫见状忙说，"咱们还是把这一问题留给政府来解决吧。"

凌晨两点半时，全体与会人员都陷入了紧张之中。原来是加米涅夫正在宣读《关于成立工农政府的决定》：

"在立宪会议召开以前，成立工农临时政府管理国家，临时政府定名为人民委员会。设立各种委员会，主持国家生活各部门的事宜，其成员应与工人、水兵、士兵、农民和职员等群众组织紧密团结，保证实行代表大会所宣布的纲领。行政权属于这些委员会主席的会议，即人民委员会。

"负责监管人民委员会的行为，亦有撤换他们的权力，属于全俄工农兵代表苏维埃代表大会及其中央执行委员会。"

听众都保持了肃静，但到了加米涅夫宣读人民委员的名单时，每念一个人的名字，听众便会大力鼓掌一回，尤其是当念到列宁和托洛茨基时。

人民委员会主席：弗拉基米尔·乌里杨诺夫(列宁)；

内务人民委员：阿·伊·李可夫；

农业人民委员：弗·巴·米柳亭；

劳动人民委员：亚·加·施略普尼柯夫；

陆海军人民委员：弗·阿·奥弗金柯(安东诺夫)，尼·瓦·克雷连柯和巴·叶·德宾科；

工商业人民委员：维·巴·诺根；

教育人民委员：安·瓦·卢那察尔斯基；

财政人民委员：伊·伊·斯克沃尔佐夫(斯切潘诺夫)；

外交人民委员：列·达·勃朗施坦(托洛茨基)；

司法人民委员：格·伊·奥波科夫(洛莫托夫)；

粮食人民委员：伊·阿·泰奥多罗维奇；

邮电人民委员：尼·巴·阿维洛夫(格列博夫)；

民族事务人民委员：约·维·朱加施维里(斯大林)；

铁道人民委员的职位暂时空着。

在会场的四周，有许多人背着安上刺刀的枪；在那些代表之中，也有许多人拿着安上刺刀的枪。军事革命委员会正在武装着每一个人。克伦斯基从西南方面逼近首都，喇叭的声音已经隐约可闻，布尔什维克也正在武装起来与之进行决战……这时并没有一个人回家，相反却有数以百计的新到的人继续拥进来。宏大的会议厅里挤满了面容严肃的士兵和工人，他们就这样一点钟又一点钟地站着，毫不疲乏地注视着这一切。会场里的空气很污浊，充满着香烟的浓雾、人们呼吸的气息以及脏衣服和汗水所发出来的臭味。

阿维洛夫是《新生活报》编辑部的一名成员，此时他代表统一社会民主派国际主义者和少数留下来开会的孟什维克国际主义者发言了。由于面相年轻、聪明外露，又穿了一件很好看的礼服大衣,阿维洛夫看起来难免与此地之环境格格不入。

"我们必得问问自己,这是在往哪里走呢?轻而易举就把联合政府给推翻了,可不能因此就说右派的民主政党强大啊,这只是因为联合政府不能给人民和平和面包罢了。左派政党要想保住其政权,就必须能解决这些问题才成……

"但他们真能让人民吃上面包吗?粮食依旧稀缺。对于绝大部分的农民来说,如果你不能给他们所需的农耕机器,他们就不会和你一条心。另外,燃料也好,别的生活必需品也罢,都还是很难买到啊……

"再说和谈,那又是更难的。协约国都不肯同斯柯别列夫谈判,他们是不肯接受你们关于弹劾会议的建议呀!你们这个政府不论是在伦敦、巴黎还是柏林,都没有获得承认……

"你们也不能指望从各协约国的无产阶级那边得到什么有效的帮助,因为在绝大多数的国家里,离革命斗争爆发的时候还远得很呢。请想一想,协约国的民主力量甚至连斯德哥尔摩会议都没有开成。戈尔登贝尔格同志是我们派往参加斯德哥尔摩会议的代表之一,我刚才和他谈论过关于德国社会民主党的情况。德国极左派的代表们告诉他,在战争期间,德国不可能发生革命……"这时会场上的声音越来越高,屡次打断他的发言,然而阿维洛夫还是继续说了下去。

"俄国如今是被孤立了的,最终无外乎出现两种致命性的后果:俄军被德军大败,然后德奥马上就和英法签订合约,拿俄国当了牺牲品;又或者俄国单独跟德国议和。

"我刚才听说协约国的大使们正准备要走呢,还说俄国各大城市都赶着成立救亡和革命委员会呢……

"从未有过能克服这么多困难的政党呢。这个社会主义者的联合政府是由绝大多数的老百姓支持的,所以才能只靠自己这一党派来完成革命……"

然后他又读了由两个小政党提出的议案：

"鉴于要拯救革命所已经获得的成果，必须立即组成一个以组织在工兵农代表苏维埃之内的革命民主党派为基础的政府，又鉴于这个政府的任务就是要尽可能快地实现和平，把土地交给土地委员会，组织工人监督生产的机构，并在预定的日期召开立宪会议，所以大会要任命一个执行委员会，在同参加本属大会的各民主党派取得协议后，组成这一政府。"

尽管这些胜利了的群众的革命热情在持续高涨，但阿维洛夫那种冷静温和的推论却使他们有点动摇了。到后来，会场上的叫声和嘘声消失了，而当他说完时，会场上甚至还有些零零落落的掌声。

接着卡列林代表左派社会革命党人发言。他也是个无所顾忌的年轻人，他的诚挚是没有人怀疑的。左派社会革命党是玛丽亚·斯皮里多诺娃的政党，它代表革命的农民，几乎是唯一跟着布尔什维克走的政党。

"我们党派已经拒绝了人民委员会，我们不想把自己永远地和那些已从大会中退出的政党分裂开来。因为，一旦分裂了，我们就没办法在布尔什维克和其他民主党派之间做调解员了……而这份调解工作即我们眼下的第一要务啊。我们不会支持任何其他政府，只支持社会主义者的联合政府。

"我们还想要对布尔什维克的专制提出抗议。我们的特派员竟被从其各自的岗位上轰下来了，且我们唯一的机关报《劳动旗帜报》也被停刊啦……此时市杜马正忙着组织一个有力量的委员会——救亡和革命委员会——准备反抗你们呢。你们布尔什维克已是被孤立的了，没有任何一个民主党派肯支持你们……"

这时托洛茨基站上讲台，他充满了自信和君临天下的气概，嘴边露出一种近乎冷笑的讽刺。他讲话的声音很洪亮，把广大人群的情绪都带动起来了。托洛茨基说道："所有这些担心我党被孤立的考虑并不新奇。在武装起义的前夕,人们也曾经同样地预言过我们注定要失败。所有的人都和我们作对,只有左派社会革命党人还留在军事革命委员会里同我们一道工作。然而,为什么我们能够几乎没有经过流血就把临时政府推翻呢……这个事实本身就是一个最有力的证据,说明我们绝不是孤立的。实际上,临时政府倒是孤立的;那些拼命反对我们的民主党派过去是孤立的,现在也还是孤立的,它们已经永远脱离了无产阶级了!

"他们都在谈联合是必要的,但只有一种联合的可能性,即工兵和贫苦农民之联合,而我们党已实现了这一联合,这是我们的光荣。而阿维洛夫所讲的'联合'又是什么呢?同支持伪政府、背叛人民的那些人联合吗?那么这种联合可就不能增加咱们的实力了。譬如说,咱们岂能把唐恩、阿夫克森齐也夫联合到咱们这一边来,去组织武装起义呢?"听众大笑不止。

"阿夫克森齐也夫是一点面包也不会给老百姓吃的。那么若咱们同'护国派'联手了,他们就能多给咱们一点粮食吗?在农民和阿夫克森齐也夫这个下令取消土地委员会的家伙之间,我们必选农民啊!我们的革命定会成为历史上最具典型意义的革命……

"他们还指责咱们撕毁跟其他民主党派所签订的合约。可这能怪咱们吗?难道能按卡列林的一面之词,去责怪咱们'误会了他们'吗?不是的,同志们。那时咱们党正处于革命战争最激烈之时,硝烟尚未散尽,咱们这边就说:'我们夺到政权了,来,咱们一起执政吧!'可那些从咱们这儿获得了权力的人却投敌去了,这能叫'误会'吗……这是宣战啊,要无情地开打了,但咱们可并不是宣战的一方……

"阿维洛夫用如果继续'孤立'下去,不与他们结党,咱们的和平努力就终将以失败告终来威胁咱们呢,但我要重申,我仍看不出和斯柯别列夫或捷列申柯结党会对咱们赢取和平有什么助益!阿维洛夫还说什么我们国家会成为他国谈和的牺牲品,想要把咱们吓住。对这一问题,我的回答是,不管在什么情况下,假使帝国主义资产阶级继续统治欧洲,那么革命俄国迟早都会被他们消灭掉的……

"面前只有两种选择,要么通过俄国革命来引发欧洲的革命,要么就是让欧洲的帝国主义消灭俄国的革命!"

会场上的人用一种狂热的为革命事业而进行圣战的欢呼来欢迎托洛茨基的演说。他们那大无畏的精神燃烧了起来,想到他们是在为全人类而战。而从这时候起,那些起义的群众在一切行动中就具有了一种自觉的坚定的信念,这种信念始终在支配着他们,从未消失。

但在反对布尔什维克的一边,人们也在摆开阵势,准备作战。加米涅夫允许铁路工会的一名代表上台发言。那是一位面色严峻、身材茁壮的汉子,抱着一种不可调和的敌视态度。他的发言像是在大会上扔了一枚炸弹。

"以俄国最强组织的名义,我请求让我发言。而我要说的是,全俄铁路总执行委员会命我把工会关于政权组织的问题告诉诸位。我们中央委员会绝对不会支持固执于目前的做法,令自己从整个俄国的民主力量中孤立出来的布尔什维克!"整个会场顿时一片哗然。

"在1905年,以及科尔尼洛夫叛乱的那些日子里,铁路员工曾经是革命事业最忠诚的保卫者,然而你们却不邀请我们参加你们的全俄苏维埃代表大会——"这时会场上有人喊道:"那是旧中央执行委员会没有邀请你们呀!"但那位代表完全不理睬,继续说道:"我们不承认这个大会的合法性,因为自从孟什维克和社会革命党人退出以后,这个大会就不足法定人数了。我们工会仍然拥护旧的中央执行委员会,并且认为这个大会没有权力选举新的中央执行委员会……

"新政权必须是一个社会主义的革命的政权,对所有一切革命民主政党的权力机关负责。在这样的一个政权机构建立以前,铁路工会固然拒绝运送反革命的军队来进攻彼得格勒,但同时也不许执行任何未经过其全俄铁总执委会所同意的命令。全俄铁总执委会已经把整个俄国铁路的管辖权掌握在自己手中了。"

会众纷纷向他提出谴责。到后来,他的话就淹没在激烈的谩骂声中,几乎听不见了。但那位代表的发言确实是一个沉重的打击——那可以从主席团成员脸上那种焦虑不安的神色中看得出来。然而,加米涅夫仅仅回答说,大会的合法性是毋庸置疑的。因为,尽管孟什维克和社会革命党人已经退出,即使是按照中央执行委员会的规定,与会代表也已超过了法定人数⋯⋯

然后便进入为《关于成立工农政府的决定》投票的阶段,自是以压倒性的优势通过了。于是,人民委员会正式就职⋯⋯

对新的全俄苏维埃代表大会中央执行委员会——也就是俄罗斯共和国的新国会——的选举,竟只用了不足十五分钟的时间。托洛茨基宣布了选举结果:共有一百名中央委员,其中七十名都是布尔什维克⋯⋯但对农民和退出的党派而言,还是给他们保留了席位。"我们欢迎所有党派和社会团体都加入到我们的政府中来,只要您愿意接受我们的政治纲领就成!"托洛茨基用这句话结束了演说。

于是,第二届全俄工兵苏维埃代表大会到此宣告闭幕,好让代表们赶快回到散于俄国四面八方的原岗位上去,把这里所发生的伟大事件传达给大家⋯⋯

电车工人工会经常派电车等候在斯莫尔尼大厦门口,准备送苏维埃的代表们回家。当我们上车叫醒那些沉睡着的司机和乘务员时,差不多已经是第二天早上七点钟了。我觉得,在那拥挤的车厢里,倒不如昨天晚上那样充满着欢乐的气氛了。许多人看上去都有点焦虑不安,也许他们正在对自己说:"现在我们是国家的主人翁了,要怎样才能实现我们的意志呢?"

在我们所居住的公寓门口,我们在黑暗中被一支全副武装的市民巡逻队拦住,并且受到仔细的盘问。市杜马的文告还在发生作用呢……

听见我们进门的声音,房东太太穿了件粉红色的绸袍便跌跌撞撞地赶来了。

她说:"房屋委员会要让你们也站岗哩,就跟别家的男人一样。"

"为什么要站岗呢?"

"守护咱们这房子啊,还要保护妇孺。"

"是要防什么人?"

"强盗啊,还有杀人犯。"

"可如果军事革命委员会的特派员来搜查枪支弹药怎么办?"

"唉,所谓'强盗'和'杀人犯',其实就是指这帮子特派员啦。说白了这两者之间又有什么差别呢?"

我十分严正地向她说明,大使馆是禁止全体美国侨民携带武器的——尤其是住在俄国知识分子聚居区附近的美国人……

六　保卫苏维埃

星期五,11月9日。

诺伏切尔卡斯克,11月8日。

由于布尔什维克的叛乱,加之其企图在彼得格勒推翻临时政府并夺取政权……哥萨克政府宣布:我们认为这般行为实属无比之罪恶,绝不能允许他们为所欲为。所以,哥萨克人将尽最大努力来支持临时政府——这个各党派联盟的政府。鉴于当下这等局势,从11月7日起,到临时政府重新执政、俄国恢复秩序止,我誓将全权掌握顿河流域的全部政权。

阿特曼·卡列金
哥萨克军政府主席

内阁总理克伦斯基则在加特契纳镇发布了如下命令:

我,临时政府的内阁总理兼俄罗斯共和国的三军最高统帅,现宣布:我将亲自统领仍效忠于国家的前线部队。

在隶属于彼得格勒军区的部队中,如有由于错信或受蒙蔽,这才追随了卖国贼和革命叛徒的,我命令你们立即回归自己的岗位,不得延误!

以上命令必须在每一个军团、营和连队中公开宣读。

临时政府的内阁总理兼三军最高统帅　克伦斯基

然后克伦斯基又给北方前线上的司令官发了一封电报:

"加特契纳镇已经被忠心耿耿的部队拿下了,且没费一枪一弹。不管是喀琅施塔得海军分队的士兵,还是谢米诺夫军团和伊兹迈诺夫军团下属分队的战士,都已不敢抵抗了,纷纷丢盔弃甲地跑到政府军这头来啦。

"因此我下令:全体接到指令的部队都要尽最快速度行军。现在军事革命委员会已命其部队撤退了……"

加特契纳镇位于彼得格勒西南约三十公里,是在昨天夜晚失陷的。克伦斯基电报中提到的那两个团的几个分队(没有海军),当时因为没有指挥官,正在加特契纳镇附近观望,的确被哥萨克兵所包围并且放下了武器;至于说他们已经参加了政府军,那是不确实的。就在此时此刻,他们之中有许多人成群结队地跑到斯莫尔尼来,觉得惭愧,而且不知所措,想对当时的情况加以解释。他们没有想到哥萨克兵已经这样逼近……他们曾经企图和哥萨克兵进行辩论……

很显然,革命的前线阵地上情况极其混乱。所有驻扎在彼得格勒南边几个小镇上的卫戍部队都不可调和地、壁垒森严地分为两派或三派:高级军官在没有更强大的力量可依靠时,总是站在克伦斯基那一边,绝大多数的普通士兵总是拥护苏维埃,而其余的人则摇摆不定。

军事革命委员会在仓促中任命了一个野心勃勃的正规军出身的陆军上尉——穆拉维约夫——来负责指挥彼得格勒的保卫战。就是这个穆拉维约夫,曾经在这一年的夏天组织过"敢死队",并且听说他有一次还向临时政府献计,说"临时政府对布尔什维克太宽大了,必须把他们全部歼灭"。他是一个有着一副军人头脑的人,喜欢权力与胆略,但可能还算比较真诚……

早起下楼的时候,我发现在我家大门旁边贴了军事革命委员会所下的两道新命令,一个是要求所有商店及便利店都要如常营业,另一个则要求把所有空房、空宅都交由军事革命委员会处理……

截至此时,布尔什维克与俄国各省市、自治区以及国外各地的交通已经被切断了三十六个小时。铁路员工和电报员工拒不发送布尔什维克的公文,邮务人员拒不传递布尔什维克的邮件。只有政府设在皇村的那座无线电台,每隔半点钟就向世界的每一个角落播送文告和宣言;斯莫尔尼方面的特派员与市杜马方面的特派员坐着飞快的火车走过了半个地球,抢先赶往各地;有两架飞机装满了宣传品,飞到前线上去散发……

然而,武装起义所激起的狂涛怒潮正以超过任何人类交通工具所能达到的速度,迅即扩展到整个俄罗斯。赫尔辛基的苏维埃通过了拥护革命的决议,基辅的布尔什维克党人占领了当地的兵工厂和电报局,但又被恰巧正在那里开会的哥萨克代表大会的代表们赶了出来;在喀山,军事革命委员会逮捕了当地驻防军的军官和临时政府的特派员;从那遥远的西伯利亚的克拉斯诺雅尔斯克传来了消息,苏维埃已经掌握了当地的市政机关;在莫斯科,一方面有皮革工人的大罢工,另一方面资本家们又威胁着说要统统关厂歇业,局势因而更加严峻了。莫斯科的苏维埃以压倒的多数通过决议,拥护彼得格勒布尔什维克党人的行动……在那里,有一个军事革命委员会已经在进行工作了。

所有地方都在发生着相同的事情。普通小兵和产业工人都一边倒地支持着苏维埃,而像什么军官啦,士官生啦,还有中产阶级的人士啦,则通常是站在临时政府那边的——资产阶级的立宪民主党人和"温和派"社会主义者的政党亦是如此。在所有这些城镇,都纷纷成立了"救亡和革命委员会",武装起来准备打内战哩……

幅员辽阔的俄罗斯正处在一种最后决战的状态中。早在1905年,这一过程就已经开始了;二月革命仅仅加速了这个过程,产生了一种关于新社会秩序的憧憬,而结果却不过是使那百孔千疮的旧制度的机构延续了下来。但是现在,布尔什维克却在一夜之间就像秋风扫落叶一样地清除了它。古老的俄罗斯已不复存在;人类社会像炽热的熔岩一样在流动,从那翻滚的火海里迸发出严厉而无情的阶级斗争——而新的星球正在慢慢地冷却下来,形成一层薄薄的外壳……

在彼得格勒已有十六个部委发动罢工了,以劳动部和粮食部为首——这两个部位原是8月时才刚由联合临时政府所创建的。

如果说世界上真有人是孤军奋战的话,那"一小撮布尔什维克"当时显然是在孤军奋战。在那阴霾满天、寒风刺骨的早晨,所有一切的惊涛骇浪都向他们迎面扑来。军事革命委员会被逼得无可退让,为了捍卫自己的生存而进行还击。"De l'audace, encore de l'audace, et toujours de l'audace! ……"①在清晨五点钟,赤卫队进入市政府的印刷局,没收了成千上万份市杜马的抗议书,并且查封了市政府的官方机关报——《市自治政府公报》。一切资产阶级的报纸都被从印刷机上扯了下来,连那旧全俄苏维埃中央执行委员会所办的《士兵之声报》亦不例外。谁知那《士兵之声报》竟马上改了个名叫作《士兵的呼声报》,狂印十万份,气急败坏地挑衅道:

"那些趁夜发动背叛偷袭、大肆封杀报纸的小人,我们决不会让你们一直一手遮天下去的!而且拜你们所赐,布尔什维克先生们,全国人民都会看清楚真相的!咱们走着瞧吧!"

---

① 法语,意思是,勇敢,更勇敢,永远要勇敢!

当我们走到涅瓦大街的时候,刚刚过了中午。在市杜马大厦的门前,整个一条街都挤满了人。到处都站着赤卫队队员和水兵,背着安上刺刀的步枪。每一个赤卫队队员和水兵的周围,都聚集着约一百名男男女女,都是些小职员、学生、小店主和公务员,他们正挥舞着拳头,大肆咆哮着进行侮辱和恫吓。在市杜马大厦的台阶上站着一些童子军和军官,正在散发《士兵的呼声报》。台阶下面有一名工人,他臂上缠着红色臂章,手中拿着左轮枪,站在一群怀着敌意的人们中间,因为气愤和激动而浑身发抖,他正在要求那些人把报纸交出来。……我想,历史上还从来没有发生过像这样的事:一方面是人数较少的工人和普通士兵,他们手中拿着武器,代表着那获得了胜利的武装起义,然而处境却十分可怜;而另一方是些狂暴的乌合之众,他们都属于那种每当中午就聚集在五马路人行道上的人,他们讥笑着,谩骂着,叫嚷着:"卖国贼!奸细!禁卫兵[①]!"

市杜马门口有学生和军官站岗守卫,他们戴着白底红字的臂章,上面有"治安委员会民警队"的字样。有六七个童子军在门口穿进穿出。楼上乱成一片。龚贝尔格上尉正从楼梯上走下来,他说道:"他们来解散市杜马了,布尔什维克的特派员这时正在和市长谈话哩。"当我们走到楼上的时候,正碰着梁赞诺夫匆匆忙忙地从市长办公室里跑出来。他是来要求市杜马承认人民委员会的,然而那位市长干脆地当面拒绝了他。

市杜马的办公厅里忙乱成一团,十分喧嚷,来的净是些政府官员、知识分子、国内外的记者以及来自英法两国的军官……市工程师扬扬得意地朝他们一指,道:"如今各国的大使馆都已表态,说市杜马是唯一的合法政府。"又解释了一番,"至于那些布尔什维克的

[①] "禁卫兵"原指17世纪伊凡雷帝统治时的残暴侍卫,此处用来比喻布尔什维克之残暴。

杀人犯和强盗贼嘛，不消几个小时就要完蛋啦。全体俄罗斯人都已集结到咱们身边来啦……"

在亚历山大大厅里，救亡和革命委员会正在开会，真是人山人海。菲力波夫斯基担任主席，斯柯别列夫又站在讲台上发表演说。在热烈的掌声中，他宣读着那些新加入救亡和革命委员会的成员名单：农民苏维埃执行委员会，旧全俄苏维埃中央执行委员会，中央军队委员会，中央舰队委员会，从第二届全俄苏维埃代表大会中退出来的孟什维克、社会革命党人以及前线小组的代表，孟什维克中央委员会，社会革命党中央委员会，人民社会主义者中央委员会，"统一派"，农民协会，合作社，地方自治局，市自治局，邮电职工会，全俄铁路工会中央执行委员会，俄罗斯共和国临时议会，协会联合会，工商联合会……

"苏维埃政权绝非民主政权，而是专政——且还不是无产阶级专政，是反对无产阶级的专政呀！所有那些已参加革命或有热情想参加革命的人，现在都一定要加入我们的队伍，一起保卫革命才是……

"眼下的问题不光是要阻止不负责任的政治'大忽悠'祸国殃民，更要紧的是跟反革命势力做斗争……如果那种'各省区的某些将军想要利用当前局势之便进军到彼得格勒来搞阴谋'的传言属实的话，那么这便是又一个证明我们必须为民主政府奠定并巩固基础的证据了。如不这样做，那待我们平定了左派的叛乱之后，就又得去忙着平定右派的叛乱啦……

"如今彼得格勒卫戍部队再也不能袖手旁观下去啦，竟已有因市民购买《士兵之声报》或报童兜售《工人日报》而在大马路上就惨遭逮捕的事情发生了呢……

"现在已不是讨论解决方案的时候了……请那些不再信仰革命的人滚蛋就好……为了建立一个联合执政的政权，咱们必得重建革命威望才好……

"咱们要誓死拯救革命事业呵——不成功，毋宁死！"

全场起立了。大家都热烈欢呼，眼睛闪闪发着光。目之所及，这里是连一个无产阶级也没有的……

然后魏恩施开口了："我们必须保持镇静。在社会舆论还没有坚定不移地一致拥护救亡和革命委员会以前，切勿轻举妄动——而时候一到，我们就可以从守势转入进攻了！"

全俄铁路工会中央执行委员会的代表宣布，该委员会正发起组织一个新政府，它的代表们目前正在和斯莫尔尼方面商谈这件事……在这之后，会场上就展开激烈的争论：要不要让布尔什维克参加新政府？马尔托夫主张让他们参加，他说，无论如何，布尔什维克毕竟是一个重要的政党。会场上对于这个问题的意见有很大分歧，孟什维克的右翼、社会革命党人的右翼，以及人民社会主义者、合作社和资产阶级分子都坚决反对让布尔什维克参加新政府……

"他们已经背叛了俄国呀！"一位发言人说道，"是他们发动内战，这才把前线开放给了德国人的。所以，那些布尔什维克必须被毫不留情地剿灭了才好哩……"

而斯柯别列夫则主张，既不要让布尔什维克加入新政府，也不要让立宪民主党人参加才好。

我们和一个年轻的社会革命党人攀谈起来。在那天晚上的民主派大会上，当策烈铁里以及一些"妥协分子"把联合政府强加给俄国各民主党派时，这个年轻人曾经和布尔什维克一道愤而退席。

"怎么是你呀？"我问道。

他的双眸中尽燃着怒火。"正是我！"他嚷道，"礼拜三晚上，我们党退出了全俄苏维埃代表大会，我自是随之退出了的。这二十多年里，我毫不顾惜生命，可不是为了如今向那些流氓暴政低头呀！他们的手段真令人没法容忍！但是，他们忘了，还有农民兄弟呢……待农民兄弟行动起来了，只消几分钟就能摧毁了他们。"

"但是,那些农民——他们会行动吗?《土地法令》会不会已把他们安抚住了呢?难道他们还想要更多不成?"

"哎哟,还提《土地法令》呐!"只见他越发怒了道,"是啦,您知道那土地法令究竟是个什么玩意儿?那原是我们的法令——从头到尾都是社会革命党人的纲领哩!是我们党细细地归纳总结了农民的意愿,然后才制定出来的纲领。它被剽窃了……"

"可是,《土地法令》既是你们自己的政纲,那你们干吗又反对它呢?且倘若它果真代表了农民的意愿,为什么农民也要反对?"

"您不明白啦!您难道还看不出来吗,农民们马上便能够看穿这个骗局了——那些篡权者是剽窃了社会革命党人的纲领呢!"

我便问:"卡列金是真的正朝北方来吗?"

他点点头,又搓了搓手,满面幸灾乐祸之色地道:"正是呢。现在你可看清楚了吧,那帮布尔什维克都干了什么好事啊。他们招得反革命势力起来反对我们啦。革命算是失败了,一败涂地呀!"

"那你们干吗不去捍卫革命呢?"

"我们当然要捍卫了——流尽鲜血也在所不惜。但我们是绝不会再同那些布尔什维克合作啦……"

"可倘若卡列金真到彼得格勒来了,于是布尔什维克便起来保卫这个城市呢,你们也不肯同他们联手吗?"

"不要!我们也一样会保卫这里的,但我们才不要去支持布尔什维克哩。卡列金自是革命的敌人,但那些布尔什维克也一样是革命的敌人!"

"相比之下,你更喜欢谁一点,是卡列金呢,还是布尔什维克?"

他突然激动起来,很不耐烦地说道:"我们不能讨论这样的问题。我告诉你,革命是失败了。而这完全要归咎于布尔什维克,不过请你听着——我们为什么要讨论那些事呢?克伦斯基就要来了。……等到后天,我们就要转入进攻。……斯莫尔尼方面已经派代表来邀请我们组织一个新的政府。但我们现在完全掌握了他们——他们是绝对软弱无力的……我们决不会和他们合作。……"

外面传来一声枪响,我们立刻跑到窗口去。原来是一名赤卫队队员,因为被那些乌合之众辱骂而恼怒,最后终于向人群中开了一枪,打伤一位年轻姑娘的臂膀。我们看见她被抬进一辆马车,周围聚集着一大群气势汹汹的人,他们大吵大闹,声音一直传到我们耳边。当我们正注视着的时候,突然有一辆装甲车出现在米海依洛夫斯基大街的拐角处,它的机关枪口转动着。这时,正像彼得格勒的人群在这种情况下所惯于做的那样,那一群乌合之众马上开始逃窜,有的卧倒在街上一动也不动,有的躲到阳沟里,有的挤在电线杆后面。那装甲车带着隆隆的声音一直开到市杜马的台阶下。有一个战士把头伸出炮塔,要求人们把《士兵之声报》交出来。那些童子军叽叽喳喳地嚷着,逃进了大厦。装甲车犹豫不决地转了一个圈子,就向涅瓦大街的那一头驶去了。于是,那好几百名男男女女才从地上爬起来,拂掉衣裳上沾的灰……

里面则是一派穿梭奔跑之忙碌景象——许许多多的人,抱了满捧的《士兵之声报》,想要找地方把报纸藏起来。

一位记者这时奔了进来,手里挥着一张纸。

"这是克拉斯诺夫的宣言!"他嚷道,众人纷纷围到他身边去。"快给印出来——赶紧的,印好了马上散发到军营里!"

奉最高统帅之命,在下被任命为集中于彼得格勒的各部队的司令官了。

市民们,战士们,顿河地区、库班地区、外贝加尔地区、阿穆尔地区、叶尼塞河地区的英勇哥萨克们,我谨向你们这些矢忠于自己誓言的人呼吁,谨向你们这些坚决遵守哥萨克誓言的人呼吁:目前有一小撮愚昧无知的人被德皇威廉的金钱所收买,正在企图颠覆俄国。我号召你们把彼得格勒从无政府状态、饥馑、暴政中拯救出来,并且把俄国从那难以洗雪的耻辱中拯救出来。

在那二月革命的伟大的时日里,你们曾经宣誓要效忠于临时政府。这个临时政府并没有被推翻,只不过是被暴力从它举行会议的那个大厦中赶出来罢了。但临时政府受到前线上那些忠于职守的部队的支持,受到哥萨克委员会的支持。哥萨克委员会已经把所有的哥萨克人都团结在它的号令之下,他们具有旺盛的士气,决心按照俄国人民的意志去行动,并且宣誓要像他们的祖先在1612年的"大混乱时期"所做过的那样,来为祖国尽忠。在1612年的"大混乱时期",顿河地区的哥萨克人曾经从瑞典人、波兰人和立陶宛人的威胁下把莫斯科拯救了出来。你们的临时政府仍然存在着……

现役军人对于那些罪犯怀着无比的憎恨和蔑视。他们那种毁灭文化和烧杀抢劫的暴行,他们所犯下的种种罪恶,以及他们用来对待俄国的那种德国人的心理,已经使他们为全体人民所唾弃了。俄国虽已受到重创,但还没有屈服。

市民们,战士们,还有服役于彼得格勒卫戍部队中的勇敢的哥萨克们,请派了代表到我这儿来,以便让我知道,到底谁是叛徒,而谁是没有背叛祖国的。这样才不会让无辜的人流血牺牲呀!

几乎就在此时,人们奔走相告,说市杜马大厦已经被赤卫队包围了。有一名戴着红色臂章的军官踱了进来,要求见市长。几分钟之后,那军官离开这里,而老态龙钟的斯莱德从他的办公室里走了出来,面色竟是一阵红一阵白的。

"马上召开市杜马特别会议!"他嚷道,"赶紧的!"

于是宏伟的会议厅里救亡和革命委员会的议事程序便也暂时中断了。"所有市杜马的议员都要来参加特别会议!"

"到底怎么啦?"

"我也不知道哇……也许是要来把咱们都逮起来吧……他们是想解散市杜马……想在门口把议员一个个地抓住吧……"众人紧张地议论纷纷。

尼古拉大厅里挤满了人,简直没有插足之地。市长告诉大家,军队已经散布在所有的门口,禁止任何人进出;有一个特派员曾经到这里来,威胁着要进行逮捕并解散市杜马。于是,议员们纷纷发表激昂慷慨的演说,甚至在旁听席上也有人随声附和。他们说,任何一种权力都不能够解散这个自由选举出来的市政府;市长的人身以及所有一切议员的人身都是不可侵犯的;永远都不会承认那些暴君,那些挑衅者,那些德国人的奸细;至于威胁着要来解散我们,那就让他们来试试瞧吧,只有踏过我们的尸体,他们才可以占据这座大厅,在这里,我们要像古罗马元老院中的元老那样,有尊严地等待那些哥特人①的来临……

会场上通过决议,把这里的情况用电报通知俄国各地的杜马和地方自治局。决议规定,市长或市杜马的主席均不得与军事革命委员会的代表或所谓的人民委员会发生任何关系。决议规定,另外发表一个宣言,号召彼得格勒的居民起来保卫他们自己所选举出来的市政府。决议还规定,市杜马经常处于开会状态……

然而就在同时,有一个议员带来了消息说,他曾经打电话询问斯莫尔尼方面,军事革命委员会说并没有下令包围市杜马,军队就要撤退了……

就在我们顺着楼梯往下走的时候,只见梁赞诺夫正急急忙忙地从大门口冲了进来,竟是满面激动之色。

"你来是要把市杜马解散了吗?"我问道。

---

① 哥特人是日耳曼的一个分支,分为东哥特和西哥特两个分支。公元410年,西哥特人在罗马奴隶的里应外合下,攻占了罗马城。此处便引用了这一典故。

143

"我的天,不是的!"他这样回答,"全都弄拧啦。我早上就跟市长说过的呀,市杜马不会受到干扰的……"

在市杜马大厦外面的涅瓦大街上,在苍茫的暮色中,有两列长长的摩托车队正在开过来,士兵们肩上都背着枪。他们停在那里,于是有一大群人挤了上去,纷纷向他们问问题。

"你们是谁,从哪儿来的?"发问的是个胖胖的老头子,嘴上还叼了根雪茄。

"第十二军团的,才从前线上下来。我们来是要帮着苏维埃一起对付那些杀千刀的资产阶级呀!"

"啊!"众人激愤地嚷嚷开了,"闹了半天原来是布尔什维克的宪兵团哪!是布尔什维克的哥萨克兵!"

这时便有一个小个子军官,身穿皮大衣从台阶上跑下来了。"卫戍部队已开始变天啦!"他对着我的耳朵悄声道,"这便是布尔什维克开始灭亡的标志。你想看看局势是怎么转变的吗?来吧!"说罢便往米海依洛夫街小跑起来,我们也跟了上去。

"是哪个军团先开始的?"

"是装甲兵呢……"这下问题可严重了。由于装甲兵团原始掌控形式的关键所在,它在谁手里,就意味着彼得格勒在谁手里。"救亡和革命委员会和市杜马的特派员都已经跟他们谈过啦。此时他们那边正开会决议呢……"

"决议什么,为哪边效力吗?"

"咳,不是啦!他们不会这么做啦!他们是永不会跟布尔什维克对着干的。他们投票,是为了看要不要保持中立,然后那帮士官生和哥萨克兵便可以……"

那宏大的米海依洛夫骑兵学校的大门黑洞洞地敞开着。有两名哨兵想拦住我们,但我们一下就溜了进去,根本不理睬他们愤怒的告诫。学校里面,只有一盏弧光灯高高地悬挂在大厅屋顶的附近,发着微弱的光芒。大厅的高大的拱柱和几排窗户,都隐没在昏暗中。周围隐隐约约地可以看见有许多巨型装甲车停在那里。在中央的灯光下面，单独停着一辆装甲车。在它的周围聚集着约两千名穿着灰褐色军服的士兵，他们同那宏伟的建筑物相比几乎显不出多少人来。装甲车的顶上站着十二三个人，其中有军官、士兵委员会的主席和各个发言人。有一个军人正站在中央的炮塔上发表演说，那就是汉若诺夫，他在1917年的夏天曾经做过全俄装甲部队代表大会的主席。汉若诺夫是一个灵活而漂亮的人，穿着皮外套，带着中尉的肩章，正在口若悬河地劝大家保持中立。

只听他说："让俄国人残杀他们自己的俄国兄弟，那简直是可怕的事。士兵们曾经同心协力地反对沙皇，曾经肩并肩地在那将在历史上永垂不朽的战役中打败了外国敌人，在他们之间绝不能发生内战！士兵们，我们何苦要卷入那些政党之间的争吵呢？我并不是对你们说临时政府是个民主的政府；我们决不想与资产阶级谈什么联合——决不！可是，我们必须有一个由各民主党派联合组成的政府，否则俄国就要灭亡！有了那样的一个政府，就再也不会发生内战，再也不会使兄弟之间自相残杀了！"

这听着倒颇有道理，因此大厅里满是鼓掌叫好之声。

有一个士兵爬上了装甲车，他面色苍白，显得很紧张。他大声喊道："同志们！我是从罗马尼亚前线来的，向你们全体同志紧急呼吁：必须实现和平！立即实现和平！谁能给我们和平，我们就拥护谁，不管它是布尔什维克或是这个新政府。我们要和平！我们在前线上的人不能再打下去了。我们既不能与德国人作战，也不能与俄国人作战……"说到这儿，他就一跃而下，动荡的人群发出一种乱哄哄的烦恼焦急的声音，而当下一个人发言的时候，那种声音就迸发为怒吼了。接着发言的是一名孟什维克护国派分子，他声嘶力竭地说什么必须继续进行战争，直到协约国获得胜利为止。

"你这话说得倒蛮像克伦斯基的！"有人大声地骂道。

又有一个市杜马的代表，也是恳求众人投中立票。他们倒也肯听他说,只是十分不安地低喃,觉得他并不是他们之中的一员。我从来没有见过人们曾经这样聚精会神地想了解问题并做出决定。他们站在那里一动不动,用一种可怕的紧张的神色注视着发言人。他们紧皱着眉头,竭力在思索,额角上冒着汗珠。他们都是些彪形大汉,却具有像孩子一样的天真而明亮的眼睛,像史诗中英勇战士的面庞……

现在又轮到一位布尔什维克发言了。他是他们的自己人,话也讲得慷慨有力,充满了仇恨。只可惜他们对他也并无多少好感,因他到底还是没有说到他们心里去。此时此刻,他们的思路已超越了平日之所想,而是满心都只想着俄国,只想着社会主义和世界和平了,仿佛革命的成功与否完全取决于他们一般……

一个发言人接一个发言人,在一种紧张而肃静的气氛中进行辩论。会场上时而发出欢呼,时而掀起怒吼:我们究竟是中立呢还是出动呢?汉若诺夫又做了一次发言,他的话娓娓动听,而且博得了人们的同情。然而,不管他怎样侈谈和平,难道他不是一名军官吗?不是一名护国派分子?在这之后,有一位从瓦西里岛来的工人代表发言,但他们却用这样的话来欢迎他:"工人同志,你们会给我们带来和平吗?"在我们附近站着一些人,其中有许多都是军官,组成一种"啦啦队",专门为那些主张中立的人捧场喝彩。他们连续不断地在叫:"汉若诺夫!汉若诺夫!"而每当布尔什维克党人要讲话的时候,他们总是发出嘲笑性的口哨声。

突然,那些站在装甲车顶上的委员们和军官们开始用一种非常激动的神情和手势在争论什么问题。会场上有人喊着问那究竟是怎么一回事,而那一大群人都乱哄哄地动荡起来。有一名士兵被一名军官阻拦着,他努力挣脱了束缚,高高地举起手来。

"同志们!"只听他大声道,"克雷连柯同志也来了,想和大家说几句话呢。"顿时欢呼声雷动,众人又是嚷又是吹口哨,纷纷喊道:"请上来,请上来!"也有人说:"打倒他!"不一而足,而那位军事人民委员便在这一片喧嚣中爬上了装甲车,一边还有前后左右的许多人对着他又是拉又是推的。他立稳了身子,先站了片刻,这才走到散热器那里去了。他手按在胯上,含笑打量了一圈。这个人生就五短偏肥的身材——腿尤其短,头上未戴帽子,制服上亦无肩章。

站在我身边的"啦啦队"却一直拼命大喊:"汉若诺夫!我们想要汉若诺夫!"这里整个乱作一团,呼声震天响。然后,人群便开始移动起来,竟如雪山崩塌般拥向了我们这边,原来是一帮浓眉黑目的汉子正往这边挤呢。

"谁净给我们的会议捣乱呢?"只听他们喝道,"口哨是谁吹的?"吓得"啦啦队"一哄而散,飞奔而去——且再也没见他们聚集起来了。

"战士同志们!"克雷连柯开口了,因太劳累的缘故,他的嗓子十分嘶哑,"我没办法好好地跟你们讲话了,实在对不住,因我已经连着四个晚上都没睡觉啦……

"我是无须告诉你们我是一个军人的,更无须告诉你们我渴望和平。我必须说的是,布尔什维克党由于你们以及所有其他英勇的同志们的帮助,已经在工人和士兵的革命中获得了胜利。他们永远推翻了嗜血的资产阶级政权,答应向各国人民提议和平,这件事在今天已经做到了!"会场上响起雷鸣般的掌声。

"有人要求你们保持中立——当那些永远不会中立的士官生和敢死队正在街道上残杀我们,当他们要使克伦斯基或那个匪帮的其他什么人回到彼得格勒来的时候,却有人要求你们保持中立。卡列金正在从顿河流域进军。克伦斯基正在从前线逼近。科尔尼洛夫正在纠集'野蛮师',企图重演他在8月间所发动过的军事叛乱。所有那些孟什维克和社会革命党人,除了用内战的方式就无法维持他们的政权。那场内战从7月间起一直延续下来。而在内战中,他们经常站在资产阶级那一边,正如他们目前所做的一样。

但他们说现在做的，竟是让你们避免内战呢？

"我该怎么劝你们才好，如果你们都已下定了决心的话，问题是再浅显不过了，一面呢，是克伦斯基、卡列金、科尔尼洛夫、孟什维克、社会革命党人、立宪民主党人、杜马、军官……他们告诉我们说他们的目标是好的。而另一面呢，则是工人、士兵、水兵、贫苦农民。政府的命运掌握在你们手中。你们是国家的主人翁。伟大的俄罗斯属于你们。难道你们愿意又把它交回去吗？"

当他讲话的时候，他显然是用一种意志力来支持着他那困乏的身体。但他越说下去，他那疲劳的嗓音里就越流露出一种深厚的真诚感情。最后他跌跌撞撞的，几乎要倒下去；这时有几百双手伸过去搀他下来，那宏大而幽暗的大厅中，回响着浪涛般的欢呼和掌声。

汉若诺夫原是还想再讲话的，却只听见他们纷纷嚷道："投票表决！投票表决！投票表决！"后来，汉若诺夫让步了，宣读了一项议案："装甲兵团撤回其在军事革命委员会中的代表，并宣布在目前的内战中保守中立。"凡是赞成此项议案的人，都站到右边去；凡是反对此项议案的人，都站到左边来。起初大家有点犹豫，还在观望着；然而隔了一会儿，人们就开始争先恐后地蜂拥到左边去。在那微弱的灯光下，只见成百上千个身材魁梧的士兵挤作一团，跑过中间那段地面，站到左边来了……在我们附近的约五十个人仍然很尴尬地站着不动，他们顽固地表示赞成那个议案。而当那胜利的欢呼响彻云霄的时候，那五十个人就掉头很快地走出了这座建筑——他们之中有些人就这样脱离了革命。

请想一下：当时在彼得格勒全市、在彼得格勒全区、在整个的前线上、整个的俄罗斯，每一个兵营里都在进行着这样的斗争！请想一下：当时有无数个这样废寝忘食的克雷连柯，在注视着部队的动态，急急忙忙地从这个地方赶到那个地方，争辩着，鼓动着，说服着。请想一下：当时在所有工会的基层组织里、在工厂里、在农村里、在那远涉重洋的俄国海军的战舰上，也都在进行着同样的斗争。请再想一下：在那幅员辽阔的国土上，有千百万俄国人都在目不转睛地注视着那些演讲人。工人们、农民们、士兵们、水兵们，都正聚精会神地想要了解问题并选择道路，他们是那样紧张地思索着，而最后又是那样一致地做出了决定。俄国革命就是这样在进行着的……

在斯莫尔尼方面，新成立的人民委员会也并不清闲。它所颁布的第一道法令已经公布在报纸上，当天晚上还要把成千成万份这样的法令散发到彼得格勒全市，并且要把一大捆一大捆这样的法令由往南和往东去的火车运往全国各地：

> 人民委员会谨以由有农民代表参加的第二届全俄工兵代表苏维埃代表大会所选出的俄罗斯共和国政府的名义宣布：
>
> 1. 立宪会议的选举，将在预定的日期——11月12日举行。
>
> 2. 所有的选举委员会、地方自治机关、工兵农代表苏维埃以及前线上的士兵团体，均应尽最大的努力，保证能在预定的日期进行自由而又正常的选举。
>
> 谨以俄罗斯共和国政府的名义特此宣告。
>
> 人民委员会主席：弗拉基米尔·乌里杨诺夫·列宁

市杜马的会议正在市政府大厦里热烈地进行着。当我们走进去的时候，有一位俄罗斯共和国临时议会的议员正在发言，说共和国临时议会根本不认为它本身已经被解散，而不过是在未找到一个新的会场以前还无法继续进行它的工作罢了。同时，它的各党派领袖委员会已经决定全体加入救亡和革命委员会……在这里我要附带地说明一下：这是历史上最后一次提到俄罗斯共和国临时议会的活动了……

接着便是政府各部会、全俄铁路工会中央执行委员会、邮电职工会的代表们老调重弹，上百次地重申他们不替布尔什维克篡夺者工作的决心。有一个曾经驻扎在冬宫的士官生编造了一些故事，大肆渲染他自己和同伴们的英勇和赤卫队的不光彩行为。而所有这一切都被会场上的人信以为真。有人高声宣读社会革命党人的《人民报》所发表的一篇报道，说冬宫所遭受的损失达五亿卢布之巨，并且非常详细地描绘了劫掠和破坏的情形。

不时有联络员从电话那边跑过来报告消息：那四名社会革命党的部长已经从监狱里释放出来了。克雷连柯曾经到彼得巴甫洛夫要塞去看维尔杰烈夫斯基海军上将，告诉他说海军部的工作人员都已经跑光了，并且恳求他为了俄罗斯，在人民委员会的领导下来主持海军部的工作，而那个海军老战士已经答应了……克伦斯基正在从加特契纳镇向北挺进，布尔什维克的卫戍部队正在后退。斯莫尔尼方面又颁布了一道法令，扩大市杜马在处理粮食供应问题上的职权范围。

最后这项消息被认为是一种侮辱，引起会场上一阵狂怒的喧嚣。他，列宁，这个篡夺者，这个暴君，他的特派员已经占领了市政府的车房，闯进了市政府的仓库，现在又要来干涉供应委员会的工作和粮食分配问题——他竟敢来规定这自由的、独立的、自治的市政府的职权范围！有一个议员挥舞着拳头，提议如果布尔什维克胆敢来干涉供应委员会的工作，那么就断绝本市的粮食供应……另一名特别供应委员会的代表报告说，粮食的情况非常严重，他请求派一些特派员去催运粮食。

德顿年科拿着演戏般的腔调，告诉大家，说卫戍部队正在动摇中。谢米诺夫团已经决定服从社会革命党的命令，而涅瓦河上那些鱼雷艇上的水兵也不稳定。市杜马立即指派七名议员去继续进行宣传鼓动工作……

然后那位老市长又走上了讲台，"同志们，市民们！我也是刚刚才知道的,那些被囚禁在彼得巴甫洛夫要塞的人有危险呢。十四个巴甫洛夫军官学校的士官生竟叫布尔什维克的看守扒光了衣裳毒打呢。其中一个孩子已经发了疯了。他们那些布尔什维克,竟还威胁说要对部长们用私刑呢!"这话立即激起了一股旋风般的惊怒,在这等气氛之中,有一个矮矮胖胖的穿了一袭灰裙的女人要求发言。但当她铿锵有力地开口后,全场随之变得更加吵闹了。原来这一位便是久经考验的老革命家、布尔什维克在市杜马中的议员薇拉·斯卢茨卡娅了。

"你们全是撒谎、挑衅罢了!"她面对如洪水一般的谩骂,丝毫不为所动,"工农政府是连死刑都已废除了的,自然更不会允许动用私刑的行为!我们要求立刻对此事进行调查,倘若果真有些部分是属实的,那么政府一定会采取强有力的措施来解决的!"

市杜马便当即派出了一个代表团——其中包括各党各派的议员,与市长一起到彼得巴甫洛夫要塞去进行调查。当我们跟着他们走出来的时候,市杜马又正在指派另一个代表团去会见克伦斯基,设法在他打进首都的时候避免流血……

这时已经是半夜了,我们咋咋呼呼地通过要塞大门口的岗哨,借着那稀稀落落的电灯的微光,一直沿着教堂的边墙向前走去。在教堂高高的金顶和钟楼下面,横陈着几座沙皇的陵墓。而最近几个月来,每天中午那钟楼上还照旧要奏《上帝保佑沙皇》哪……这一带几乎空寂无人,绝大部分的窗户里连灯光都没有。我们偶然碰见一个彪形大汉从黑暗中蹒跚走来。他回答询问时总是说:"不晓得哇。"

在左边,在朦胧夜色中隐现出那低低的特鲁伯茨基城堡的轮廓。过去,它是一座活人的坟墓。在沙皇时代,曾经有许许多多为自由而牺牲的志士在这里断送了性命或丧失了理智。过去,临时政府在这个地方拘禁沙皇的大臣们;现在,布尔什维克也在这个地方拘禁临时政府的部长们。

一名和蔼可亲的水兵把我们引进指挥官的办公室,那是一间靠近造币厂的小屋子。有六七名赤卫队队员、水兵和士兵正在这间温暖的烟雾缭绕的屋子团团而坐,一架大茶炊正在愉快地冒着蒸汽。他们用一种非常友好的态度欢迎我们,给我们倒茶。司令员不在那儿,他正在陪同由一些"怠工者"所组成的市杜马代表团进行调查。那个代表团硬说所有的士官生都遭到了屠杀,这似乎使他们觉得非常好笑。在屋子的一旁,坐着一个瘦瘦小小的人,秃头,样子放荡,穿着呢上衣和华贵的皮大衣。就像一只被赶到墙角的耗子一样,舔着自己的小胡子,注视着周围的一切。他是刚刚被逮捕的。有一个人很轻蔑地向他瞥了一眼,说他是个部长或诸如此类的人……那小个子却仿佛没听见一般——尽管那个房间里的人谁也没有对他表示敌意,但他显然已经吓得掉了魂儿啦。

我走上前去,用法语跟他聊了起来。"在下是托尔斯泰伯爵,"他边答话边深鞠了一躬,"在下实在闹不明白怎么会被逮捕了的。当时在下正在回家的路上呢,要过特洛伊大桥的时候,那伙人中便有两个把在下给拿住啦。在下做过临时政府的特派员没错,可那是属于总参谋部的,根本不算政府的公职人员!"

"让他走了吧,"有一个水兵说道,"这不是个坏人哩。"

"不要!"捉托尔斯泰伯爵过来的那个小兵道,"咱们得请示过了指挥官才成哪。"

"哟,还指挥官呢!"那水兵不由得讥笑起来,"你闹革命时为了什么呀?难道是为了接着对指挥官俯首帖耳吗?"

巴甫洛夫团的一名准尉则忙着给我们讲这次武装起义发动时的情形:"11月6日的晚上,我们团正在总参谋部值勤呢,我和一些同志正站岗。因那伙军官都在屋子里开会,伊万·巴甫洛维奇和另一位同志(我不记得他的名字了)就躲在那屋子的窗帘后面偷听,着实听到了许多事情哩。例如,他们听到军官们下令要在当天晚上就把加特契纳的士官生调来彼得格勒,并且下令叫哥萨克兵准备在第二天早上进攻……在黎明之前,就要把全市的重要据点都拿下来。接着,军官们又谈论要开放那些桥梁通道的事情。然而当军官们开始谈到要包围斯莫尔尼时,伊万·巴甫洛维奇便再也忍耐不住了。那时有许多人进进出出,于是他就乘机溜走,跑到警卫室来,而让那另一位同志留在那里继续偷听。

"我早就猜着有事。因为眼见着一辆辆大汽车装得满满的,就拉着那些军官到总参谋部去啦。还有全体部长也都在总参谋部里。伊万·巴甫洛维奇已把他听说的事都告诉我了,当时才夜里两点半,正好团委员会的书记也在,我们俩便把情况跟他汇报了,另外又请示他,下一步该怎么办才好。

"'把这儿进进出出的人都逮起来吧!'既然呢他如此说了,我们当然是立即遵命行事,才一个钟头的工夫就抓住了好几个军官,另有两名部长,当场就送去斯莫尔尼啦。谁料军事革命委员会却因未准备好,一时不知该如何处理,所以不久那边便传回命令说叫我们把所有被捕者都放了,且以后也不要再逮人了。得啦,我们这下又山长水远地一路奔到斯莫尔尼去了一趟。我估摸着我们得在那儿跟他们说了一个多小时,这才终于让他们看出现在已经开始打仗了。待我们再回到总参谋部时,竟已是早上五点的光景了,被逮的军官和部长已跑了绝大部分。所幸卫戍部队都出动了,因此倒还让我们抓回来了几个……"

一名从瓦西里岛来的赤卫队队员,非常详细地描绘了他那个地区在那伟大的武装起义的日子里所发生的一切。他笑着说道:"我们那边没有一挺机关枪,而且我们也无法从斯莫尔尼方面得到这种武器。扎尔金德同志是区杜马中央局的委员,他猛然想起在区杜马中央局的会议室里放着一挺从德国人那边缴获过来的机关枪。于是,他和我以及另一位同志就跑到那里去。孟什维克和社会革命党人正在那儿开会。于是,我们就推开门,一直向他们走过去。当时他们围坐在桌子旁边——有十二到十五人,而我们只有三个人。当他们看见我们的时候,他们就停止了谈话,只是瞪眼看着。我们穿过那间屋子,把机关枪拆开;扎尔金德同志拿起一件,我拿起另一件。我们把机关枪扛在肩膀上大摇大摆地走出来——竟没有一个人哼一个字!"

"你们知道冬宫是怎么被拿下来的吗?"第三个人这样问,他是一名水兵。"大约在十一点钟的光景,我们发觉涅瓦河的这一边已经没有什么士官生了。于是我们就破门而入,一个接着一个,或三五成群地顺着各个梯道爬上去。当我们爬到楼梯顶上的时候,那些士官生抓住了我们,并且缴了我们的械。然而我们的人还是继续不断地拥上来,这样逐渐增加,终于使我们占了多数。于是我们就转过来缴士官生的械……"

这时忽然有个指挥官进来了。这是个准尉军官,只见他年纪轻轻,满面愉快之色,只可惜一只手吊了绷带,且因缺觉而顶了一双乌黑眼圈。他一眼先朝那被捕者看去,于是那个人便马上解释开了。

"噢,对,"指挥官打断他道,"记得礼拜三下午时,有些委员拒绝把总参谋部交给我们委员会,你正是那些人中的一个呀。不过我们倒不想把你逮起来,因为你是公民嘛,所以跟你道歉啦……"说着便打开门,招手示意托尔斯泰伯爵走。另外几个人——以赤卫队的人尤甚——纷纷嘀咕说不该放他走的,唯有方才那位水兵十分得意,说道:"瞧,我说什么来着?"

这时有两个曾经被选入要塞的士兵引起了指挥官的注意。卫戍部队的委员会这时便提出了抗议,说现在大家都吃不饱,而那些囚犯却和警卫人员吃着同样的伙食。"我们为什么要这样优待那些反革命分子呢?"

"咱们是革命者啊,同志们,可不是什么强盗。"只听那指挥官解释道。然后他又转向了我们。我们便解释道,目前外面谣言四起,都说士官生受了酷刑虐待,还有部长们也都有生命危险。因此能否让我们进去看看他们呢？这样我们也可以向世人作证，说那些根本都是谣传。"

"不可以！"那年轻军官颇不耐烦地道，"可不敢再去惊扰那些犯人啦。我刚才不过是喊他们起床罢了，谁知他们竟只当我们要杀他们哩，而且还是十分肯定的样子……其实，绝大部分的士官生都已叫我们给释放啦，剩下的明儿也都能走……"说罢他便转身出去了。

"那我们明儿能同市杜马的代表团谈谈吗？"

那指挥官一边替自己倒了杯茶，一边点了点头道："他们现在正在外头大厅里呢。"说话时一副毫不在意的样子。

的确，代表团的人就站在办公室的门外面。在一盏油灯的微光中，他们围着那位市长，正非常激动地在谈论着什么呢。

"市长先生您好，"我说道，"我们都是美国记者。您愿意把您调查的官方结果告诉我们吗？"

他把他那张十分傲然的面孔转向了我。

"那些报道都并不属实。"他慢慢地开口了，"虽说那些部长才被送来时的确也发生过一些意外，但除此之外我们还是把他们照顾得相当细心周到的。再说士官生，他们更是没有一个受到了伤害的……"

在涅瓦大街上，在那午夜以后的黑洞洞的夜色中，一个看不见尽头的士兵纵队在快步前进。沙沙的脚步声踏破了深夜的沉寂——他们正在开往前线同克伦斯基作战。在那幽暗的偏僻街道上，有许多不开灯的汽车风驰电掣地来来往往。在方坦卡六号的农民苏维埃执行委员会总部里，在涅瓦大街某座大厦的一些房间里，在工程学校里，都有人在诡秘地进行活动。市杜马大厦里，仍旧是灯火通明的……

此时军事革命委员会正在斯莫尔尼学院里犹如熊熊烈火般的热情工作着呢，简直就像一台负荷超载的发电机一般……

七　革命前线

11月10日，星期六……

市民们！

军事革命委员会特此宣布，绝不允许任何破坏革命秩序的行为出现……偷窃、抢劫、人身攻击和蓄意杀人，都会受到严惩……我们将跟随巴黎公社的脚步，对抢劫者和破坏秩序者进行毫不留情的镇压……

全市一片宁静。没有发生一次拦路抢劫，没有发生一次盗案，甚至也没有发生一次酗酒以后的殴斗。夜间，武装的巡逻队在那寂静的街道上往来巡逻。在街头巷尾，士兵们和赤卫队队员们蹲在一堆堆篝火周围，欢笑着，歌唱着。白天，一大群一大群的人聚集在人行道上，倾听学生与士兵之间、商人与工人之间的滔滔不绝的热烈争论。

常有小市民在马路上互相聊着这些事。

"是哥萨克兵来了吗？"

"还没有哇……"

"有什么最新的消息没？"

"我什么也不知道。克伦斯基上哪儿去了?"

"听说克伦斯基离彼得格勒就八俄里远啦……还有,布尔什维克逃到阿芙乐尔号巡洋舰上去了,这是真的吗?"

"也是听他们说的……"

墙上贴满了各色布告,还有几份报纸也叫嚣得厉害,内容净是些谩骂、呼吁和通缉令……

一幅大型海报,正歇斯底里地昭示着农民苏维埃执行委员会宣言:

"他们(即布尔什维克)竟敢自称得到了农民代表苏维埃的拥护呢,还大言不惭地说自己是在替农民代表苏维埃说话……

"但是,告诉俄国全体的劳动人民吧:这一切都是谎言。全俄农民代表苏维埃执行委员会体现着全体劳动农民的意志,愤怒地驳斥这种谎言,拒绝有组织的农民参加这种违反劳动人民意志的罪恶行为……"

还有社会革命党士兵工作部的大海报:

"布尔什维克的那份疯狂打算已到了该崩溃的边缘啦。如今卫戍部队已是一盘散沙了……政府部门停了工,面包也眼看着就没有啦。几乎各党派的人士都从全俄苏维埃代表大会里退出来了,只剩下几个布尔什维克,他们可孤立无援啦……

"恳请一切理智尚存之人都来团结在救亡和革命委员会的周围,认认真真地做好准备,以响应中央委员会的号令……"

第三张海报的内容则是俄罗斯共和国临时议会在喊冤:

"在刺刀的威胁之下,俄罗斯共和国临时议会被迫解散了,暂时停止召开会议。

"那些篡夺者,尽管口头上说什么'自由和社会主义',实际上却已经建立起一种专横残暴的统治。他们已经逮捕了临时政府的成员,封闭了报纸,占领了印刷厂……我们必须把这个政权视为人民和革命的大敌;我们必须同这个政权进行斗争,并且推翻它……

"在尚未恢复其工作以前,俄罗斯共和国临时议会谨吁请俄罗斯共和国的公民们团结在……各地救亡和革命委员会的周围。各地的救亡和革命委员会正在组织力量,推翻布尔什维克,并建立一个能把这个国家引向召开立宪会议道路去的政府。"

《人民事业报》说:

"所谓革命,即是全体人民的起义……但在我们这儿都是什么人呢?啥也不是,只是一小撮被列宁和托洛茨基愚弄的傻瓜……他们的法令和文告,也只能添一点笑料给历史博物馆罢咧……"

《人民言论报》(人民社会主义者的机关报)则说:

"'工农政府'?这只是个白日梦罢了,没有人——在俄国也好,在我们的盟国也好——会肯承认这么个'政府'的,甚至连咱们的敌对国也不会承认他们的哟……"

资产阶级的报纸都已经暂时销声匿迹了……

《真理报》上有一篇报道,记载新的全俄苏维埃中央执行委员会第一次会议的情形。这届新的中央执行委员会,现在就是俄罗斯苏维埃共和国的议会。农业人民委员米柳亭在会上说,农民苏维埃执行委员会已经决定在12月13日召开全俄农民代表大会。

"但我们不能一直等着,"他说,"必须得获得农民的支持才成。因此我建议,我们可以召开一次农民代表大会——应立即着手做这件事才是……"左派社会革命党人也赞同他的这个建议。随即便有一份《告俄国农民书》被草拟出来了,且还选出了一个五人委员会,以执行这一任务。

关于分配土地的详细计划,以及关于工人监督生产的计划,都留待这些方面的专家们提出报告后再做决定。

在会上,首先宣读并且通过了三项法令:第一项是列宁所提出的《出版法令》,规定封闭一切煽动反抗或不服从新政府、煽动犯罪行为或故意歪曲事实真相的报纸;第二项是《关于延期缴纳房租的法令》;第三项是《关于建立工人民兵的法令》。此外还发布了一些命令,其中有一项是授权市杜马征用空着的房屋,另一项指示把到达终点站的货车上的货物卸下来,以加速生活必需品的分配,并腾出那急需使用的车辆……

农民苏维埃在两个小时后即向全俄范围内发了电报,内容如下:

> 布尔什维克他们那个组织,所谓的"全国农民代表大会",如今正邀请全国各地的农民苏维埃代表呢,让他们都到彼得格勒来参加代表大会……但其实,那是个专横独断的机构。
>
> 农民苏维埃执行委员会在此声明:它在过去和现在都一直认为:这时要把地方力量抽调到首都来开会,那对于各地准备进行立宪会议的选举是非常不利的,而立宪会议却是劳动人民和国家之唯一的救星。我们重申,农民代表大会仍将于12月13日召开。

在市杜马里,人们紧张万状。军官们走进走出,市长正在和救亡和革命委员会的领导人举行会议。有一名市议员,手里拿着一张克伦斯基所发布的传单跑进来。那是由一架飞机低飞到涅瓦大街上空,成百成千地投下来的。它恫吓着要对所有拒不降服的人进行可怕的报复,并命令士兵放下武器,立即在马尔斯广场上集合。

有人告诉我们,那位内阁总理已经占领了皇村,就在彼得格勒近郊,离市区只有五英里了。他将于明天进城——那只有几小时了。还有人说,那些同克伦斯基的哥萨克兵接触的苏维埃部队,已经投到临时政府那边去了。切尔诺夫在两军之间的某个地方,正在设法把那些"中立部队"组织成一支力量,以制止内战。

据说,市区的卫戍部队正在纷纷叛离布尔什维克,已经把斯莫尔尼给放弃啦……所有的政府机关都已经停摆了。国家银行的职员们拒绝在斯莫尔尼派来的特派员的监督下进行工作,并且拒绝付款给他们。而所有的私营银行都已经关门了。政府各部门的工作人员都在罢工。甚至就在此时此刻,市杜马还有一个委员会在一个个商店募款,来支付那些罢工人员的薪金……

托洛茨基曾经跑到外交部去,命令那些职员把《和平法令》译成各国文字;又有六百名职员向他当面辞职……劳动部的人民委员施略普尼柯夫曾经下令叫他那个部里的所有工作人员于二十四小时以内回到自己的岗位上来,否则将撤掉他们的职位和享受养老金的权利;结果只有几名看门的仆人响应了他的号召……粮食供应委员会的一些办事处工作人员,宁愿停工,也不服从布尔什维克的命令……尽管答应给她们很高的工资并改善她们的工作条件,那些电话局里的女接线生却拒绝接通苏维埃总部的电话……

此时社会革命党已经投票决定:开除所有留在全俄苏维埃代表大会中的社会革命党人,另外,凡参加了武装起义的党员,亦被一起开除出社会革命党了……

全国各地的消息纷至沓来:莫吉廖夫方面已经宣布反对布尔什维克。在基辅,哥萨克兵已经推翻了苏维埃,并且逮捕了所有领导武装起义的人。卢加城的苏维埃和三万名驻防军决定效忠于临时政府,并且呼吁俄国全国人民都在临时政府的周围团结起来。卡列金已经把顿河流域所有的苏维埃以及职工会都驱散了,此时他的部队正在往北方去呢……

这时一个铁路上的职员代表说:"昨儿我们已给全俄都发出电报啦,一来要求立刻停止党派之争,二来也坚持要求成立社会主义者联合政府。否则明儿个夜里我们便要开始罢工了……明日一早各党派都要开会呢,就是讨论我们提出的问题。布尔什维克貌似是很急于要达成协议的样子……"

"就好像他们还能坚持很久似的!"市政工程师边说边大笑起来——他是个面色红润、身材短粗的家伙……

我们来到斯莫尔尼——它并没有被放弃,而是比以前任何时期更加忙碌了。一大群一大群的工人和士兵跑进跑出,到处都站着双岗。在这里,我们碰见一些资产阶级以及"温和的"社会主义报纸的记者。

"他们竟赶了我们出来哪!"只听来自《人民意志报》的一个记者嚷道,"那邦契·布鲁也维奇直跑到记者室来,命我们立即走人!还骂我们是特务哩!"其他记者等一起叫起来了:"侮辱!可恶的暴行!还有没有言论自由啦?"

走廊中有好多张大桌子,上面堆着一大捆一大捆军事革命委员会所发布的宣言、命令和呼吁书。工人们和士兵们跑过来,很吃力地把这些文件搬到那等候在门口的汽车上去。

其中一份宣言是这么开头的:

送上耻辱的十字架吧!

此时此刻,广大俄国民众正生活在水深火热之中,可孟什维克以及他们的追随者,还有右派社会革命,当然已背叛了工人阶级,跟科尔尼洛夫、克伦斯基以及萨文柯夫同流合污啦……

现在他们正忙着印刷克伦斯基那个卖国贼的命令呢,且又在这座城市里弄出恐怖的气氛来,散布说那个叛徒已取得了胜利的梦话,这是多么荒谬的谣言啊……

市民们!可别相信这些假话!没有什么力量能够战胜人民革命的……对内阁总理克伦斯基及其走狗的报应马上就要来了……

我们正把他们往耻辱的十字架上送呢。他们既然想要把旧时代的锁链重新套在全体工人、士兵、水兵和农民的身上,那么我们就只好让他们受人民群众的憎恨了。他们永远也不能从他们身上洗清人民的义愤和蔑视。

强烈鄙视、严重谴责这些背叛人民的家伙！

此时，军事革命委员会已搬到顶楼十七号那个较大的房间里办公去了。门口还有赤卫队站岗。房间里面隔着一排栅栏，栅栏外面那点地方挤满了许多穿得很讲究的人。他们表面上毕恭毕敬，内心里却是杀气腾腾的。他们都是些资产阶级分子，是来申请汽车执照或出境证的，其中竟还有不少的外国人……比尔·沙托夫和波得斯正在值班。他们把一切其他的事务都搁了下来，将刚刚出版的新闻简报读给我们听。

第一七九后备团表示一致拥护新政府。普梯洛夫船坞的五千名码头工人向新政府致敬。职工会的中央委员会表示热烈拥护。驻扎在雷维尔港的卫戍部队和舰队选出了军事革命委员会，并且要派兵来支援。普斯科夫和明斯克均已在军事革命委员会的控制之下。察里津、顿河上的罗斯托夫、切尔诺哥尔斯克、塞瓦斯托波尔等地的苏维埃都向新政府致敬……芬兰师以及那新选出来的第五军和第十二军的委员会都表示效忠新政府……

有消息从莫斯科传过来，说那边局势尚不稳定。军事革命委员会的部队已经占领了该城的战略据点；驻防在克里姆林宫的两个连队已经反正到苏维埃这边来了，但兵工厂却仍旧掌握在李亚伯采夫上校和他的士官生手里。军事革命委员会要求发给工人武器，双方进行了谈判。然而今天早上，李亚伯采夫上校突然向军事革命委员会提出最后通牒，要求苏维埃部队投降并解散军事革命委员会。于是双方发生了战斗……

彼得格勒的总参谋部此时便成了斯莫尔尼特派员的囊中之物。而中央舰队委员会则因不肯归顺，竟招致德宾科和一个连的喀琅施塔得水兵对他们的袭击！之后便有新中央舰队委员会成立起来了,波罗的海舰队和里海舰队都是拥护这新委员会的……

然而,在所有这一切令人欣慰的胜利后面,人们仍忐忑不安,有一种不祥的预感。克伦斯基统率下的哥萨克兵正在迅速推进,他们拥有大炮。工厂委员会的书记斯克雷普尼克拉长了他那发黄的脸告诉我,哥萨克有一整个军出动,但是他用狠狠的语气继续说道:"我们要和他们决一死战,他们永远不会捉到我们的活人!"彼得罗夫斯基疲倦地笑道:"也许明天我们就可以睡眠了,永远地长眠了……"那面容消瘦、留着红胡子的洛佐夫斯断基说道:"咱们有什么获胜的机会呢?咱孤立无援呀,是以乌合之众去抵御训练有素的士兵呀!"

彼得格勒的南方和西南方各地苏维埃在克伦斯基的攻势面前纷纷逃遁,而那些驻扎在加特契纳、巴甫洛夫、皇村的卫戍部队又陷于四分五裂——其中有半数主张保持中立,其余的士兵则由于没有军官,正在极端混乱的状态中向首都方面撤退。

他们在大厅里贴了公告:

发自红村,11月10日上午8点:

向各地部队的参谋长、总指挥、指挥员和全体军民做如下通知:

前任内阁总理克伦斯基已把一份虚假的电报发向各地,让每个人都看到了,这份电报竟捏造说彼得格勒的革命部队已自觉地缴枪投降,还加入了临时政府的部队之中呢——就是那个叛国政府。又说士兵们都已接到了军事革命委员会命其撤退的命令。但由自由的人民所组成的军队是决不会投降、决不会撤退的!

我们的部队之所以撤离加特契纳,是为了避免与那些被引入歧途的哥萨克兄弟们发生流血冲突,并选择更为有利的阵地。目前我军的阵地是如此的坚固,纵然克伦斯基及其喽啰们再增加十倍的兵力,也丝毫没有理由要感到忧虑。我军士气极为旺盛。

现在彼得格勒的局势是很平静的。

彼得格勒市及彼得格勒地区的卫戍部队司令官
穆拉维约夫中校

我们正要从军事革命委员会离开时,只见安东诺夫进来了,手里捏了张纸,看起来简直跟死了似的。

"发了这个吧。"他道。

给各区工人代表苏维埃和工厂委员会的一封信

克伦斯基统率下的科尔尼洛夫匪帮,正在逼近通达首都的要冲。我们已经发出一切必要的命令,要毫不留情地粉碎反革命分子反对人民及其胜利成果的企图。

革命的军队和赤卫队需要工人们立即起来大力支援。因此,我们命令所有各区的工人代表苏维埃和工厂委员会:

1. 尽一切可能发动最大数量的工人来挖掘战壕,建筑街垒,并增设铁丝网。

2. 不论什么地方,如果为了完成此项任务而有必要在工厂中停工,那么就立即停工。

3. 必须把所有一切可以得到的普通铁丝和带刺铁丝,以及所有挖掘战壕和建筑街垒的工具都征集起来。

4. 拿起一切可以得到的武器。

5. 必须遵守最严格的纪律,每一个人都必须准备用一切方法来支援革命的军队。

彼得格勒工兵代表苏维埃主席、人民委员　列昂·托洛茨基
军事革命委员会主席、总司令　波德沃依斯基

待我们从斯莫尔尼出来时，只见外面的天色相当昏暗，一副阴云密布的样子。在那灰白色的天穹下，四面八方工厂的汽笛都在嘶鸣。那是一种凄厉的惊心动魄的声音，充满着凶恶的预兆。从工厂里，成千成万的男女工人蜂拥而出；从人声嘈杂的贫民窟里，倾泻出成千成万衣衫褴褛和受尽了苦难的人们。红色的彼得格勒在危殆中！哥萨克兵就要来了！工人们浩浩荡荡地穿过穷街陋巷，从南方和西南方朝着莫斯科门走去。他们之中有男子、妇女和儿童，大家都背着枪，扛着铁镐、铁锹和一片片的铁丝网，他们的工作服上缠着子弹袋。……在历史上还从来没有见过一个城市曾经涌现出这样人山人海的自觉自愿的群众呵！他们像汹涌澎湃的怒潮一样，一浪推着一浪向前迈进，其中还夹着一些士兵的队伍、大炮、大卡车、马车——革命的无产阶级正在用他们的胸膛来保卫这工农共和国的首都！

斯莫尔尼门口停着一辆汽车。有一个身材瘦弱的人，戴着一副很深的近视眼镜，眼睛通红，说起话来简直是声嘶力竭。他倚住汽车的挡泥板站在那儿，双手插在那件破大衣的口袋里。还有一个躯体魁梧、满脸络腮胡子的水兵，他有一双青年人的神采奕奕的眼睛，在急躁不安地踱来踱去，心不在焉地把玩着他那从不离手的一支大型纯钢左轮手枪。这两个人就是安东诺夫和德宾科。

有几个士兵设法把两架军用自行车绑在汽车的踏板上。那位司机拼命反对，他说，这样会损伤汽车上的喷漆。不错，那位司机是一名布尔什维克党人，而这辆汽车是从资本家那儿征用过来的。不错，自行车是准备给传令兵用的。然而他那司机的职业自尊心却反对这样做……于是那两架自行车就被撇了下来。

陆军人民委员和海军人民委员要到革命的前线去视察。哪里是前线，他们就到哪里。我们能跟他们一道去吗？当然不行！汽车上只能坐五个人——两位人民委员，两名传令兵，一名司机。可是，有一个我所熟识的俄国人，名叫特鲁西什科，却不慌不忙地溜进汽车并且坐了下来。任凭人们怎样说,总不能把他从车上撵下来啊……

在我看来,我们是没有理由怀疑特鲁西什科所说的关于那次旅途上的情形的。当时他们的汽车正开上苏伏洛夫大街,忽然有一个人提到了吃饭问题。他们也许要在郊外过三四天,而在乡区食物供应是很差的。他们把车子停下来。然而钱呢?陆军人民委员找遍了他的口袋,身上连一个戈比都没有。海军人民委员也一文不名。司机更是囊空如洗。于是特鲁西什科掏钱买了些吃的……

就在他们往涅瓦大街上开的时候,车的一个轮胎竟爆炸了。

"咱们可怎么办哪?"安东诺夫不由得问。

"再征用一辆车就是了嘛!"德宾科一边建议,一边挥了挥他那把左轮手枪。安东诺夫闻言便往大马路当中一站,打手势叫一辆路过的车子——这还是个战士开的车呢——停下来。

"把车给我。"安东诺夫对他道。

"才不给呢。"那战士把他顶了回来。

"你知道我是谁吗?"安东诺夫说着便拿出一张纸来,上面写的是他被任命为俄罗斯共和国全体陆军的总司令了,每一个人都必须无条件地服从他才成。

"我才不管呢,哪怕你是阎王老子也不管用。"那小战士火冒三丈地说,"这车是第一机关枪团的,我们得用它运弹药,所以你可不准打它的主意……"

这一场僵局,总算由于一辆打着意大利国旗的破旧出租汽车的出现而解决了。(在兵荒马乱的时候,私人汽车多以外国领事馆的名义登记,以避免被征用。)他们从那辆汽车里把一个穿着珍贵皮外套的肥胖公民揪了出来,坐上去继续向前进发。

出城约十英里,到了纳尔瓦镇,安东诺夫召见赤卫队的指挥员。他被引导到这个市镇的尽头去视察,那边有几百名工人已经掘好了战壕,正在准备迎击哥萨克兵。

"这儿的一切都还好吧?"安东诺夫问道。

"一切都好着呢,同志。"指挥官答道,"战士们的情绪可饱满啦……只是一样,我们没有弹药啊……"

"斯莫尔尼有二十亿发子弹呢,"安东诺夫对他道,"我给你下一道命令便是了。"说着便去摸衣兜,"谁能给我张纸?"

然而德宾科身上却没带纸——传令兵也没带。特鲁西什科只得把笔记本送给了他。

"我也没铅笔!"只听那安东诺夫又嚷了起来,"谁给我根铅笔?"无须多言了,那特鲁西什科又是这伙人中唯一一个带了铅笔的。

被留在后面的我们只得乘坐火车往皇村车站去了。待经过涅瓦大街时,我们只看赤卫队正在开往前线呢——都是全副武装,有些人步枪上安着刺刀,有些人却没有。冬天的白日很短,苍茫的暮色正在降临。他们昂首阔步地踏过那冰冷的泥泞街道,不整齐地排成四列纵队前进,没有乐队,也没有军鼓。他们队伍前面飘扬着一面红色的大旗,那上面雄浑地写着金黄色的大字:"和平!土地!"他们都是些青年小伙子。脸上充满了男儿效命疆场的表情……人行道上的人群默不作声,怀着仇恨的心,用一种又是害怕又是轻蔑的眼光往着赤卫队看过去。

火车站上的人都不知道克伦斯基现在哪里,亦不知前线到底是什么地方。但无论如何,火车却是最远只到达皇村站的……

我们的那节车厢里挤满了使用月季票的旅客和回家去的乡村居民,他们随身带着行李、夹着晚报。大家所谈的都是关于布尔什维克武装起义的事。然而在车厢外面,任何人都看不出内战正在把伟大的俄罗斯分裂为两个阵营,也看不出我们这一列火车就是开往战区去的。透过窗子,在愈来愈暗的夜色中,我们看见大群的士兵正沿着那泥泞的道路朝进城的方向走去,他们挥舞着手中的武器,在高谈阔论。在旁边的支线上停着一列货车。上面挤满士兵,被一大堆一大堆的篝火照得很亮。这就是所能看到的一切:在我们背后,在那广阔的地平线上。彼得格勒市的万家灯火冲淡了夜色。在远处有一辆电车蜿蜒而行,那是开到很远的郊区去的……

皇村火车站上倒还算宁静,只是哪里都有三五成群的战士,满面焦虑之色,一边低低地议论着,一边望着通到加特契纳镇的那条空荡荡的火车轨道。我问了他们中的几个人,问他们是支持哪一边的。"咳,"有一个说,"我们其实弄不清到底谁是对的……但克伦斯基是奸细这一点倒是毋庸置疑的……但我们觉得,咱俄国人自相残杀也总是不对的吧……"

在站长办公室里有一名身材高大、性情爽朗、满脸胡子的普通士兵,臂上戴着团委员会的红臂章。我们从斯莫尔尼带来的证件立即使他肃然起敬。他显然是站在苏维埃这方面的,但也有点茫然不知所措。

"赤卫队在两个小时以前还在这儿呢,但后来他们又走啦。还有个特派员今儿早上还来了一趟,但等哥萨克兵到了,他便又返回彼得格勒去了。"

"这就是说哥萨克兵来过啦?"

他把头一点,脸上显出忧郁之色来。"这儿是打过一仗的,哥萨克兵清晨打来,抓了我们两三百人呢,还杀了约莫有二十五个人。"

"现在哥萨克兵上哪儿去啦?"

"唉,他们到不了那么远的地方。我也不晓得他们所在的确切地方,不过总归是顺着那条路走的没错……"他说着往西挥了一下胳膊。

我们在车站饭店吃晚饭——那是一餐上好的饭,比在彼得格勒能吃到的又便宜又可口。在我们旁边坐着一位法国军官,他是刚刚从加特契纳镇步行回来的。他说那边一切都平静无事,克伦斯基控制着那个市镇。接着他又说道:"啊,这些俄国人真是别出心裁!这叫个什么内战啊!什么都有,就是没有战斗!"

我们闯到街上去看看。就在车站门口,有两名士兵拿着安上刺刀的步枪在站岗。他们周围聚集着约一百名商人、政府官员和大学生。这些人气势汹汹地对士兵们大吵大嚷,肆意漫骂。那两名士兵活似受到冤屈的小孩一般,显出颇为委屈尴尬之态来。

有一位个子高高、年纪轻轻的男孩,满面傲然之色,正带头攻击战士们呢。

"我估摸你们应能认识到这一点吧,"只听他盛气凌人地说,"你们竟拿起武器来残害自己的兄弟,这不就成了谋杀者和叛徒的工具了吗?"

"我说哥们儿,"有个战士十分诚恳地回话了,"你不懂。世上是分两个阶级的,你竟没看出来吗,分为无产阶级和资产阶级的。而我们……"

那位大学生粗暴地打断了士兵的话:"哎哟,这些蠢话我可听够啦!像你们这样一群无知的农民,也不晓得是从什么人的嘴里学了几个新名词。可你们并不知道那些名词的含义好不好!你们就像一群学舌的鹦鹉,不过是随声附和罢了!"那群人哄笑了起来。大学生又继续说道:"我是一个马克思主义的研究者。我老实告诉你,你们正在为之奋斗的并不是什么社会主义。这不过是明显亲德的无政府主义。"

"嗯嗯,也是,我晓得的。"那战士回答时不由得汗流满面,"您是受过教育的,所以一下子就看到了问题的关键。我只是个头脑简单的人,但是对我而言……"

"我觉得吧,"对方又十分轻蔑地打断了他的话,"你是真的相信,列宁是无产阶级的真心朋友吧?"

"对,我真相信的。"那战士痛苦地答了一声。

"呵呵,我的朋友哎,可你知道吗,列宁是由一辆密封着的汽车取道德国给送回来的,且德国佬还给了他不少钱呢!"

"哼,我是不知道那么多啦,"只听那战士倔强地答道,"但似乎对我而言他说的都正是我想听的,且我们大老粗们都是这么想的。如今世界是分成无产阶级和资产阶级两个阶级的……"

大学生听了不由道:"你是傻吧?我的朋友,我为了搞革命活动,曾经在施吕塞尔堡坐过两年监牢,那时候你还在枪杀革命者并且高唱《上帝保佑沙皇》呢!我的名字叫瓦西里·格奥尔基维奇·帕宁。你听说过关于我的事吗?"

"不好意思,我是从未听说过您的。"那战士谦恭地对答,"也怪我未受过教育。兴许您其实是个英雄也未可知。"

"我啊,"那学生十分自信地道,"我是反对布尔什维克的。他们会捣毁了咱们俄罗斯的,也会毁了我们的自由革命的。听了我这话,你又该如何回答我呢?"

战士听得直挠头:"我是啥也回答不出来的。"他边说,边苦着脸搜肠刮肚地措辞,"对我而言其实形势是非常简单的——不过也可能是因为我没念过书。因为在我看来,世上是有两个阶级的,无产阶级和资产阶级……"

"你怎么又开始背你的傻子公式啦!"那学生不由得吼了起来。

"……只有这两个阶级,"那战士顽强地坚持说了下去,"不管是谁,要么站在无产这边,要么站在资产那边……"

我们顺着街道走过去,沿途只有几盏稀疏的街灯,行人寥落。整个的市镇都浸沉在一种紧张肃穆的气氛中——活似天堂与地狱之间的炼狱,也像是政治上的真空地带。只有理发店灯火通明,挤满了顾客;而在公共浴室的门口,人们排成长长的队伍,因为那是星期六的晚上,所有的俄国人都要沐浴和洒香水。我一点也不怀疑,就在这些洗澡和理发的地方,苏维埃的部队和哥萨克兵是混杂在一起的。

我们越走近皇家花园,街道上就越是空寂无人。一位很畏缩的神甫在给我们指明到苏维埃办公厅的道路后,就很快地跑开了。苏维埃办公厅设在大公爵府邸的一排厢房里,正对着皇家花园,那时已经关门落锁,窗户里没有一丝灯光。有一名士兵逍遥自在地站在那儿,双手放在裤管上。他用一种阴沉而怀疑的眼光上上下下地打量我们,说道:"苏维埃在两天以前就已经搬走了。"我们问道:"搬哪儿去啦?"那士兵只是耸耸肩膀答曰:"这可不知道!"

我们又向前走了一段路,看见一座灯火辉煌的大厦。从那里面,传来一阵叮叮咚咚的声音。当我们正在踌躇着要不要进去的时候,有一个士兵和一个水兵手搀着手从街上走过来。我掏出从斯莫尔尼领来的通行证给他们看,并且问道:"你们是不是站在苏维埃方面的?"他们默然不答,只是用一种吃惊的神情面面相觑。

"那边怎么啦?"只听有两个战士指着那座楼问道。

"我也不知道哇。"

于是战士便小心地用手把门推开了一点,只见里面是个大厅,厅里挂满了彩旗,又用长青藤满满地点缀着。另有一排排的椅子,舞台也正在布置着呢。

这时来了个胖墩墩的女人,只见她手里拿着锤子,嘴里叼着钉子,偏又还要发问道:"你们是干吗来的啊?"

"今儿晚上这儿是要演节目吗?"战士十分紧张地问。

"是私人的业余演出,且时间是礼拜天晚上。"她厉声回答,"你们赶紧给我走。"

我们本想在这和战士还有水兵们聊聊的,然而他们似都又害怕又高兴的样子,匆匆忙忙便遁入漆黑夜色之中了。

我们沿着那宏大而幽暗的皇家花园的边缘,向皇宫走去。在夜色中,隐隐约约看到花园里那些设计精巧的亭台和装饰华美的桥梁,喷泉里飞溅着雾蒙蒙的水花。走到一个地方,那边有一只造型奇特的铁铸天鹅,不断地从一个人工挖的洞穴里喷出水来。我们突然发觉有人在监视我们。抬头一看,只见有六七名身材魁梧、全副武装的士兵站在一个长着杂草的台坪上,正用一种阴沉沉的、怀疑的眼光盯住我们。我爬上台坪到他们那边去,问他们道:"你们都是什么人啊?"

"我们是警卫员啊。"其中一个答道。他们都是十分消沉的样子,不过这也难怪,接连好几个礼拜以来,他们都在不分昼夜地连轴转,讨论和辩论来着。

"你们的队伍是属于克伦斯基呢,还是属于苏维埃?"

他们一时沉默了下来,蛮不开心地对视了半日,方道:"我们是中立的!"

我们穿过那巍峨的叶卡捷琳娜宫的拱门,走进宫院禁地,问指挥部在哪儿。在那弧形的白色厢房的门口站着一名哨兵,他说指挥员就在里面。

在一间华美的、洁白的格鲁吉亚式屋子里,一个两面壁炉把屋子不等分地分成两部分,有一群军官正站在那儿很激动地谈论着。他们都面色苍白、精神涣散,显然缺乏睡眠。其中有一位白胡子的老头儿,他那军服上挂满着勋章,人们称他为上校。我们掏出从布尔什维克那里领来的证件给他看。

他似吃了一惊般,道:"你们怎么竟能跑到这里来,而没挨枪毙呢?"只听他又挺客气地说,"如今在大马路上走都成了危险事啦。在皇村里,政治的热度一下子高涨得要命,今儿早上才打了一仗的,只怕明日早起还要打。明天早上八点钟,克伦斯基就要进城来啦。"

"哥萨克兵现在哪儿呢?"

"往那边去了,约莫有一英里的地方吧。"他用手一指道。

"那你们会跟他们打,以保护这座城吗?"

"天呐,不会。"他微微一笑,"我们是奉克伦斯基之命来守卫此地的。"这话令我们的心不由得一沉,毕竟在我们的通行证上,都写着我们是革命的中坚分子啊。那上校又清了清嗓子,道:"说到你们的那几张通行证,"他当时是这么说的,"只要把你们抓住,你们的小命可就保不住啦。所以,如果你们想去查看战况,那我便给你们下一道命令,让你们可以在军官酒店里开上几个房间,另外,倘若到了明儿早上七点,你们又回来了的话,我还可以再给你们弄张新通行证。"

"闹了半天您是拥护克伦斯基的呀?"我们问。

"也不是完全为了克伦斯基。"那上校迟疑道,"您瞧,绝大多数的卫戍部队士兵都是布尔什维克,所以今儿早上的仗一打完,他们就全往彼得格勒跑了,把大炮也带走了。虽然您也可以说,没人愿意拥护克伦斯基,但其实有些人是压根连仗也不愿打的。绝大多数的军官都投奔了克伦斯基的队伍,要不就是溜之大吉了。我们——咳——如今正是最难的时候呀,这您也看见了……"

我们不认为皇村这里会再打了,所以上校便客客气气地下令护送我们往火车站去。这位上校是个南方人,父母是从法国移民过来的,家住在比萨拉比亚。"唉,"他反复地念叨,"我倒不怕什么危险啦,艰难啦,只是这么长时间了,三年啦,我都离开我妈三年了……"

我们坐在火车上风驰电掣地穿过那寒冷的黑夜,朝彼得格勒的方向进发。在窗子外面,我瞥见一群群的士兵在围着火堆取暖,指手画脚地谈论着;一长串的装甲车停在十字路口,驾驶员把身子伸在炮塔外面,互相大声地呼唤着……

在这动荡不安的夜晚里,一队队失去领导的士兵和赤卫队在那寒风刺骨的原野中流动着。他们之间时而发生冲突,时而又混杂在一起。而军事革命委员会的特派员则忙着从这一群人里面跑到那一群人里面,竭力要把他们组织起来进行保卫战……

回到彼得格勒,只见兴奋的人群像潮水一样在涅瓦大街上挤来挤去。有什么大事就要发生了,人们正在期待着。从华沙车站那边,远远地传来了隆隆的炮声。在士官学校里,人们正在疯狂地进行活动。市杜马的议员们从这个军营跑到那个军营,辩论着,恳求着,描述着种种骇人听闻的关于布尔什维克暴行的传说——什么在冬宫里屠杀士官生呀,什么强奸女兵呀,什么在市杜马前面枪伤少女呀,什么杀害罗曼诺夫亲王呀,如此等等。在市杜马大厦的亚历山大大厅里,救亡和革命委员会在举行特别会议,特派员来来去去,忙得不亦乐乎……所有那些从斯莫尔尼被赶出来的新闻记者也都在这儿,个个显得兴高采烈,他们都不相信我们关于皇村情况的报道。因为大家总以为皇村是在克伦斯基手里,而此刻哥萨克兵已经打到普尔科夫镇了。救亡和革命委员会正在选举出一个代表团,准备明天清晨在车站上恭迎克伦斯基……

有一名记者私底下告诉我一项极其机密的消息,说反革命分子将于半夜时分开始暴动。他掏出两张文告给我看,其中一张是由郭茨和波尔科夫尼科夫签署的,命令士官学校的全体士官生、医院里痊愈了的伤兵和乔治十字勋章获得者一律动员起来准备作战,并等候执行救亡和革命委员会的命令;另一张是由救亡和革命委员会本身颁发的,原文如下:

彼得格勒的市民们!

同志们,工友们,战士们,以及彼得格勒全体有革命觉悟的市民们!

那帮子布尔什维克,在前线上时口口声声说要和平,可到了后方却挑动起内战来了。

所以千万别听信了他们的鬼话啊!

不要挖掘战壕!

要推倒卖国贼筑造的街垒!

放下武器!

战士回营房!

彼得格勒之战,将是导致革命毁灭的战争啊!

以自由、土地和和平起誓,请你们团结到救亡和革命委员会周围来吧!

当我们离开市杜马大厦时,看见一群赤卫队队员正在那昏暗的空寂无人的街道上昂首前进,他们的表情很严肃,具有一种一往无前的气概。他们押着十二三个俘虏——都是哥萨克委员会地方支部的委员,他们是正在指挥部中策划反革命阴谋时被赤卫队当场逮捕的……

有个战士正带了一个手拎一桶糨糊的小孩子,忙着张贴布告,那布告颇大,十分引人注目:

根据现下形势,谨宣布命令如下:彼得格勒及周边郊区已进入戒严状态。严禁在马路上或其他一切露天场合出现集会或聚众行为,即日起生效,直至颁布下一道命令止。

尼·波德沃依斯基
军事革命委员会主席

我们回家的这一路上都拥塞着各种吵闹嘈杂——什么汽车鸣笛啦,什么人们大呼小叫啦,更有远处传来的枪声。整个彼得格勒都处于十分不安的状态中,人们亦更是十分警醒、无法入睡。

天刚蒙蒙亮,警卫人员尚未换班,忽然就有一群士官生乔装为谢米诺夫团的士兵,来到电话局。他们侦得布尔什维克所使用的口令,所以没有引起任何怀疑就接过了警卫的班。几分钟之后,安东诺夫到那边去视察。他被那批士官生所劫持,拘禁在一个小房间里。当换班警卫赶到时,遭到士官生开枪射击,结果有几名战士被打死。

反革命行动即将开始……

八　反革命行动

次日——7月11日——便是礼拜日了,哥萨克兵一早便进驻了皇村之中,而克伦斯基则是骑白马来,所有教堂都因此而响钟以表庆贺。从皇村外的小山顶上,便可看到许多金色的尖塔状的房子和五颜六色的"洋葱顶",首都便座落于底下那一大片平原之上,显出一派辽阔而灰暗之态来,再往远处便有深蓝色的芬兰湾赫然映入眼帘。

这儿原是没打起来的,只可惜克伦斯基竟犯了个致命大错:早起七点,他便给皇村第二步兵团下了令,命他们统统放下武器。第二步兵团的战士们回道:他们是愿意保持中立的,但放下武器不成。谁知那克伦斯基仍命令他们,十分钟之内必须要解除武器完毕,这下可惹火了那帮战士。原来已有八个多月了,他们都是由委员会的形式来各管各的,这等命令在他们听来活似沙皇的统治……又过了几分钟,哥萨克兵竟开了炮,打死了八个步兵团的人,这下,皇村里顿时便不存在什么"中立的部队"了……

彼得格勒被一阵阵的枪声以及士兵们进军的嚓嚓脚步声所惊醒。在那彤云密布的天穹下,寒风凛冽,大概是要下雪了。在黎明时分,军人饭店和电报局一度被大批的士官生所占领;经过流血的斗争,才又收复过来。水兵们包围了电话局,他们伏在海洋大街中间那些用铁桶、箱子和铅皮所砌成的街垒后面,或者藏在哥罗霍夫和伊萨克也夫广场的角落里,只要看见有活动的东西就开枪射击。偶尔有一辆挂着"红十字会"旗子的汽车驶进驶出,水兵们不加阻拦,放它开过去。

当时艾伯特·里斯·威廉斯在电话局里,他曾经亲自跟那辆挂着"红十字会"旗的汽车跑出来一趟。在表面上,那辆汽车好像是装满着受伤的人。然而它在市内兜了几个圈子,就从偏僻的小路驶往米海依洛夫士官学校,那是反革命分子的大本营。有一名法国军官站在士官学校的院子里,他似乎就是发号施令的人……就是用这种方法,弹药和给养被运往电话局。当时总有几十辆这种伪装的救护车,专门为士官生传递消息,运送军火。

有五六辆装甲车,原本都是属于那被解散了的英国装甲师团的,此时落在了他们的手里。当路易丝·布赖恩特正在走过伊萨克也夫广场时,有一辆装甲车从海军部那边开过来,驶向电话局。在果戈理大街的拐角上,就在布赖恩特跟前,那装甲车停住了。一些埋伏在木头堆后面的水兵开始对它射击。那装甲车炮塔上的机关枪转动了一下,随即不分青红皂白地向那些木头堆和人群喷射出雨点般的子弹。就在布赖恩特女士所站立的那个拱道里,有七个人被打死,其中有两个是小男孩。突然间,水兵们大喝一声,从木头堆后面纵身跃出,冒着枪林弹雨冲上去,他们围住那个庞然大物,呼喊着,一次又一次地用刺刀往那装甲车的枪眼里戳……那个驾驶员假装受伤的样子,水兵们就放他走了。然而那个驾驶员却跑到市杜马去,编造了许多关于布尔什维克暴行的谎言……在那些被杀死的人里面,竟还有一名英国军官……

过了几日,便有报纸称另有一位法国军官,在一辆士官生的车里叫人抓了,送到彼得巴甫洛夫要塞去了。虽说法国大使馆立马便否认了,但市议员却跟我说,是他亲自把那法国军官从监狱里放出来的。

无论各国大使馆的官方态度是什么，一些法国或英国的军官本人，在那段日子里真可谓相当活跃，甚至还会给救亡和革命委员会献计献策呢。

有那么一整日工夫，在市区的每一个角落里都发生着士官生与赤卫队之间的遭遇战以及装甲车与装甲车之间的战斗……或近或远，到处都听见排枪声、冷枪声和呼啸的机枪声。商店里的铁窗板都已经关上了，但仍旧在做生意。甚至电影院还照常上演，虽然外面关了灯，但里面却挤满着观众。电车还在行驶。电话也完全畅通；当你叫接总机时，在耳机里可以清晰地听到枪声……斯莫尔尼方面的电话线已被割断，但市杜马和救亡和革命委员会却同所有的士官学校和进驻皇村的克伦斯基保持着经常的联系。

早上七点时，弗拉基米尔士官学校这里来了一伙战士、水兵和赤卫队员，他们此行是要求士官生在二十分钟之内放下武器的，不料对方却拒绝了他们的最后通牒。又过了一个钟头，士官生们想着要突围出学校，不料却被从格列别茨克大街和波尔绍伊大街拐角上猛烈的齐射赶回去啦。苏维埃部队把那座学校的建筑物团团围住，并且向它开火；有两辆装甲车往来巡逻，用机关枪对它扫射。那些士官生打电话求救。哥萨克兵回答说，他们不敢出来，因为有大批的水兵用两门大炮控制了他们的营房。巴甫洛夫士官学校也被包围了。而绝大部分米海依洛夫士官学校的士官生又都在街头上作战……

至十一点半，又有三门野战炮被调了过来，然后士官生便又一次被要求缴械投降——这回是两位苏维埃代表打了白旗去见的他们，岂料竟叫士官生们给击毙了。至此真正的轰炸正式开始。学校的墙上被炸出好多个大窟窿来，士官生自是拼命抵抗。而赤卫队则怒吼着，如海浪般前赴后继地纷纷拥上前来，厮杀搏斗，然而却又被狂轰乱炸逼得节节败退……克伦斯基从皇村打了电话来，拒绝了一切跟军事革命委员会的谈判。

被败仗和伤亡激得狂怒的苏维埃部队不由得向那座已被打得千疮百孔的学校展开了更加如火如荼的轰炸,连他们自己的军官都无力止住这等可怕的攻击了。有一位名叫基里洛夫的政委——他是从斯莫尔尼被派来的——企图阻止赤卫队的所作所为,不料竟惨遭"要被上私刑"的威胁。毕竟此时的赤卫队已是血冲头顶了!

至下午两点半,士官生终于扯起了白旗,并且说只要能保障他们的生命安全,他们就投降。赤卫队这边同意了。于是,数以千计的士兵和赤卫队队员大喝一声,一拥而上,从窗子、大门以及墙上的炮弹窟窿里猛冲进去。在还没有来得及制止以前,就有五名士官生被打死和戳死。其余的约两百名士官生,被护送到彼得巴甫洛夫要塞。他们是被一小批一小批地押走的,以免引起人们的注意。但在路上,有一群人袭击了其中的一批,又杀死八名士官生……在这次战斗中,赤卫队队员和士兵牺牲了一百多人……

两小时以后,市杜马得到电话通知,说乘胜而进的苏维埃部队正在向工程技术学校进军。有十二三个市议员,马上挟着救亡和革命委员会刚刚发表的宣言去散发,其中有几个人就这样一去不复返了……所有其他的士官学校都没有抵抗地投降了,而那些士官生都安全地被送往彼得巴甫洛夫要塞和喀琅施塔得海军根据地……

下午终于有一辆布尔什维克的装甲车开来了。水兵们又是一通猛力攻打,这才拿下了电话局。那些吓得魂不附体的女电话接线生跑来跑去,叽叽喳喳地乱吵乱嚷;那些士官生则从他们制服上撕下一切显著的标志,其中有一名士官生情愿把一切的东西都给威廉斯,来换取他身上的外衣是为了乔装逃走……"他们会杀了我们的!他们会杀了我们的!"那伙士官生大呼小叫,他们中有不少人原是在冬宫里发过誓的,说再不会拿起武器来攻打老百姓了。威廉斯说自己愿意当个中间人替他们说和,只是要把安东诺夫释

179

放了才成。这个要求立刻便得到了允诺,于是安东诺夫和威廉斯便急忙对水兵们——他们是胜了的,但因自己一方死伤甚众,难免怒火冲天——演讲了一回,令士官生们有一次获得了释放……只剩下几个士官生没走成,都是被吓坏了的,所以竟想从房顶上跳楼逃逸,或者遁入阁楼藏身的,他们或是被抓住了,或是竟跌到大马路上去了。

　　打了胜仗的水兵和工人们,一个个都疲惫不堪、伤口淌血的,纷纷拥到电话局的接线室来了。可不料这儿竟有那么多美貌的接电话小姐,又不禁把他们窘得连连后退。因此并没有哪位小姐受了伤,受辱的更是没有。因为害怕,小姐们都缩到了屋子一角去。待发现自己很安全时,便不由又流露出怒意了。"呃,这些又脏又傻的家伙!缺心眼儿!"闹得水兵和赤卫队队员们十分不好意思。"畜牲!猪!"小姐们又锐声骂道,一边摔摔打打地穿大衣、戴帽子。当年,她们替那些勇敢而年轻的"保卫者"——士官生们——搬运子弹、包扎伤口的时候,那是多么富于浪漫情调呵!那些士官生,其中有许多都出身于贵族豪门,正在为他们可爱的沙皇复位而战斗呢!而现在的这些人却不过都是些普通工人、农民、"群氓"罢了……

　　那个军事革命委员会的特派员,身材细小的维什尼亚克,原还想努力劝说接电话小姐们留下的。只听他热情洋溢、彬彬有礼地道:"你们过去的待遇太差了,"他如是说,"因为那会子电话局是掌握在市杜马手里的呀。你们日日要工作十个钟头以上,月薪却才六十卢布……但打今儿起,一切都要变好啦。政府要把电话局交给邮电部管辖,工资也给你们涨到一个月一百五十卢布哩,且工作时间反而短了。作为工人阶级的一员,想必你们也会开心的……"

　　工人阶级的一员吗?难不成他的意思竟是说,在我们跟这伙子牲口之间,竟有什么共同点吗?留下来?哪怕能给一千卢布的月薪,也决不要留下来呵!接电话小姐们满面傲色、满腹怒火地离开了电话局……

电话局的雇员、线路工人和杂役人员都留下来了。然而，最重要的还是电话，接线室里总得有人工作呀……只有五六名懂得技术的女接线生留了下来。于是征求志愿人员，约有一百名水兵、士兵和工人响应了号召。那六名女接线生忙来忙去，指导着，帮助着，斥责着……这样，工作时而停顿，时而发生故障，但总算勉勉强强地进行着，电话又慢慢地开始发出嗡嗡的声音。首先第一件事就是把斯莫尔尼同各兵营和各工厂之间的电话线连接起来；第二件事就是切断市杜马和各士官学校的对外联系……及至黄昏时分，胜利的消息已传遍全市，成百成千的资产阶级分子拿起电话筒来高声谩骂：“笨蛋！恶鬼！你们以为你们能支持多久？哥萨克兵就要来了，等着瞧吧！"

此时天已黑下来了。涅瓦大街上空荡荡的，时而还会有一阵狂风刮来。在喀山大教堂前聚了一帮子人，仍在永无休止地辩论着。他们中有工人，还有几个战士，剩下的则是小商店老板或小职员一类的人物。

"但是列宁没办法让德国同咱们议和呀！"只听其中一个嚷道。

一个浑身攻击性的年轻战士答道："这是谁之过呢？是克伦斯基，是龌龊肮脏的资产阶级呀！让克伦斯基下地狱吧！我们可不要他！我们要列宁同志……"

在市杜马大楼外头，有个手戴白袖章的军官正从墙上往下撕布告呢，一边撕还一边大声地骂。其中一张上写着：

致彼得格勒的全体市民！

在这个危急存亡的关头，市杜马理应采取一切办法使居民得以安居乐业，保证粮食以及其他生活必需品的供应。然而，右派社会革命人和立宪民主党人却忘掉了自己的职责，竟把市杜马变成一个反革命的会议，企图煽动居民中的一部分人去反对另一部分人,以便去帮助科尔尼洛夫和克伦斯基取得胜利。右派社会革命党人和立宪民主党人不但不尽自己的职责,反而把市杜马变作一个政治上的地盘来攻击工兵农代表苏维埃,来对抗那保证人民可以得到和平、面包和自由的革命政府。

彼得格勒的公民们!我们这些布尔什维克市议员是由你们选举出来的。我们要让你们知道:右派社会革命党人和立宪民主党人从事于反革命活动,他们已经忘掉了自己的职责,正在把居民们引向饥饿和内战。我们是由十八万二千选民选举出来的。我们认为有责任使我们的选民们注意到目前在市杜马中所发生的这一切,并且宣布:对于那些悲惨的却必然会到来的结局,我们不负任何责任……

虽说远处仍有声声枪炮入耳,但这座城已是平静下来了的,显出冷清之态来,仿佛是因之前的激战而格外疲惫似的。

尼古拉大厅里的市杜马会议已接近尾声。即使是十分嚣张的市杜马,似乎也有点被吓呆了。特派员们一个接一个地报告着布尔什维克占领电话局的事、巷战的事,还有布尔什维克攻陷了弗拉基米尔士官学校的事……"市杜马,"特鲁普说,"是与民主力量站在一边的,以便与专制暴力做斗争;但无论如何,不管哪一边赢了,市杜马都一定要反对动用私刑、酷刑才好!"

科诺夫斯基——他属于立宪民主党——是个身材高大、年纪甚老之人,思想十分残酷:"若是合法政府进了彼得格勒,那么他们若朝暴民开枪,可就不能说是私刑了!"全会场的人都纷纷反对他这话,连他自己的党派都是反对的。

市杜马里充满了怀疑和失望的情绪。反革命的暴乱正在被平息下去。社会革命党的中央委员会已经投票表示不信任它的领导人;左派已经占了上风;阿夫克森齐也夫已经辞职。有一个通讯员回来报告说,那个被派往火车站去欢迎克伦斯基的代表团已经被逮捕了。在街上,可以听到远远地从南方和西南方传来的隆隆炮声。可那克伦斯基却始终未出现……

这时只有三种报纸在出版,那就是《真理报》《人民事业报》以及《新生活报》。所有这些报纸都用很多篇幅来讨论关于建立新"联合"政府的问题。社会革命党的报纸主张成立一个既不让立宪民主党人参加也不让布尔什维克参加的内阁。高尔基表示很乐观,说斯莫尔尼方面已经让步;一个清一色的社会主义的政府正在形成,它将包括除掉资产阶级以外的各党各派。谁知那《真理报》却对此报以嘲笑:

"这种政党联合实在是令我们大发一笑的行为。因为在那些政党里,最突出的人也不过就是个名声不佳的小记者罢了。而我们的'联合',则是无产阶级与革命军人去同那些最穷最苦的农民联合……"

有一张自命不凡的布告——是全俄铁路工会中央执行委员会写的——正在墙上贴着呢,说若双方再达不成妥协,他们可就要罢工了。

> 平息暴乱的征服者,拯救祖国的救世主,不是布尔什维克,也不是救亡和革命委员会,更不是克伦斯基的军队——而是我们,是我们铁路工会。
> 赤卫队根本没能力去管铁路运输这种复杂事务,而临时政府呢,有时已正是连自个儿的政权都把持不住……
> 我们拒绝将自己的服务付给任何政党,除非它办事的基础是全体民主派的信任……

斯莫尔尼的气氛是很激动人心的,人人都是一副毫不厌倦的样子,将无穷无尽的生命力投入工作之中。

罗佐夫斯基在工会总部介绍我跟一位尼古拉线的铁路工人代表认识了。这位代表说,他们正在开群众大会呢,为的是谴责他们的领导层的行为。

"应将全部政权都归苏维埃所有!"他拍着桌子大吼,"那些中央执行委员会里的护国派还在玩科尔尼洛夫的小把戏哩。他们竟试着把一个代表团派到前线大本营去了,所幸我们在明斯克把这一团人逮住了……我们这个分会已提出召开全俄代表大会的要求了,却叫他们给拒绝啦……"

苏维埃和军队委员会的情况也都是如此。在俄罗斯全境,各色各样的民主团体正在一个个地分裂着和转变着。合作社由于内部斗争被弄得四分五裂;农民苏维埃执行委员会的会议在激烈的吵闹声中不欢而散;甚至在哥萨克兵里面也发生了麻烦……

在斯莫尔尼大厦的顶楼上,军事革命委员会正在开足了马力进行工作。它猛攻猛打,一刻也不松懈。人们走进去的时候是生龙活虎的,经过日日夜夜的紧张工作,当走出来的时候,已经跌跌撞撞,精疲力尽,声嘶力竭而且满身汗臭,倒在地板上就睡着了。……军事革命委员会已经宣布救亡和革命委员会不受法律保护。那地板上凌乱地摆着一大堆一大堆刚刚发表的宣言,其中有一份是这样的:

……所有的阴谋叛乱分子无论在卫戍部队中或劳动人民中都得不到半点支持,于是他们便把一切希望都寄托在突然的袭击上。幸好由于一位赤卫队战士的革命警惕性,他们的行动计划被勃拉冈拉沃夫准尉及时地发现了。那位赤卫队战士的姓名,将予以通报表扬。组织这次叛乱的中心是救亡和革命委员会。他们的武装力量是由波尔科夫尼科夫上校指挥的,而命令是由前临时政府的成员郭茨签署的。郭茨是我们根据他的誓言才恢复其自由的……

在将这些事实提请彼得格勒的居民们注意后,军事革命委员会又下令逮捕所有参与了这个阴谋的人。这些人都将被送上革命法庭受审……

这时从莫斯科传来消息,说士官生和哥萨克兵已经包围了克里姆林宫啦,且还命令那里面的苏维埃部队放下武器。苏维埃部队倒也同意放下武器,可是当他们正在撤离克里姆林宫的时候,却遭到突袭和枪杀。人数很少的布尔什维克部队已经被赶出了电话局和电报局。目前士官生控制着市中心区。……但在他们周围,苏维埃部队正在集合力量。巷战正在逐渐激烈起来;一切妥协的企图都已完全无效。……站在苏维埃方面的有一万名卫戍部队的士兵和为数不多的赤卫队;而站在临时政府方面的则有六千名士官生、两千五百名哥萨克兵和两千名白卫队。

彼得格勒苏维埃正在开会;而就在隔壁,那新选举出来的全俄苏维埃中央执行委员会正在审查那些不断地由人民委员会所交下来的法案和命令。人民委员会在楼上开会,它所交来审查的有《关于批准和公布法律的法案》和《关于八小时工作日的法案》,以及卢那察尔斯基所提出的《关于国民教育的基本纲领》。那两个会上总共只有几百人出席,其中绝大部分人都带着武器。这时斯莫尔尼大厦里几乎没有什么人了,只有警卫人员还在会议厅的窗口忙碌着。他们正在架设机关枪,以监视着大厦的两侧。

一位铁路工会中央执行委员会的代表在中央委员会的会议上说:

"我们是不会为任何一方运送军队的……其实我们已派代表团到克伦斯基那里去了,跟他讲,如果再继续进军彼得格勒,我们就要切断他的交通线路啦……"

然后他还按惯例请求召开了一次所有社会主义政党都参加的大会,大会主题便是成立新政府……

加米涅夫的回答是十分谨慎的。他说,布尔什维克党人是很愿意参加那样的代表大会的,但问题的关键并不在于那样的一个政府是如何组成的,而在于它是否接受第二届全俄苏维埃代表大会所通过的纲领……全俄苏维埃中央执行委员会已经仔细研究过左派社会革命党人和统一社会民主派国际主义者的宣言,并且已经接受了关于出席那个大会的各党各派人数比例的建议,甚至就连军队委员会和农民苏维埃都可派代表来开会的……"

在巨大的会议厅里,托洛茨基把这一日所发生的事件给大家讲了一遍。

"对于弗拉吉米尔的那些士官生,我们是给了投降的机会的。"他说道,"我们也想不流血就解决问题。但是,现在流血事件既已发生了,那么唯一的解决问题的办法就是艰苦斗争。认为我们不论通过什么手段都能胜利,这想法实在是太幼稚了些……现下是该当机立断的时刻。每个人都必得与军事革命委员会合作才成呢,把哪儿有铁丝网、哪儿有汽油、哪儿有枪支汇报给我们……我们既已赢得了政权,那么就一定要把握住它才好!"

来自孟什维克的越飞企图把他们党的宣言给大家读一回,但托洛茨基却不允许,说"不能在原则性问题上做什么争论了"。

"现在咱们是在巷战中辩论呢,"他吼道,"且咱们已迈出了决定性的一步啦。咱们大伙,尤其是我,要为正在发生的一些事体负责……"

那些从前线上和加特契纳镇来的士兵也纷纷报告了他们的情况。其中有一名从第四八一炮兵团敢死队派来的代表是这样说的:"当战壕里的同志们听到这个消息时,他们一定会高声欢呼'这才是我们自己的政府'!"有一名从彼得霍夫来的士官生说,他和其他的两个人曾经拒绝开出来与苏维埃为敌;而当他的同志们从保卫冬宫的战斗中退回来的时候,他们就推选他做代表,到斯莫尔尼来要求为真正的革命事业服务……

然后托洛茨基便又上讲台来,怒气冲冲、永不厌倦地发布起命令、回答起问题来了。

"那些小资产阶级的人士,为了要打败工人、战士和农民,竟是宁愿同魔鬼狼狈为奸的。"他当时曾说过这话。另外,他还提到了近两日的多起酗酒事件。"不可以喝酒呀,同志们!每晚八点钟以后,如不是负责执勤的警卫人员,谁都不许再到街上去了。所有有可能藏酒的地方都会受到搜查,一旦搜到了,可要当即销毁的哟。另外,还要毫不心慈手软地打击酒贩子……"

军事革命委员会派人去找维堡区的代表团,然后又去把普梯洛夫工厂的代表也喊来了。他们因此都匆匆离去。

"为了每一个为革命而献出生命的人,"托洛茨基说,"我们要杀掉五个反革命分子才成!"

我们又来到市中心区。市杜马大厦里灯火辉煌,大群的人正在拥进去。在楼下的大厅里有嚎啕痛哭和悲泣的声音;有一群人在布告栏前面挤来挤去,那边贴着一张在当天战斗中被杀死的士官生的名单(或是假定被杀死了的士官生的名单,因为后来发现其中绝大部分的人都还活着,而且安然无恙)……在楼上的亚历山大大厅里,救亡和革命委员会正在开会。到会的都是些戴着耀眼的金红两色肩章的军官,面孔极为熟悉的孟什维克和社会革命党的知识分子,目光冷酷、挺胸突肚的银行家和外交家,旧政府的官员,以及穿得很讲究的妇女……

接电话小姐们都正在那儿作证呢。这些小姐们都是些娇小玲珑、面庞瘦削的姑娘,脚蹬镂空皮鞋,打扮得十分用心,勉力维持着摩登派头。她们一个接一个地走上讲台,描述她在无产阶级手中遭受到的种种苦难,并且宣称她效忠于一切陈规旧习和有权有势的东西。在彼得格勒"上流"人士(军官、富豪和政治名人)的掌声中,她们都高兴得小脸通红……

市杜马又在尼古拉大厅里开会。那位市长表示很乐观。说彼得格勒的部队已经认识到他们的行动是可耻的了;宣传工作正在发生作用……通讯员不时跑进跑出,来报告布尔什维克的暴行,要求救援那些士官生,并忙着进行调查……

"那伙布尔什维克，"特鲁普如是说，"用刺刀是打不败的，要用道德来征服他们……"

与此同时，前线上也不是事事顺利的。敌人用装甲车把加农炮运来了。而苏维埃这边的人，却绝大多数都是没受过训练的赤卫队，既无军官，亦无明确的作战计划。他们中只加入了五千多正规军，剩下的卫戍部队或者是忙于镇压士官生的叛乱，或者是保卫着首都的治安，或者是彷徨着无所适从。在晚上十点钟的光景，列宁在首都卫戍部队的代表大会上发表演说，代表们以压倒的多数决定进行战斗。他们选出一个由五名士兵所组成的委员会，作为总参谋部。在拂晓时分，卫戍部队都离开他们的营房，完全进入战斗状态。……当我回寓所的时候，看见他们的队伍正在走过。他们都是久经战阵的老战士，步伐整齐，刺刀森然，踏过那被征服了的城市的寂静街道……

与此同时，在位于花园街的全俄铁路工会中央执行委员会的总部里，社会主义的各党派正在举行代表大会，以解决新政府的成立问题。代表中间派孟什维克的阿布拉莫维奇发言说，应当认为既没有征服者，也没有被征服者，既往不咎也就算啦……所有的左派政党都赞成这个意见。唐恩代表右派的孟什维克发言，向布尔什维克提出如下的停战条件：赤卫队解除武装，并将彼得格勒的卫戍部队交由市杜马指挥；克伦斯基的军队不开一枪，不逮捕一人；成立一个包括各社会主义政党在内的内阁，但布尔什维克不得参加。梁赞诺夫和加米涅夫代表斯莫尔尼方面发言，他们宣称：成立各党各派的联合内阁，这一点是可以接受的；但对唐恩的建议提出抗议。社会革命党人的意见不一；然而农民苏维埃执行委员会和人民社会主义者都坚决反对让布尔什维克参加内阁……经过一场激烈的争吵，大会选出一个委员会来负责草拟一个可以行得通的方案……

委员会里的人足足吵了一整夜，始终没办法达成协议。到了下一日,仍是白天黑夜地连轴开会,却仍毫无结果。在这以前,11月9日,在马尔托夫和高尔基的倡导下,也曾经进行过一次与此相类似的调解工作;但那时由于克伦斯基正在逼近首都,而救亡和革命委员会又进行活动,右派孟什维克、社会革命党人和人民社会主义者就突然退出了。然而此时,因那些士官生的叛乱被镇压下去了,所以他们不由得害怕起来……

11月12日,星期一,这一天是在担惊受怕中度过的。全俄罗斯的眼光都集中在彼得格勒大门口那一片灰褐色的原野上。在那儿,旧秩序集中了一切所能集中起来的力量,同那新的、未知的和还未组织好的部队对峙着。莫斯科方面已经宣布停战;双方进行谈判,在等待首都方面的结果。这时,那些出席过第二届全俄工兵苏维埃代表大会的代表们正坐在飞奔的火车上赶往亚洲最边远的地区,把烧得旺旺的革命圣火带回到他们的家乡。那奇迹般的革命胜利的消息,就像不断扩展开来的波浪一样,传布到全国各地,激动和冲击着所有的城市、市镇和遥远的乡村。一边是苏维埃和军事革命委员会,一边是杜马,地方自治局和临时政府的特派员;一边是赤卫队,一边是白卫队,双方针锋相对。到处都进行着巷战和激烈的争辩……而结果如何却要看彼得格勒的消息……

斯莫尔尼学院里空荡荡的,但市杜马里却是人头攒动,吵吵嚷嚷。那位年迈傲慢的市长,正忙着对布尔什维克议员所发的《告彼得格勒居民书》抗议呢。

"市杜马可不是反革命的中央窝点啊,"他火辣辣地说,"如今那些党派之争,市杜马是没有参加的。但是,既然现在这个国家并没有一个合法政府,那么市自治政府自然就是唯一能维持秩序的中心。爱好和平的民众都是可以认识到这么一个事实的,且外国大使馆也都是只承认由这里的市长所签的文件的。譬如欧洲人是不承认其他任何局势的,因为市自治政府是唯一能保护公民利益的机关。市政府应当对所有希望得到优待的团体一视同仁,因此市杜马就不能禁止任何人在市杜马大厦里散发任何报纸。我们的工作范围正在扩大,我们必须享有充分的行动自由,我们的权力必须为双方所尊重……

"我们保持绝对的中立。当时,士官生们把电话局给占领了,于是波尔科夫尼科夫上校便命我们把斯莫尔尼的电话线掐掉。可我却不同意,那边的电话一直都是通的……"

听见这话,便有讥笑声从布尔什维克的议席上爆发出来了,而右边议席的人则纷纷咒骂起来。

"谁料,"斯莱德市长接着说,"他们却反而对老百姓说我们是反革命分子。他们把我们仅剩的最后几辆汽车都抢走了,那是我们唯一的交通工具啊。因此若咱们这儿发生大饥荒,可真不能怪我们,向我们提出抗议什么的,也都没有用……"

柯鲍泽夫是布尔什维克在市杜马的议员,他很怀疑军事革命委员会是否真的征用过市政府的汽车。哪怕这是事实,估计也是某个未经领导授权的个人在紧急情况下才征用的。

"市长跟我们说,"他又说了下去,"我们绝对不可以在市杜马之外的地方举行政治集会。可是那些孟什维克,还有社会革命党人,却个个都在这儿替他们的政党做宣传,在门口散发他们的非法报刊,譬如什么《火花报》和《士兵之声》一类,想要挑起叛乱呢。要是我们布尔什维克也来这儿发报纸怎么样?但我们既然尊重市杜马,就不会那么做的。我们之前从未攻击过市自治政府,以后亦不会这样做。但有一样,不光是你们可以发'告人民书',我们也是有权发的……"

接着便有立宪民主党人盛加略大发言。他说,跟那些应当押到检察官面前去提起公诉并按照叛国罪来进行审判的人们,我们彼此间是找不到共同的语言的……他再一次提议把市杜马里面所有的布尔什维克议员统统开除出去。然而,这个提案被搁置了下来,是因对每一个布尔什维克议员都提不出任何责难,他们在市政机关中一贯是工作很积极的。

之后又有两名孟什维克国际主义者发言,都认为布尔什维克议员的那篇《告彼得格勒居民书》是直接煽动大屠杀。平克维奇说:"如果把每一个反对布尔什维克的人都当作反革命分子,那么,我就不知道在革命和无政府状态之间到底还有什么区别。……布尔什维克全是依靠那些失去控制的群众的热情;而我们只有依靠道义的力量。我们将反对来自两方面的屠杀和暴行,因为我们的任务就是要找到一项和平解决的办法。"

"马路边贴的那篇以《送上耻辱的十字架》为题的文,是鼓动老百姓消灭孟什维克和社会革命党人的,"纳扎里也夫道,"这是你们的罪证呵,布尔什维克,是你们没办法替自个儿洗刷的。昨儿的那些恐怖袭击不过是个开头——你们正要按照那文告所写的那般,展开消灭行动了……我向来所做的都是努力调和你们与其他政党的关系,但如今,我对你们的感受,真是除了鄙视还是鄙视!"

听了这话,便有布尔什维克议员起来发言了,他气愤地大声嚷嚷着,可换来的却是其他人对他又是怒骂又是挥拳……

在会场外我遇到了市工程师,来自孟什维克的龚贝尔格,另外还有三四个记者,都是一副情绪高涨的样子。

"您瞧瞧,"他们道,"这些胆小鬼怕我们哩。他们不敢抓市杜马的人,且他们的军事革命委员会也不敢派人进到市杜马大厦里来。您猜怎么着,今儿个我在花园街拐弯儿那儿瞧见一个赤卫队正组织一个小孩卖《士兵之声》报呢,可那孩子却只是一味笑话他,周围的老百姓也恨不能打死这个土匪才好。如今他们也就能再活几个小时啦,就算克伦斯基不来,他们也没有能力管理政府的工作。滑稽吧?据我所知,他们如今正在斯莫尔尼里内讧呢。"

我的一个来自社会革命党的朋友把我往旁边一拉:"我知道救亡和革命委员会的人在哪儿藏身,你要不要去跟他们谈谈啊?"

此时天已黑了,这座城市又恢复了常态,变得安静下来。商店关门了,灯却都纷纷亮了起来。在马路上,有一大拨一大拨的人慢慢走着,边走还边争论着什么……

我们来到涅瓦大街八十六号,穿过一条甬道,走进一个大院子,那四周都是高大的公寓房屋。在第二二九号公寓门口,我那位朋友用一种特殊的暗号敲了几下门。只听得屋内传来一阵慌乱的声音;里面的一扇门砰然关上了;接着,大门半开半掩,露出一个妇人的脸来。她向我们注视了约有一分钟之久,然后才领我们进去。那是一位态度很安详的中年妇女,她马上喊道:"基里尔,没事的!"在餐室里,桌上有一把大茶炊,冒着热气,旁边摆着一些盘子,装满了面包和生鱼片。有一个穿军服的人从窗帘后面钻出来,接着又有一个打扮成工人模样的人从小套间里钻出来。他们看到我这个美国记者都非常高兴。两人都用一种津津乐道的口吻说,如果他们被布尔什维克捉住的话,就一定会被枪毙的。他们都不肯向我透露他们的姓名,不过他俩都是社会革命党人……

我问道:"为什么你们的报纸都是谎话连篇的?"

那军官竟一点也不生气:"是啊,我也知道这个的,但我们也没辙啊。"只见他把肩膀一耸,"我们是在给老百姓造成一种固有印象呢,这你也该承认是有用的吧……"

另外一个人打断了他:"布尔什维克不过是在冒险罢了。他们中没有有文化的人……现在政府的工作也开展不下去啦……俄罗斯可不是一个小城市,而是一个大国家啊……意识到他们支撑不了几天了,我们便决定去支持他们最强大的反对者——克伦斯基,我们要协助他恢复社会秩序……"

"蛮好,"我答道,"但为什么你们还跟立宪民主党搞到了一起呢?"

那个假工人笑得十分爽朗:"实话实说吧,如今的老百姓都还是追随布尔什维克的,不肯来追随我们。所以我们连一小拨军人都动用不了。我们也没武器……布尔什维克,从某种程度上说,其实是正确的。如今俄国只有两个政党手里有军队———来是布尔什维克,二来便是反动派了,他们是披着立宪民主党外衣的。这帮立宪民主党人还以为自己是在利用我们呢,但其实,是我们在拿他们当枪使。只等我们粉碎了布尔什维克,我们便要去对付他们喽……"

"那你们让布尔什维克的人进入新政府吗?"

他挠了挠头:"这倒是个问题。"他承认,"显而易见,如果我们不许他们参加,他们很可能又要闹一回革命了。不管怎么样,他们都是有机会在立宪会议中掌权的——我的意思是说,如果能开成立宪会议的话……"

"而且呢,"这军官继续道,"我们又有个新问题了,即是否让立宪民主党派加入新政府,也是同样的理由啊。你看立宪民主党根本不是真愿意召开立宪会议的,如果现在就能把布尔什维克给灭了,那么他们肯定就不想开立宪会议啦。"他又摇头道,"政治这东西对我们俄国人而言可不简单啊。你们美国人,生来就是搞政治的,所以一辈子都在当政客。但对我们而言——唉,我们这才搞了一年呀,你也是知道的!"

"你们觉得克伦斯基咋样啊?"我问道。

那另一个人便插了进来:"在布尔什维克方面说来,这仅仅是一种冒险行动罢了。他们之中没有知识分子……政府各部门的工作都停顿啦……俄罗斯是一个泱泱大国,而不就是彼得格勒一城一地……我们晓得他们只能支持几天,所以我们决定去帮助那反对他们的最强有力的人——克伦斯基,并帮助恢复社会秩序。"

"但从某种程度上讲,难道不是它造成了内阁危机吗?"

"确实是,但我们没法知道啊。他们耍了我们——克伦斯基和阿夫克森齐也夫这些人。而郭茨则更加激进了。我赞同的是切尔诺夫,这人可算真正的革命者的……对了,就今儿个,列宁还托人带话,说他不反对切尔诺夫进入政府哩。

"我们也想摆脱克伦斯基政府的统治呀,但我们认为最好等到召开立宪会议了再说……这回事变已开始那会儿,我还是支持布尔什维克的呢,只可惜我们这一党派的中央委员们全都投了布尔什维克的反对票,那我还能怎么办哪?这事关乎党的纪律……

"结果,还不到一个礼拜呢,布尔什维克政府便要瓦解了。哪怕社会革命党人只是袖手旁观地等,政权也是可以落到他们手里的。只是,倘若我们果真干等了一个礼拜,那么便要国破家亡啦,帝国主义德国就要取得胜利啦。所以虽然只有两个团支持我们,我们还是发动了进攻——谁知如今这两个团竟又倒戈来对付我们呢……现在只剩下几个士官生跟我们一头了……"

"那哥萨克兵呢?"

那军官又叹气道:"他们动也不肯动呢。一开始倒还说如果我们能获得步兵的支持,他们便也行动。但又说他们的一部分人在克伦斯基那儿呢,这也就算他们出了力了……然后又说,人们总嫌哥萨克兵一贯都是民主力量的敌对方……最后,竟放出这话来了:'布尔什维克答应不拿走我们的土地,所以我们已没什么危险了。我们还是保持中立吧。'"

当我们谈话的时候,经常不断地有人在走进走出。他们之中绝大多数都是些军官,制服上的肩章已经扯掉了。我们看见他们聚在客厅里,并且听到他们那低沉而又急切的声音。穿过那撩起来的门帘,我们偶然瞥见有一道门通向浴室,那里面有一个躯体魁梧、穿着上校制服的军官坐在马桶上,膝盖头上摆着一本拍纸簿,正在写些什么。我认得那就是彼得格勒市的前卫戍司令波尔科夫尼科夫上校,军事革命委员会在悬赏通缉他。

"我们的政治纲领?"一位军官道,"把土地上交土地委员会。给工人充分的代表权,令其可以监督生产。还有积极的议和方案,但不是向世界各国闹什么最后通牒,那是布尔什维克的做法。那些布尔什维克是不可能信守他们对民众的承诺的,哪怕是咱自己国内的事务也是如此,因为我们决不会让他们得逞……他们剽窃了我们的土地政策呢,不就是为了能得到农民的支持吗。真是骗子!要是他们还能撑到开立宪会议的话……"

"跟立宪会议没关系!"另一个军官打断了他道,"如果布尔什维克都在咱们这儿建立一个社会主义国家,那无论如何我们也不会同他们合作的!克伦斯基犯了个大错误,竟让布尔什维克知道了他接下来要怎么做——他在共和国临时议会上公开宣布已下令逮捕布尔什维克了……"

"那么,"我问,"你们现在怎么打算呢?"

那两个人面面相觑,说道:"几天之内便见分晓。如果我们这边能有足够的部队从前线上开回来,那我们就决不与布尔什维克妥协。如果没有,也许我们就要被迫如此了……"

待我们再走进来,上了涅瓦大街时,正赶上了一辆挤得要命的公共电车,勉强挤进了车门。因人太多,重量竟把这辆车的踏板都压得拖地了,就这么慢腾腾地走了长长的好几英里,一路到了斯莫尔尼。

那身材瘦小、文质彬彬的梅什柯夫斯基正走到会议厅里来,看上去有些忧心忡忡。他告诉我们,政府各部门职员的罢工正在发生影响。例如说吧,人民委员会曾经答应要把沙皇政府和临时政府所缔结的秘密条约公布出来;然而,负责保管外交档案的涅拉托夫却挟着那些文件隐匿起来了。有人猜测,那些秘密条约是窝藏在英国大使馆里……

不过,最糟糕的还是那些银行职员的罢工。孟仁斯基说道:"没有钱,我们真是一筹莫展。铁路员工和邮电员工的工资都必须发放……银行都关门了;而为时局关键所系的国家银行也关门了。整个俄国的银行职员都受到贿赂,停止了工作……

"可列宁却下令炸了国家银行的金库呢,且刚刚又下了一道令,叫私人银行明儿都得开门营业,否则我们便去替他们开门啦!"

彼得格勒苏维埃正十分激动地聚在一间满是武装人员的大厅里,听托洛茨基做报告:

"如今哥萨克兵正从红村往下撤退呢。"(与会众人发出了冲破云霄般的愉悦的欢呼声。)"但这才刚是战斗的开始。普尔科夫纳尔的仗正打得十分艰苦呢,所以一切可动用的军队都必须赶紧往那儿调……

"还有,从莫斯科那边来的全是坏消息。克里姆林宫已叫士官生给占领啦,工人们的武器也少得可怜。谁胜谁负最终要看彼得格勒这边是个什么情形。

"而前线上呢,《和平法令》和《土地法令》令战士们特别欢欣鼓舞。虽说那克伦斯基往战壕里灌了无数个关于彼得格勒烧杀的血腥故事,还有布尔什维克残害女人小孩的鬼话,却并无一个人相信他……

"如今奥列格号、阿芙乐尔号和共和国号三艘巡洋舰都在涅瓦河里停着呢,舰上的大炮直冲着那几条往彼得格勒这座城市来的要道……"

"为什么你跑这儿来了,却不和赤卫队一起上前线呢?"一个粗鲁的大嗓门突然吼叫起来。

"我这就要去啦!"托洛茨基边说边下了讲台,脸色比平日略为苍白了一些。他从大厅旁边走出去,被一些热情的朋友们围着。他匆匆地步出会场,登上那等候在门口的汽车。然后加米涅夫开口了,报告参加各党各派调解会议的经过;他说,孟什维克提出的那些停战条款已经被轻蔑地拒绝了,就连铁路工会的各分会也投的是反对票哩。

"如今咱们已赢得了政权啦,而且这份胜利正在扩展到俄罗斯全国的范围内。"只听他这样宣布道,"他们所提的要求无外乎是如下三件小事:第一是放弃政权,第二是命令战士们接着打仗,第三是让农民们忘了土地这回事儿……"

列宁还匆匆露了一面,回复了社会革命党人所提出的种种指控:

"他们谴责咱们剽窃了他们的土地纲领……若果真如此,倒值得咱们朝他们鞠躬拜谢,他们的土地纲领对咱们刚好合用……"

大会就在这样紧张热烈的气氛中开下去了。一个领导人接着一个领导人走上讲台,解释着,告诫着,答辩着。一个士兵接着一个士兵,一个工人接着一个工人,站起来尽情地说出他们自己心坎里的话……会场上的人是流动的,经常不断地在变换和更新。不时有人跑进会场,大声呼唤某个部队的成员到前线去;而其他那些从火线上退下来休息的人,伤员,或者到斯莫尔尼米领取武器和装备的人,则拥到会场里面来……

到了约莫凌晨三点时,当我们正要离开会议厅的时候,军事革命委员会的哥尔茨曼同志从楼上直奔到会议厅来,竟是脸色大变。

"一切都好啦!"他边嚷边抓住了我的双手,"前线上来电报了,说已把克伦斯基给击败啦!您瞧瞧!"说着便掏出一张用铅笔写满了乱七八糟的字的纸来,然后,他见我们看不懂,便索性大声念了起来:

普尔科夫镇,参谋部,凌晨两点十分。

10 月 30 日至 31 日这一夜的战斗,将在历史上永垂不朽。克伦斯基想驱使反革命军队来进攻革命人民的首都,这一企图已经被彻底粉碎了。目前前克伦斯基正在败退,我们正在乘胜前进。士兵们、水兵们以及彼得格勒的工人们已经用事实表明:他们能够而且一定会用他们手中的武器来推行民主的意志和权威。资产阶级曾经千方百计地想使革命军队陷于孤立;克伦斯基曾经企图用哥萨克的兵力来消灭革命军队。这两种计划都遭到了可耻的失败。

工农民主统治的伟大理想,使我军的队伍团结一致,并且使他们的意志坚如磐石。从现在起,全国人民都将相信:苏维埃政权决不是什么昙花一现的东西,而是一个坚不可摧的事实……打败了克伦斯基,就足打败了一切地主、资产阶级和科尔尼洛夫分子。打败了克伦斯基,就是确保了人民群众的权利,使他们可以过和平自由的生活,得到土地、面包和政权。普尔科夫方面的部队,以其英勇的战斗巩固了工农的革命事业。旧时代已经一去不复返了。摆在我们前面的还有许多斗争、困难和牺牲。然而道路已经畅通,胜利已有保证。"

革命俄国和苏维埃政权都可以他们的普尔科夫部队——在瓦尔登上校指挥下的普尔科夫部队——为自豪。我们将永远牢记那些付出了生命的战士！忠于革命的战士啊,忠于人民的官兵啊,光荣属于你们！

革命的、人民的、社会主义俄国万岁！

人民委员会代表、人民委员 列·托洛茨基

我们乘车穿过兹纳缅斯基广场回家时,正看见尼古拉火车站前面挤满了一大群不平常的人。有几千名水兵集中在那边,他们都背着步枪。

台阶上站了一位全俄铁路总工会中央执行委员会的成员,正在恳求地对水兵们讲话呢。

"同志们,我们没办法送你们回莫斯科呀,因为我们是中立的。两边的人,我们都不让坐火车的。我们不能把你们往莫斯科送,那儿的内战本来就已打得够恐怖的了……"

所有广场上的人都沸腾起来,向那位委员咆哮着。那些水兵开始向前冲过去。突然,火车站的另一个大门豁然大开,门口站着两三名司机,一名司炉模样的人。

"同志们,都请往这边来！"一个人大吼道,"我们送你们回莫斯科去——或者,如果你们想去海参崴也没有问题的！革命万岁啊！"

九　胜利

第一号命令
1917年11月13日上午9点38分

　　在打过一场相当残酷的仗之后,普尔科夫的部队已把反革命武装势力彻底击败了。现在,反革命势力已陷入凌乱,从他们的阵地上溃退下来,并在皇村的掩护下往巴甫洛夫第二镇和加特契纳逃逸了。

　　而我们的队伍则占尽上风,占领了皇村的东北部地区和亚历山大车站。现在,科尔宾诺部队为我们的左翼部队,而红村部队则为我们的右翼部队。

　　现在我下令:普尔科夫部队要打下皇村,守住其交通要道——尤其是往加特契纳去的路更要严防死守。

　　并且,要继续往前打,占领巴甫洛夫,据守其最南端的战线,并把远至德诺火车站的铁路线都守住才成。

　　各部队必须用尽办法,通过修战壕和其他防御工事的方式来巩固已攻下的阵地。

　　你们这支部队必须要与科尔宾诺的队伍、红村的队伍以及彼得格勒卫戍司令部建立起紧密联系来。

穆拉维约夫
对克伦斯基反革命部队作战的全军总司令、陆军中校周二早上来了。不过,今日会是个什么情况呢?就在两天前,彼得格勒平原上还满是一支支的小部队人马,在漫无目的地徘徊着。他们没有食物,没有大炮,也没有一定的作战计划。究竟是一种什么力量把这一大群还没有组织起来的、缺乏纪律的赤卫队和失掉了军官的士兵凝聚成一支大军,使他们服从自己所选举出来的上级指挥部,坚韧不拔地把炮火的轰击和哥萨克骑兵的冲锋都抵挡住且击退了呢?

起义的人民有办法打破军事上的陈规。人们不会忘记:在法国大革命期间,那些衣衫褴褛的革命军曾经在瓦尔米和魏森堡取得胜利。这次集中起来向苏维埃部队进攻的有士官生、哥萨克兵、地主、贵族、黑帮分子——如果他们得逞,那么沙皇就要复辟,特务的迫害和判处流放到西伯利亚的锁链就会重新加在俄国人民身上;更何况还有德国人那种巨大而可怕的威胁呢……所以用卡莱尔的话来说,胜利就意味着"人间仙境,永世天堂"呀!

到了礼拜日晚上时,那些军事革命委员会的特派员便都纷纷从前线上赶回来告急了。彼得格勒的卫戍部队选出了一个"五人委员会",作为它的战斗司令部,其中有三名士兵和两名军官,都是经过审查后确定没有任何反革命瓜葛的人。负责指挥的是旧军官穆拉维约夫中校——他是一个很能干的人,但必须加以严密的监督。在科尔宾诺、奥布霍夫、普尔科夫和红村,都组成了临时部队。当附近地区的那些散兵游勇不断来归时,那几支部队的人数就增多了。他们是混合的部队,其中有士兵、水兵和赤卫队,有分属于各个团的各兵种如步兵、骑兵和炮兵,还有几辆装甲车。

天光才亮,便有克伦斯基的哥萨克兵前锋部队来了,双方交起火来,来复枪零零星星地响起来了,双方都叫嚷着,要对手投降。清冷的大平原上,空气寒凉,气氛沉静,厮杀之声由远而近。当那些苏维埃部队正在三五成群地围在篝火旁边取暖和等待的时候,他们听到了这种声音……于是,战斗就这样开始了!苏维埃部队奋不顾身地投入了战斗；沿着笔直的道路拥来的工人队伍也加快了步伐。……义愤填膺的人群，完全自觉自愿地集合到各个攻击点去。特派员给他们指定了阵地，或教他们如何干。这是他们自己的战争，是为了要赢得他们自己的世界，而指挥员也都是由他们自己选举出来的。从那一瞬间起，千千万万个不同的心就结成了一条心……

那些参加过这次战役的人曾经向我描述水兵们如何英勇作战：他们在打完了最后一粒子弹以后，就进行猛攻；没有受过军事训练的工人们朝着那些冲过来的哥萨克骑兵猛扑上去，将他们拖下马来；那些没有番号的老百姓队伍在夜色朦胧中赶到战地来，像汹涌澎湃的怒潮一样向敌人猛冲过去……在星期一的午夜以前，哥萨克兵就全线崩溃，扔下了大炮，狼狈逃窜；而无产阶级的大军则沿着一条漫长而参差不齐的战线向前推进，在敌人还没有来得及破坏那座政府的大型电台以前就冲进了皇村。而现在，斯莫尔尼那里的特派员正在利用那座无线电台向全世界广播着胜利的凯歌……

全体工人和战士代表的苏维埃！

11月12日时在皇村那里发生了一场激战，革命军人把克伦斯基和科尔尼洛夫的反革命武装力量给击败了。现在，以革命政府的名义，我下令：全体部队一起同我们民主革命的敌人发起进攻，用尽一切办法也要逮捕克伦斯基。同时，也不要冒进，要谨防一切足以危害革命成功和无产阶级胜利的危险。

革命军人万岁！

穆拉维约夫

消息从全国各省纷纷传来了……

在塞瓦斯托波尔，当地的苏维埃已经掌握了政权；塞瓦斯托波尔港内那些军舰上的水兵举行了一次群众大会，已经迫使他们的军官采取一致行动，宣誓效忠于新政府。在下诺夫哥诺德，苏维埃已经控制了全市。从喀山传来了消息：士官生和一个旅炮兵正在同布尔什维克方面的卫戍部队进行巷战……

在莫斯科又爆发了你死我活的激战。士官生和白卫队占据着克里姆林宫和市中心区，而军事革命委员会的部队则从四面八方向他们猛攻。苏维埃方面的大炮就架设在斯柯别列夫广场上，正在轰击市杜马大厦、警卫司令部和京都饭店。特维尔大街和尼基金大街上的那些鹅卵石都已经被翻过来，用以建筑战壕和街垒。密如冰雹的机关枪扫射着大银行和大商店集中的地区。没有电灯，没有电话；属于资产阶级的居民都躲在地下室里……最近一期战报上说，军事革命委员会已经向社会保安委员会提出最后通牒，要求立即把克里姆林宫交出来，否则就要开炮轰击了。

"朝克里姆林宫开炮？"普通市民都嚷了起来，"他们不敢的！"

从伏洛格达到远在西伯利亚的赤塔，从普斯科夫到黑海边的塞瓦斯托波尔港，从大城市到乡下小村庄，都已点燃了内战的烽火。来自几千家工厂、几千个农民公社、几千个军团和海上几千艘轮船上的致敬，都献给了彼得格勒——他们都是在向人民政府致敬。

哥萨克军政府位于诺伏切尔卡斯克，此时便给克伦斯基发了电报："临时政府和共和国临时议会的议员们，哥萨克军政府诚邀您在可能的情况下光临诺夫切尔卡斯克。待您来了，咱们便可协力组织一场对付布尔什维克的战斗了。"

芬兰的局势也动荡不安。赫尔辛基的苏维埃和波罗的海舰队中央委员会联合实行戒严，又宣布凡属企图犯布尔什维克部队者，凡属以武力拒抗苏维埃政令者，均将受到严厉的镇压。而在同时，芬兰铁路工会号召举行总罢工，要求把被克伦斯基解散了的社会主义者国会于1917年6月通过的那些法令付诸实施……

我清晨便来到了斯莫尔尼。当我从外面大门沿着那条木制便道走进去的时候,看见入冬以来第一场雪。那轻盈的、翩翩飞舞的雪花,从那灰白色的没有风的天空中飘下来。那个在门口站岗的士兵很高兴地笑着喊道:"下雪对身体是有好处的哟!"在斯莫尔尼大厦中,那些宽敞而暗淡的大厅和那些阴冷的屋子里都似乎空寂无人。在这座宏伟的建筑里,没有一个人在走动。然而,我听到一种深沉而不安的声音,向四周一看,只见沿着墙壁的地板上到处都有人在呼呼大睡。他们都是些粗鲁的、衣服肮脏的工人和士兵,身上沾满了泥泞,有的是独自睡卧,有的是紧紧地挤在一堆,好像把生死完全置之度外了。他们之中有许多人都缠着破破烂烂的绷带,那上面染有血迹。步枪和子弹带就零乱地摆在他们身边……这便是取得光辉胜利的无产阶级的军队呵!

在楼上那间小食堂里,横七竖八地睡满了人,简直无法走进去。空气很污浊。透过那蒙着水蒸气的窗子,泻出一道淡淡的微光。柜台上摆着一把破旧的茶炊,已经冰凉了。还有许多玻璃杯,里面剩着茶水。而在茶炊和茶杯旁边,乱放着一份刚刚出版的军事革命委员会的战报,上面歪歪斜斜写着一些不熟练的字。这是某个士兵写来纪念那些在抵御克伦斯基的战斗中牺牲的战友们的,在他躺到地板上睡觉之前,就把这首悼词搁在这里,那上面的字迹似乎是被泪水糊了……

阿列克赛·维诺格拉多夫
D.莫斯克文
S.斯托尔比科夫
A.沃斯克列先斯
D.列昂斯基
D.普列奥布拉任斯基
V.莱丹斯基

M. 别尔奇可夫

上述这些人都是于1916年11月15日入伍的,现在却只活下来了三位,分别是米海尔·别尔奇可夫、阿列克赛·维诺格拉多夫和德米特里·列昂斯基。

睡吧,勇敢的雄鹰,怀着一颗安宁的灵魂长眠吧。

一切的幸福,长远的安宁,都是你——我们自己的兄弟——所当之无愧的。

黄土下,坟墓中,你们仍紧紧地依偎着彼此。

安息吧,祖国的好公民!

但此时军事革命委员会还一直在日以继夜地工作。斯克雷普尼克从里面那个房间里走出来说,郭茨已经被逮捕,然而他却一口否认了他曾经像阿夫克森齐也夫那样在救亡和革命委员会的宣言上签名;而救亡和革命委员会本身也否认它曾经向卫戍部队发表过呼吁书。斯克雷普尼克报告说,在本市的驻军中还有些不满情绪;沃雷斯基团曾经拒绝同克伦斯基作战。

在加特契纳镇,有几个以切尔诺夫为首的"中立"部队的分队,正在设法劝克伦斯基停止进攻彼得格勒。

斯克雷普尼克呵呵大笑。"现在根本不可能有什么'中立'喽,"只听他这样说,"因为我们已经打胜了啊!"他的面孔尖尖的,长满了络腮胡子,却焕发着一种宗教般的神圣热情。"超过六十位代表都已从前线上来到我们这儿了,都信誓旦旦地保证说全体军队都会站在我们这一边。现在只差罗马尼亚线上的部队了,我们尚未听到他们的消息。军队委员会已把从彼得格勒来的所有新闻都给封锁啦,好在我们现在已建立起了正常的通讯制度啦……"

加米涅夫刚刚走进了楼下的前大厅,一副筋疲力尽之态——他一夜都忙于参加各党派关于成立新政府问题的讨论的代表大会——但倒是满脸喜悦之色。"社会革命党人已经倾向于让我们参加新政府。"他告诉我说,"那些右派集团的人听到革命法庭就吓昏了,他们惶恐地提出要求,请我们先解散革命法庭,然后再谈其他的事……我们已经接受了全俄铁总执委会所提出的建议,成立一个清一色的社会主义政党内阁,此刻他们正在那里起草方案哩。您看,所有这一切都是从我们的胜利中得来的。当我们的情况不佳时,他们无论如何也不肯让我们参加新政府;而现在呢,每个人都赞成与苏维埃达成某种协议了……我们所需要的就是一个真正具有决定性的胜利。克伦斯基只想停战,然而他将不得不投降……"

布尔什维克的领导人们都沉浸在这种喜悦之中。因此,当一位外国记者问托洛茨基,要向世界说点什么,托洛茨基给他的答复是:"此时此刻,我们唯一可做的声明,是要用大炮来替我们开口的!"

只可惜,在这胜利的高潮里面却隐藏着一种深深的关于财政问题的隐忧。银行职员的职工会不但不遵照军事革命委员会的命令使银行开业,而且还召集了一次会议,宣布正式罢工了。斯莫尔尼曾经向国家银行提取三千五百万卢布的款项,但出纳员却把财库锁了起来,只发钱给临时政府方面的代表。反动分子正在把国家银行当作一种进行政治斗争的武器;例如,当全俄铁总执委会来提款发放国营铁路员工的工资时,就有人叫他们到斯莫尔尼去要……

我到国家银行去见新上任的特派员彼得罗维奇。他是个红头发的乌克兰布尔什维克,此时正想方设法地想从罢工者扔下的乱七八糟的工作中找出一个头绪来呢。这幢大厦中,每一间办公室里都有许多工人、战士和水兵的志愿者在工作,由于工作难度极大,他们一个个都气喘吁吁的,带着一脸的茫然,徒劳地翻着一大本一大本的账册……

市杜马大厦里还是熙熙攘攘地挤满了人。在那里,仍旧有个别的人发表诽谤新政府的言论,但毕竟是很少了。中央土地委员会向农民发出呼吁,叫他们不要承认那为第二届全俄苏维埃代表大会所通过的《土地法令》,说它会引起混乱和内战。斯策德市长宣布:由于布尔什维克的武装暴动,立宪会议的选举工作将不得不无限期地延迟下去。

所有那些被酷烈的内战吓得胆战心惊的人们,首先所关心的似乎有两个问题:第一是如何停止流血斗争;第二是如何建立一个新政府。这时再也没有任何人说要"消灭布尔什维克"了;而且,除了人民社会主义者和农民苏维埃,也几乎没有人主张不让布尔什维克参加新政府了。甚至连那设立在大本营里的一向与斯莫尔尼坚决为敌的中央军队委员会也从莫吉廖夫打来了电话:"为了组织新内阁,如果我们必须要跟布尔什维克达成一个谅解的话,那么,我们同意他们进入内阁,占据少数的席位。"

《真理报》是这样做的:十分嘲讽地提醒读者注意,克伦斯基有"人道主义情绪",并公开转发了克伦斯基写给救亡和革命委员会的一封信:

"我已听从了救亡和革命委员会和所有团结在其周围的民主团体的建议,彻底停止了讨伐叛乱的军事行动。一位代表已被救亡和革命委员会派来谈判了,我们会采取一切手段,以求停止这场毫无用处的血战。"

另外还有全俄铁路总执行委员会向全体俄国人民发出的一份电报:

"铁路工会代表大会上有交战双方的代表参加,他们都承认有达成协议的必要,坚决反对在内战中采用政治恐怖主义,特别是反对在各个不同的革命民主政党之间所进行的政治恐怖主义。大会宣布:无论是哪一种方式的政治恐怖,都是和协商建立新政府的精神不相容的……"

大会①分别派代表团前往前线和加特契纳镇。而在那个会议上,一切的事情似乎就要最后谈妥了。大会甚至决定要选出一个由四百人左右所组成的临时人民议会——其中七十五人代表斯莫尔尼方面,七十五人代表那旧的全俄苏维埃中央执行委员会,而其余的席次则分配给各地的县市杜马、各职工会、各土地委员会和各政党。切尔诺夫被提名为新内阁的总理。人们谣传说,列宁和托洛茨基将被排斥在内阁名单之外……

约莫中午时分,我又走到了斯莫尔尼大门口,和一位救护车司机聊了一会儿。此时这辆救护车正要往革命前线上去呢。我问我能跟他一起去吗?没问题啦!原来这位司机原是大学里的学生,来当志愿者的。待我们飞驰在大马路上了,他才扭过头来,用磕磕巴巴的德语跟我说:"得啦,咱上兵营里去吃饭吧!"我"破译"出了他的意思:在某个兵营里,是可以吃中午饭的。

在基洛奇大街上,我们转弯开进一个大院子,四周都是营房。我们爬完一道黑洞洞的楼梯,走进一间只有一个窗户的天花板很低的小屋子。大约有二十名士兵坐在一张长木桌旁边,正在用木匙子从一个大铅桶里舀白菜汤喝。他们高声谈论,哈哈大笑。

"欢迎来到第六工兵后备营的委员会!"我的司机朋友欢叫道,又对大家介绍说,我是个来自美国的社会主义者。众人听了,都纷纷起身来同我握手,有一位老兵竟大力拥抱着我,给了我深情的一吻。然后,便有意把木勺子递到了我手里,让我在餐桌旁边坐下。他们又拿了一大桶沙拉和巨大的一条黑面包来,当然更少不了一壶茶。随即大家便纷纷向我问起美国的事情来了:

你们是自由国家,那么你们那儿的人真的花钱拉票吗?若果

---

① 指各社会主义政党的协商会议。

真如此,那老百姓又怎么能得到他们想要的政府呢?"塔玛尼"①那房子是怎么回事呢?在你们那个自由国家里,真的是以小拨人便能操控整个城市,剥削全城人民以饱私囊吗?那为啥老百姓还能忍呢?哪怕是沙皇那会子,俄国也不会出这样的事呀!贪污腐败倒确实是有的,但买卖整座城市!还是在自由国家!为啥你们那儿的老百姓竟没有半点革命意识呢?我便努力解释说,我们国家的百姓呢,是想通过法律途径来解决这些问题的。

"当然啰,"一位年轻中士——他叫巴克拉诺夫——点头用法文道,"可你们有一个超级发达的资产阶级呀!他们必然是把控着立法机关和法院的。那么人民又怎么能用法律手段解决上述问题呢?我是个思想极开放的人,也并不了解你们美国,但在我看来用法律手段解决问题是十分不可思议的……"

我就说自己正要往皇村去呢,巴克拉诺夫忙道:"我也去,咱俩一块儿走。"然后,全屋人都决定干脆一起去皇村得了。

忽然有人敲门,打开门,只见一位上校正在门口站着呢。虽说谁也没站起来,大家却都大声地跟他打了招呼。"我能进来吗?"上校问道。"请,请!"大家发自内心地邀请道。于是上校便含笑走进屋子里来。他是个高大帅气的人儿,戴了顶羊皮帽,帽子上又镶了金边。"我听见你们说要去皇村呀。"他说,"我能一块儿去吗?"

巴克拉诺夫想了一会。"我看今儿也没什么重要的事可做啦。"他说,"成,同志,你能跟我们去,我们是十分高兴的。"那位上校听了,便一边道谢一边坐了下来,又给自己倒上一杯茶。

巴克拉诺夫低低地跟我解释道——因怕伤了那位上校的体面——"您看,我是营委会的主席,除了打仗的时候,我们这营是完全自治的,打起仗来才由那上校指挥我们。打仗时他的命令是必

---

① 又称"塔玛尼厅",是美国民主党在纽约总部的所在地。在很长的时期里,它操纵着纽约的政治,成了美国金融寡头政治的象征。

须服从的,当然他对我们也十分负责任。回到营房,他的一举一动都得由我们允许了才成……您可以管他叫'我们的执行官'……"

然后便把武器给我们发下来了——是左轮手枪和来复枪。"您也知道的,咱们有可能得遇上哥萨克兵。"我们一起挤到一辆救护车里,还给前线上的人带了几大捆报纸。我们的车嘎吱嘎吱地一路沿李切伊尼街下行,又拐上了城郊大街。在车上,坐我旁边的是一位年轻的有中尉肩章的军官,仿佛能把欧洲各国的语言都说得相当流利似的。他亦是一位营委会委员。

"我可不是布尔什维克。"他认真地跟我说,"我来自一个家世渊远的贵族世家,所以您可以把我看成是立宪民主党人……"

我大感不解地问道:"那您为什么……"

"是啊,我是营委会的委员。我的政治立场从来都不是什么秘密的,大伙儿也并不介意,因为他们也深知我不会反对大多数的观点……不过呢,我之前是拒绝参加眼下这场内战的,因为我相信不能拿起武器来残害我们自己的俄国兄弟……"

"你这奸细!科尔尼洛夫分子!"其他人都高高兴兴地拿他寻开心,还拍拍他的肩膀。

我们的车子穿过那巍峨的用灰褐色花冈石砌成的莫斯科门拱道,那上面刻着一行行的金字,雕着巨大的双头鹰的帝国国徽和历代沙皇的名字。接着,我们便飞快地在那宽阔笔直的公路上加速前进;那入冬以来的初次小雪,把路面变成灰白色。公路上挤满了赤卫队,他们喊叫着,歌唱着,蹒跚地徒步开往革命的前线;而另有一批面色苍白、满身泥泞的人,则正从前线上撤回到城里来。看上去,绝大部分的赤卫队队员简直还是些未成年的孩子。妇女们扛着铁锹,有些背着步枪和子弹带,还有些则臂上缠着"红十字会"的臂章——她们都是些饱受艰苦岁月折磨的来自贫民窟的劳动妇女。一队队的士兵正在步伐零乱地前进着,他们向赤卫队开着热情的玩笑;还有那些面容严肃的水兵,以及那些给爸爸妈妈送饭的儿童。所有这些来来往往的人，都在公路上那被雪水所融化的深达数英寸的泥泞中跋涉着。我们的车子赶过了一门大炮，它辚辚地带着弹药车向南方进发；大卡车来来去去，车上挤满了全副武装的战士；救护车满载着伤员，从战场上开回来。有一次还碰见一辆农家的板车，在咯吱咯吱地缓缓而行，那上面坐着一个脸上没有一点血色的少年，他按着受了重伤的腹部，不断地发出单调的呻吟。在公路两旁的田野里，妇女们和老年人正在挖战壕和架设铁丝网呢。

回头向北边看，那密密的云层突然消散，一轮苍白无力的太阳钻了出来。平坦、低洼的原野那一端，就是闪闪发光的彼得格勒。在右边，耸立着许多白中带金的和五颜六色的圆顶和尖塔；在左边，耸立着许多高大的烟囱，其中有些正冒着乌黑的浓烟；而在这些景物的背后，便是云层低垂的芬兰。在公路的两旁有些教堂和修道院……偶尔还瞥见一个僧侣，他默默地注视着那浩浩荡荡的无产阶级的大军在公路上汹涌前进。

在普尔科夫岔路口，这里真是人山人海，我们的车子就在人丛中停住了。川流不息的人群从三方面向这里拥过来，战友们遇到一起，总是兴奋万状，互相祝贺，彼此描述着战场上的情况。正对着岔路口的一排房屋上弹痕累累，附近半英里方圆的地面被践踏成一片泥泞。在这一带，曾经发生过激烈的战斗……附近有许多失掉了主人的哥萨克战马在饥饿地绕来绕去，因为地上的青草早就枯死了。就在我们前面，有一个笨手笨脚的赤卫队队员正想骑上其中的一匹战马。他一次又一次地从马背上摔了下来，引得周围数以千计的纯朴战士笑得如同孩子一般。

哥萨克的残兵败将就是沿着左边的那条公路撤退的。那条公路通到一座矮矮的山岗，山上有一个小小的村落。站在那里远眺，莽原如海，乱云飞渡，一片雄伟壮丽的景色尽收眼底。从京城里涌现出成千成万的人，塞满了所有的公路。在左边，那座红村的小山岗遥遥在望，还有沙皇近卫军夏令营的阅兵场，以及皇家的奶牛场。在不远的地方，是一片荒原，只有几座围着围墙的修道院和寺院，一些孤零零的工厂，以及几座庭院荒芜的大建筑物，那是养老院和孤儿院……

"这儿呢，"我们的车正往一座光秃秃的小山上开时，只听那司机道，"便是薇拉·斯鲁茨卡娅牺牲的地方。唉，她还是布尔什维克在市杜马中的议员。她是今天早上遇难的，当时她正坐在一辆车里，同行的是扎尔金德跟另外一个人。他们这是往前线战壕里去呢。原本还有说有笑的，不料克伦斯基坐的那辆装甲车上竟有人看见了他们这辆车，于是拿加农炮轰了一下子，炮弹碎片把薇拉·斯鲁茨卡娅给打死了……"

于是我们来到了皇村，只见熙熙攘攘，到处都是那些昂首阔步的无产阶级队伍里的英雄们。这时，那座曾经被苏维埃用作会场的宫殿成了最热闹的场所。院子里挤满赤卫队队员和水兵，门口站着岗哨，川流不息的通讯员和特派员挤进挤出。苏维埃的办公室里已经装上一个大茶炊，有五十多个工人、士兵、水兵和军官站在那儿喝茶，用很大的嗓门在谈论着。在一个角落里，有两个笨手笨脚的工人正在千方百计地设法开动那架印刷机。那身材魁梧的德宾科伏在当中的桌子上看地图，正在用红蓝铅笔注明军队的位置。他那只空着的手总是握着那支大型的纯钢左轮。不久以后，他坐到打字机前面去，用一个指头敲着键盘打字；每过一会儿，总要拿起那支左轮手枪来，爱不释手地转动着弹槽。

办公室的墙边摆着一张担架床，上面躺着一个青年工人。有两名赤卫队队员俯着身子在照料他，但其余的人对此并不注意，那个青年工人的胸部有一弹洞伤口，随着每一次的心脏跳动，殷红的鲜血就涌出，渗透了衣服。他的眼睛已经闭上，那年轻的、长着胡须的脸已经变成灰白色。不过他仍然微弱而缓慢地呼吸着，每呼吸一次，就喃喃地说道："要和平了！就要和平啦！"

我们一走进办公室,那德宾科便抬头冲着巴克拉诺夫说道:"对了同志,您愿不愿意到指挥部去接管那边的工作?好的,我这就替您写委任状。"说罢便往打字机那里走去,慢吞吞地在键盘上敲了起来。

巴克拉诺夫这位新任的皇村地区指挥员和我一起前往叶卡捷琳娜宫,他的心情很激动,而且知道自己的责任很重大。我们来到上次我曾经到过的那间华美而洁白的屋子,只见有几个赤卫队队员正在带着好奇心到处进行搜查,而那位曾经和我打过交道的上校则站在窗门,咬着他的胡须。他一看到我就像是见到久别重逢的亲兄弟一样问好。那个祖籍是法国的比萨拉比亚人坐在靠近门口的一张桌子上,布尔什维克已经命令他留下来继续工作。

"我该怎么办?"那传令兵喃喃道,"我们这种人,不管心里对残暴专政是多么憎恨,可是在这么一场战争中,都是不能站在任何一方作战的……我唯一的遗憾,就是我妈住在比萨拉比亚,我离她实在太远了些!"

巴克拉诺夫正式地从那位上校手里接管指挥部的工作。那位上校神色慌张地说道:"这就是办公桌抽屉上的钥匙。"

有个赤卫队队员几步抢上来厉声问:"钱放哪儿了?"问得那上校不免吃了一惊:"钱?钱吗?噢噢,你是问钱柜在哪儿吧。这不是吗,还和我三天前接任时一样,原封未动呢。可是钥匙,"他又耸肩道,"我却没有哩。"

那赤卫队队员心里明白,冷笑道:"这不是更便宜了吗。"

巴克拉诺夫也说:"咱们打开钱柜子就是了。拿个斧头来。这位美国同志,咱就请他在这儿把柜子劈开,再把柜子里找到的东西登记下来。"

我挥动了斧头,结果发现这只木柜子里竟空无一物。

那赤卫队队员恨得咬牙:"把他抓起来。这个克伦斯基的党羽,看来他已经把钱偷去给了克伦斯基了。"

巴克拉诺夫却不想逮捕那位上校："嗨，不会的！这是在他接任之前的那些科尔尼洛夫分子干的，不能怪他呀。"

赤卫队队员咆哮道："放屁！我跟你说，他铁定是克伦斯基的走狗。既然你不想抓他，那我们抓了他便是了，再把他解往彼得格勒，关在彼得巴甫洛夫监狱里。那才是他该去的地方哩！"其余的那些赤卫队员都齐声表示赞成这个意见。那位上校用一种乞怜的样子向我们瞥了一眼，接着就被押走了……

在苏维埃所在的宫殿前面，停着一辆即将开往前线去的大卡车。一个身材高大的工人指挥五六名赤卫队队员、几名水兵和一两名士兵爬上了车子。他们大声呼唤，要我跟他们一道去。一群赤卫队队员从苏维埃总部拥出，他们摇摇晃晃，每人手里都抱着一些波纹形铁壳制成的小型炸弹，那里面装着一种叫作"戈鲁比特"的炸药——据他们说，这种炸药要比普通炸药强烈十倍和灵敏五倍。他们把这些炸弹放到了大卡车里。接着，他们又拉出一门三英寸口径的大炮，用一些绳索和铁丝把它绑在大卡车后面。

在一阵欢呼声中，我们出发了；不用说，车子当然是开足了马力。笨重的大卡车走起来东摇西晃，那门大炮也就跟着左右跳动，而那些装着"戈鲁比特"炸药的炸弹就在我们脚边滚来滚去，碰着车身两边的板壁。

那个身材魁梧的名叫弗拉基米尔·尼古拉维奇的赤卫队队员，滔滔不绝地向我问了一大堆关于美国的问题。"为什么美国会参战？美国的工人阶级准备起来推翻资产阶级吗？穆尼事件现在怎么样啦？他们会不会把伯克曼引渡到旧金山去？"还有许多其他很难解答的问题。当时我们大家互相搀扶着，在那些滚动着的炸弹中颠颠簸簸地前进。所有那些问题，都是他用一种比车子开动时的喧嚣声还要高的嗓门提出来的。

偶尔有巡逻队想叫我们停车；那些士兵们跑过来拦在路中间，挥舞着步枪，喝令："停下来！"

但我们根本不理会巡逻队。那些赤卫队队员大声喊道:"去死吧!甭想拦住我们,我们可是赤卫队!"我们的车子就这样横冲直撞地风驰电掣而过,而弗拉基米尔·尼古拉维奇继续吼叫着问我关于巴拿马运河国际化的问题,以及诸如此类的问题……

大约走了五英里,我们遇见一队水兵迎面走过来,于是放慢了行车的速度,问道:

"哥们儿,前线在哪儿呢?"

那个走在最前面的水兵停了下来挠头道:"若是你今儿早上问呢,我可以告诉你沿这条路下去,走上半公里就到了前线了。可现在谁都找不到它啦。我们紧走慢走、紧走慢走,这不也一直找不到前线阵地嘛。"

这一队水兵爬上了大卡车,于是我们继续前进。大约又走了一英里,弗拉基米尔·尼古拉维奇突然吃惊地侧耳静听,并且大声地叫驾驶员停车。

"开枪了!你们听见没有?"他说。顿时是死一般的沉寂,接着,就在离我们不远的左前方,接连很快地传来三响枪声。在这一带,公路旁边有一片茂密的树林。这时我们十分紧张,只敢低声细语,车子慢慢地继续前进,差不多一直开到正对着传来枪声的地点才停下来。我们下车后立即散开,每个人都紧握着手中的步枪,悄悄地走进森林。

同时,有两位同志把大炮从车上解开来,并且转动着炮口,使它尽可能地瞄准着我们所行进的方向。

树林里鸦雀无声。这时树叶子已经落光了,在微弱的秋阳下,树干显出一片暗淡的苍白色。一切都毫无动静,只有林中那些小水塘里的薄冰被我们踏得吱吱作响。难道有什么埋伏吗?

我们安然地前进,一直走到那树木渐渐稀疏的地方才停下来。前面有一块小小的空地,只见有三个士兵围坐在一个小火堆旁边取暖,显得非常逍遥自在。

弗拉基米尔·尼古拉维奇走上前去和他们打招呼："同志们好！"而在他后面，一门大炮、二十支步枪和一大卡的"戈鲁比特"炸弹都如箭在弦上，一触即发。那三个士兵急忙站了起来。

"这儿怎么有人开枪哪？"

其中有一个士兵缓和了脸色回答道："呵呵，同志，我们刚才是开枪猎野兔子来着……"

在那晴朗而空阔的白天，我们的车子横冲直撞地朝着罗曼诺夫镇的方向急驶。走到第一个十字路口，有两个士兵跑过来拦住去路，挥舞着他们手中的步枪。于是我们放慢了行车的速度，停了下来。

"同志们，通行证出示一下！"

赤卫队队员登时便嚷起来了："我们是赤卫队，还用得着什么通行证吗……开车吧，甭理他们！"

那个水兵却不同意道："同志们，你们这态度可不对啊。我们的革命是必须要有纪律的。你们说"还用得着什么通行证"，但倘若有反革命分子也混在里面可怎么办？要知道这些同志并不认识我们啊。"

大家就这件事展开了争论。然而，一个接着一个，那些水兵和士兵都赞成第一个人的意见。于是，每个赤卫队队员都嘀咕着掏出弄脏了的证件。大家的证件都是一模一样的，只有我的证件不同，那是由斯莫尔尼的军事革命委员会发给的。哨兵们宣称必须把我带走。那些赤卫队队员竭力反对，不过那个讲纪律的水兵却坚决认为应当这样做。他说道："我们知道这是一位真正的同志，但委员会有命令，而这些命令是必须服从的。这是革命的纪律。……"

为了免得找麻烦，我就从车上跳下来，目送着那辆大卡车摇摇摆摆地向前驶去，车上那一伙人都向我挥手道别。那两个士兵低声细语地商量了一会儿，然后便把我领到一座墙跟前，叫我面对着墙站在那里。我猛然意识到他们是要枪毙我!

周围一个人影也没有。那唯一的生命象征,便是一幢屋子的烟囱正在冒烟,它是一幢歪歪斜斜的小木屋,离公路旁有四分之一英里。那两个士兵正往公路上走,我就拼命地向他们奔过去。

"同志们快看!这是军事革命委员会的印记呀!"

他们呆头呆脑地望着我的通行证,接着又面面相觑。

其中有一个士兵绷着脸说道:"这个通行证确实跟别人的不一样。可是哥们儿,我们又不识字。"

我把他的肩膀一搂道:"走,那边小木屋里肯定有人认识字,咱们过那边去吧。"他们却十分犹豫,一个战士说"不成",另外一个却先把我上下看了一回,然后嘀咕道:"这有什么不成的呢,错杀一个无辜者怎么着也算犯了重罪啊。"

于是我们走到那座小木屋的门口,在门上敲了几下。一位矮矮胖胖的妇女走过来开门。她一看见我们就惊慌失措地连忙缩了回去,颠三倒四地说:"他们的事情我可一点都不知道,一点都不知道!"那押着我来的两个战士中的一个把我的通行证拿给她看,她吓得又不由尖叫起来了。给她看通行证的战士便道:"同志,我们只是想请您帮我们念念这个罢了。"她这才勉强接过了我的通行证,流利而高声地念道:

"本通行证的持有者约翰·里德,是美国社会民主党的代表、国际主义者……"

待我们再度上了马路,那两个战士又商量了一回,方才对我说:"看来我们得把你带到团委员会去啦。"在那愈来愈苍茫的暮色中,我们沿着那条泥泞的公路跟跟跄跄地前进。偶尔我们碰见一队队的上兵,他们都停下来,用一种咄咄逼人的目光打量着我,把我的通行证传来传去,并且在要不要枪毙我的问题上展开了激烈的争论……

当我们走到皇村第二步兵团的营房时,天色已经黑下来了。

营房是又矮又杂乱无章的建筑物,拥挤在公路旁。有几个士兵正在大门口聊天,急切地想知道我是间谍还是奸细。我们爬上一道弯弯转转的扶梯,走进一间宽敞而无摆设的屋子,中间生着一个大火炉,地板上摆着一排排的木床,那里住着上千名的士兵,有的在玩扑克牌,有的在谈话,有的在唱歌,有的在躺着睡觉。屋顶上有一个锯齿形的大窟窿,那是被克伦斯基的大炮打穿的。……

我站在门口的过道上,那一群群的人顿时肃静下来,转过身来盯着我。突然间,他们开始向我这边移动,起初还是慢慢的,接着就蜂拥而来,发出震天般的响声,每个人都是怒容满面之态。那押送我来的两个士兵之中的一个大声喊道:"同志们!同志们!找团委员会!快找团委员会啊!"那一大群人停了下来,把我围在当中,闹哄哄地在议论着。有一个身材瘦削、缠着红臂章的青年人从人丛中挤了过来。

他声色俱厉地问道:"这是谁?"押送我来的两个士兵说明了情况。"把他证件给我!"说罢,一面仔细地看证件,一面用敏锐的目光朝我一扫。然后他却又笑了,一边把证件交还给我,一边说:"同志们,这是一位美国来的同志。我以团委员会主席的身份欢迎您到团部里来……"于是刚才那一阵叽叽咕咕的声音就迸发成一片热烈的欢呼,大家都争先恐后地挤上来和我握手。

"您这是还没吃晚饭吧?我们都已吃过啦。您上军官俱乐部去吃吧,那儿有人会说英语的……"

团委员会主席领我穿过一道院子,走到另一幢房子的门口。这时有一个贵族气派的、戴着中尉肩章的青年军官正在走进来,团委员会主席把我介绍给他。然后就和我握握手,走回去了。

那位中尉说了一口漂亮的法语:"我叫斯捷潘·格奥尔基维奇·莫罗夫斯基,很乐意为您效劳。"走进军官俱乐部,楼下是一座华丽的大厅,有一道很讲究的扶梯通向二楼,被枝形吊灯照得雪亮。二楼有一些弹子室、扑克室,还有一个图书馆。我们走进餐厅，只见正中那张长台子周围坐着约二十名军官，他们都穿着整整齐齐的制服，佩着镶有金银柄头的刀剑，带着帝俄时代的彩绶和十字勋章。当我走进去的时候，他们都彬彬有礼地起立，并且让我坐在团长旁边的座位上。那位团长是一个躯体魁伟、神采奕奕的人，胡子已经有点花白了。有几个勤务兵熟练地伺候着晚餐。那种气氛，就和其他欧洲国家军官宴会没有两样。革命体现在哪儿呢？

我问莫罗夫斯基道："我看着您似乎不是布尔什维克吧？"

在座的人都笑了起来，然而我注意到有一两个人暗暗地向那勤务兵瞥了一眼。

我那位朋友便道："我不是。我们团里只有一个军官是布尔什维克，且他今晚往彼得格勒去了。我们团长是孟什维克。赫尔洛夫上尉是立宪民主党人。我则是右翼社会革命党人……这么跟您说罢，军队里绝大多数的军官都不是布尔什维克，但他们和我一样，都是民主主义者；他们认为一定要跟着士兵群众们走……"

吃完了晚饭，送来了几张地图，那位团长把它们摊在台子上，其他的人都围上来观看。

那位团长指着地图上的铅笔记号，说道："这是我们阵地在今天早上时的位置。弗拉基米尔·克里洛维奇，你的连队现在在哪儿呢？"

赫尔洛夫上尉指着地图上的位置说道："遵照命令，我们占领了沿这条公路线的阵地。在五点钟的时候，卡尔萨文接替了我的防务。"

正在这时候，餐厅的门开了，团委员会的主席和另一位士兵走了进来。他们参加到那些军官的行列中，站在团长后聚精会神地看着地图。

那位团长道："好！现在，哥萨克兵已经在咱们的防区里败退了十公里啦。所以我想暂无进入前沿阵地的必要。各位军官，今天夜里你们就守住目前的这条战线，设法巩固阵地就成……"

团委员会主席打断了他的话:"抱歉插一句。下面下令让我们全速前进呢,为的是明天早上好在加特契纳镇以北的地方与哥萨克兵交锋。我们必须得彻底击溃哥萨克兵才行。请你做适当部署吧。"

大家略微沉默了一会儿。那位团长又看看地图,然后换了个腔调又道:"好吧,斯捷潘·格奥尔基维奇,你担任——"他一边迅速用蓝铅笔在地图上画着进军的路线,一边就发布命令,由一个军士速记了这些命令。接着那个军士便退了出去;待十分钟之后,他便已经把那些命令用打字机打成一式两份拿了回来。团委员会主席把一份命令摆在面前,对照着地图仔细研究了一番。

最后团委员会主席起身道:"很好,就这样办!"他把那张命令的副本折好,塞在自己的口袋里。接着,便在那张命令的正本上签了字,并且从口袋里摸出一个圆形的图章,在那上面盖了印,然后交给团长……

革命就体现在这里!

我乘团指挥部的汽车又回到皇村那座被苏维埃所征用的宫殿。这里仍然非常忙碌,一群群的工人、士兵和水兵拥进拥出,门口被许多大卡车、装甲车、大炮堵塞得水泄不通。人声鼎沸,到处都洋溢着胜利的欢笑。有五六名赤卫队队员押着一个牧师从人群中挤过来。他们说,那就是神甫伊万,当哥萨克兵打进皇村的时候,他曾经为之祝福。后来我听说他被枪毙了……

德宾科刚刚走出来。他一边走,一边迅速地向左右发布命令,手中还是拿着那支大型的左轮枪。有一辆发动着的汽车等待在围墙旁边。他独自一个人走进了汽车,坐在后面的座位上,接着便出发了——出发到加特契纳镇去征服克伦斯基。

在黄昏时分,德宾科到达加特契纳镇的近郊,他继续徒步前往。谁也不知道德宾科究竟对那些哥萨克兵说了些什么话,但后来的事实是,克拉斯诺夫将军和他部下的军官以及几千名哥萨克兵都投降了,他们还劝克伦斯基也投降。

至于克伦斯基的下场呢?——在这里,我把克拉斯诺夫将军在11月14日上午所作的证词抄录如下:

1917年11月14日,加特契纳镇。

今天,大约在凌晨三点钟的光景,最高统帅(指克伦斯基)召见了我。他显得非常激动,而且非常心慌意乱。

只听他对我道:"将军,您背叛了我。您部下的哥萨克兵直截了当地宣称要逮捕我,再把我递解给那些水兵呢。"

我答道:"对,他们是这么说的,而且据我所知,根本没人同情您呢。"

"难道军官们也同意这个意见吗?"

"对,军官们也都对您颇为不满,这是最可怕的啦。"

"我该怎么办?应该自杀才对吧!"

"如果您是一个光明磊落的人,那您就该马上打着白旗到彼得格勒去,亲自前往军事革命委员会,用临时政府首脑的身份进行谈判。"

"成。将军,我就这样做吧。"

"我可以派一支卫队保护您,并且找一名水兵陪您一道去。"

"不,不。我不要水兵。听说德宾科在这里呢,您知不知道消息可是真的?"

"我不知道德宾科是谁啊。"

"他是我的仇人。"

"那没有别的办法。既然您想大赌一场,就得冒险啊。"

"成,我今天夜里就出发!"

"何必呢,夜里走就像潜逃一般了。要去就开诚布公地去,使大家看到您可不是想逃走"

"好。不过您必须派一支我认为靠得住的卫队来保护我。"

"成。"

我走了出来,召见了顿河区哥萨克第十团的哥萨克军官罗斯科夫,命令他挑选十名哥萨克兵去陪同最高统帅。半小时之后,那些哥萨克兵来向我报告,说克伦斯基不在他的营房里,他已经逃跑了。

当时我以为他还不可能逃出加特契纳镇,立即发出警报。并下令搜查他。然而,却没有找到他的踪影。……

就是这样,克伦斯基"打扮成一个水兵的样子",独自一个人潜逃了。由于这种逃亡的行为,他在俄国人民群众中最后的一点威信也完全丧失掉了……

我坐在一辆大卡车的驾驶室里回彼得格勒。开车的是一名工人,车上挤满着赤卫队队员。我们车上没有煤油,所以不能点灯。公路上熙熙攘攘,有的是正在撤回去的无产阶级大军,有的是正在源源不断开出来接防的后备部队。在朦胧夜色中,沿途隐隐约约看见许多和我们的大卡车同样的卡车、一队队的炮车以及马车。那些车辆也都和我们的车子一样,没有点灯。我们的车子横冲直撞地向前飞奔,时左时右地摆动着,以避免那险些就要发生的撞车。有时突然刹车,随即听得那些步行的人在大声谩骂。

在地平线上,首都的万家灯火闪烁着光芒。在夜里看起来,彼得格勒的景色比白天更辉煌壮丽得多,就像是一大堆光彩夺目的珠宝堆积在那空旷的原野上。

那位开车的老工人用一只手紧握着驾驶盘,而用另一只手对那灯光闪烁的首都挥舞着,显得兴高采烈的样子。

只见他满面放光地嚷:"是我的了!我的彼得格勒整个都是我的啦!"

221

十　莫斯科

怀着十分振奋的情绪,军事革命委员会乘胜前进了。

11月14日通告

　　全体兵团、军、师、团委员会,全体工兵农代表苏维埃,全体军民。

　　现在哥萨克兵、士官生、士兵、水兵和工人之间已达成了协议,据此决定,将亚历山大·费多洛维奇·克伦斯基交付人民法庭审判。我们要求逮捕克伦斯基,且以下列各团体的名义,命他来彼得格勒出庭受审,不得延误!

　　签字:乌苏里区哥萨克骑兵第一师;彼得格勒区士官生支队委员会;第五军代表。

人民委员:德宾科

　　救亡和革命委员会、市杜马以及社会革命党中央委员会都当克伦斯基是自己人,且还挟此人以自重。因此此时这些机构都拼命抗议,说克伦斯基只能对立宪会议负责。

　　到了11月16日傍晚时,我见到两千左右的赤卫队队员,正昂首阔步地走在城郊大街上,他们是去欢迎那些保卫了"红色彼得格勒"的兄弟们凯旋。走在前面的是军乐队,此时正高奏着《马赛曲》呢(这曲子此时奏来实在太应景了)。赤卫队队员中有男有女,都身穿黑色的工人服,红旗高举,身上背了装了刺刀的来复枪,在暮色中顶着寒风大踏步前进。他们穿过暗淡而泥泞的街道,路边站了些沉默的资产阶级的人,此时正用一种既轻蔑又惶恐的神情看着他们哩。

所有那些企业家、投机商、食利者、地主、军官、政客、教员、大学生、自由职业者、小店主、职员、经纪人都反对他们。那些其他的社会主义政党,也都对布尔什维克怀着不共戴天的仇恨。站在苏维埃方面的只有工人、水兵,所有那些还保持着旺盛士气的士兵,那些没有土地的农民以及少数(极少数)知识分子……

在广阔的俄罗斯大地上,角角落落里都是一副浪潮汹涌的景象,在进行着你死我活的巷战。各地听到克伦斯基溃败的消息,都回响着无产阶级胜利的欢呼。在喀山、萨拉托夫、诺夫哥罗德、维尼察等城市,街道上都流满了鲜血;在莫斯科,布尔什维克已经把炮口转过来轰打那资产阶级所盘踞着的最后堡垒——克里姆林宫。

"此时他们正在炮轰克里姆林宫!"在彼得格勒,满大街都在传着这个小道消息,几乎带着一种恐怖的意味。那些从"圣洁的莫斯科母亲"来的旅客,带来了种种异常可怖的消息:什么上千人都被杀啦,什么特维尔大街和库兹涅斯基大街都成了火海一片啦,什么圣瓦西利教堂已化为焦土啦,什么乌斯本斯基大教堂都已经倒啦,什么克里姆林宫的斯巴斯基门楼已被轰得摇摇欲坠啦,什么市杜马大厦已经被烧成一片瓦砾场啦……

再也没有什么其他的事能比布尔什维克这种对"神圣俄罗斯"心脏的亵渎行径更为可怕的了。那些虔诚的信徒,耳朵里似乎总是听到布尔什维克的炮弹正在轰打那神圣的东正教教堂,把俄罗斯民族的圣地化为灰烬……

11月15日时,教育人民委员卢那察尔斯基竟在人民委员会的会议上哭泣起来了。他从会议室里一边狂跑出来,一边哭喊道:"我再也忍受不了这等事啦!绝对不能忍受对艺术和传统的肆意破坏……"

　　到了15日的下午,报上便已刊登出了他的辞职申请:

　　　　从莫斯科来的人刚把那里发生的一切都告诉了我。

　　　　圣瓦西利大教堂和乌斯本斯基大教堂都叫大炮给轰炸了,眼下,所有彼得格勒和莫斯科的最名贵的艺术珍品都集中在克里姆林宫里,可克里姆林宫那儿竟成了烽火连天的战场啦。牺牲者数以千计!

　　　　可怕的斗争已到了野兽般的疯狂程度了。

　　　　接下来会怎样?还能发生什么更坏的事情呢!

　　　　我绝对无法忍耐。我已克制到底线了,再也无法容忍这些恐怖行为。我是没办法在这等发疯思虑的重压之下进行工作的!

　　　　这就是我退出人民委员会的原因。

　　　　我完全认识到我这一决定的严重性。然而我实在是忍无可忍了……

　　就在同一天,那些盘踞在克里姆林宫的白卫队和士官生投降了。他们被允许不加伤害地撤出来。双方的和平协定如下:

　　　　1. 解散社会保安委员会。
　　　　2. 白卫队缴械并解散。军官们得保留其刀剑和规定随身佩带的武器。军事学校里只能保留一些为教练所必需的武器,其余的一律由士官生缴出。军事革命委员会保证这些人的自由和人身的不可侵犯。

3. 由所有参加和谈的团体派代表组织一个特别委员会，负责处理本协定第二项中所规定的解除武装的问题。

4. 从和平协定签订之时起，双方应立即下令停火，并停止一切军事行动，双方应采取有效措施，以保证此项命令能得到切实的执行。

5. 本协定一经签字，双方应立即释放俘虏。

这时，布尔什维克已掌握两天莫斯科的局势了。莫斯科的老百姓们，战战兢兢地从地下防空洞里爬出来，想要找到死了的亲友。也有人忙着拆去街道上的街垒。然而，关于莫斯科惨遭浩劫的传说却反而愈传愈盛了……我之所以打算往莫斯科去，也正是听多了这等恐怖的报道。

尽管二百年来彼得格勒一直是俄国政府的所在地，但它毕竟还是个人为的都市。莫斯科才是真正的俄国，它代表着俄国的过去，也显示着俄国的未来。在莫斯科，我们将体会到俄国人民对于这次革命的真情实感；在那里，生活更为紧张热烈。

在过去的一周中，彼得格勒的军事革命委员会受到铁路员工群众的支持，已经取得了尼古拉铁道线的管理权，并且不断地开出一列列满载着水兵和赤卫队的火车，向东南方进发……我们从斯莫尔尼方面领到了通行证，如果没有这种通行证，任何人均不得离开首都……列车刚刚进站，就有一大群衣衫褴褛、背着大包食品的士兵冲开了车门，砸碎了车窗，拥进所有的卧车，站满了车厢的过道，甚至还有人爬到车顶上去。我们三个人好不容易才钻进一间卧铺室，但几乎立刻就有约二十名士兵挤了进来……那间卧铺室只能容纳四个人；我们进行争论和说理，那位乘务员也帮着我们讲话，然而士兵们只是哈哈大笑。难道他们还要照顾几个资产阶级分子的舒适吗？及至我们掏出斯莫尔尼方面发给的通行证，战士们的态度立马转变了。

225

他们中便有一位战士大声说:"同志们,咱们走吧!这几位美国来的同志,是特意跑了三万俄里的路程来考察咱的革命的。他们肯定是累坏啦……"

战士们听了这话,忙一边客客气气、十分友善地连声对我们道歉,一边便陆陆续续地离开了。片刻之后,我们听见他们砸开邻近的一间卧铺室。那间卧铺室原先是被两个矮矮胖胖、衣冠楚楚的俄国人通过贿赂乘务员的方式来占住的,自打他们进去便一直反锁着门……

差不多到了傍晚七点来钟时,我们的列车开出了车站。这是一列长长的、负载过重的列车。由一辆烧木柴的马力很小的小火车头拖着,慢吞吞地行驶,沿途常常停车。那些坐在车顶上的士兵用脚后跟踢着车皮,唱着悲凉的农民歌谣;车厢的过道里挤满了人,简直无法通过;通宵达旦,人们都在那里热烈地争论着政治上的问题。偶尔,乘务员也照例走过来查票。然而除了我们三个人,几乎谁也没有买票。那位乘务员吵吵嚷嚷地查了半小时。但毫无结果,最后他失望地摊开双手,退出去了。车厢里的空气是窒息的,充满了烟雾和恶臭;如果不是那些玻璃窗都已经被砸破的话,我们很可能在夜间就闷死了。

次日清早,我们都是很晚方才起床的,只见外面竟是一片银白,且冷得要命。到了晌午十分,便来了拎了一筐小面包和一大壶温乎乎的咖啡代用品的妇女来车上卖饭。这顿饭吃过,直到深夜,可就什么吃的都没有啦。这一列挤得水泄不通的列车颠颠簸簸地前进,时走时停。有时到了站头,一大群饥肠辘辘的人就马上拥到那些设备简陋的小食堂里去,把所有的东西都吃得精光。……有一次在停车的时候,我遇着诺根和李可夫,他们都是声明退出人民委员会的人民委员,正在回到莫斯科去向他们自己的苏维埃陈述苦衷;隔几步远就是布哈林,他身材短小,留着棕色的胡子,眼光狂热。人们对他的评价是,"比列宁还左"……

打三点钟时,我们又冲上了火车,从挤满了人的嘈杂不堪的过道上钻了过去……这真是一群天性善良的人呵,他们用一种富有幽默感的耐性,忍受着旅途中的艰苦。他们滔滔不绝地争论着各色各样的问题,从彼得格勒的局势一直谈到英国的工会制度,并且大声地同车上少数几个资产阶级分子进行争论。在我们到达莫斯科以前,几乎每一节车厢里都已经组织了一个委员会,负责购买并分配食物。这些委员会也分成政党,在一些基本原则上争论不休……

莫斯科的火车站里竟是一片静谧。我们先去特派员的办公室里办理回程车票的手续。那特派员年纪轻轻的,却满面愁容,看肩章倒还是尉级呢。看到我们从斯莫尔尼方面领来的那些证件时,他竟勃然大怒起来,说我可不是什么布尔什维克党人,我是代表社会保安委员会的……这倒很足以说明当时莫斯科的特点:在接管莫斯科之际,情形非常混乱,胜利者竟忘记接收这座重要的火车站了……

车站附近找不到一辆车子。然而,我们走过几个街口,就看见一个打扮相当怪异的马车夫直挺挺地躺在他那小雪橇中睡觉。我们叫醒了他:"到市中心去要多少钱?"

他挠头道:"老爷,您在哪家旅馆里也不会找到房间的。不过,倘若您能给我一百卢布呢,我倒也愿意拉着您四下里找找看。"在革命以前,雇这种小雪橇只要花两个卢布就够了啊!我们肯给他那么多钱,于是他便耸耸肩继续道:"这日子口儿还赶雪橇,那可要有很大的勇气呢。"不管怎么说,我们都不能把价钱砍到五十个卢布以下……待我们坐着雪橇掠过那寂静的、蒙着白雪的、灯光暗淡的街道时,那马车夫一路上叙述着他在六天战斗中的冒险经历。他说:"我正赶着马往前跑呢,或者正停在街头巷尾等客人付钱呢,突然就只听轰隆一声,一颗炮弹落在这里爆炸了;又轰隆一声,一颗炮弹又落在那里爆炸了。再哒哒哒哒!一阵机关枪扫射过

227

来……我快马加鞭地玩命跑,那些恶鬼却从四面八方开枪打我呢。最后,等我终于躲到一条僻静的马路上去了吧,原说要打一会儿瞌睡,谁知轰隆一声,又是一颗炮弹落在我附近了,然后又哒哒哒哒!……那些恶鬼!恶鬼!恶鬼啊!"

在市中心区,那些堆积着白雪的街道上,显出秩序恢复时的平静。街上只点着几盏弧光灯,只有几个步行的人急急忙忙地在人行道上走着。一阵凛冽的寒风从那辽阔的原野上刮过来,冰冷彻骨。我们走进头一家旅馆的账房,那边点着两支蜡烛。

"我们这儿倒确实还有几间客房,也蛮舒适,只可惜玻璃窗全叫枪弹打碎啦。如果先生您不介意屋里的空气太过于清凛就成……"

走到特维尔大街,只见有许多商店的橱窗都已经被打碎了,街道上有炮弹的窟窿,铺路的石块也被翻转了过来。我们跑了一家旅馆又一家旅馆,家家都是客满;或者,旅馆主人吓得要命,根本没缓过来呢,只会连声拒绝:"没有,没有,没有房间,没有房间!"布尔什维克的大炮曾经不分青红皂白地轰击了大银行和大商店集中的几条大街。正如有一位苏维埃的官员所告诉我的那样:"每当我们不知道那些士官生和白卫队究竟藏在什么地方的时候,我们就轰打他们的钱袋子……"

我们终于在阔大豪华的国民饭店里找到了房间——皆因我们是外国人,而军事革命委员会曾经答应要保护外国人的寓所……在最高的一层楼上,那位经理指给我们看一个地方,那儿有几扇窗子被榴弹炮打碎了。他挥动着拳头,仿佛有多少个布尔什维克就站在他跟前似的,怒道:"真真是一帮子畜生啊!等着瞧,他们的末日就要到了;在几天之内,他们那个滑稽可笑的政府就要垮台啦,那时候我们倒要给他们尝尝苦头哩!"

我们在一家有着诱人名字——"我不吃荤"——的饭馆里吃晚饭,只见他们家的墙壁上竟赫然挂着托尔斯泰的像呢。吃罢饭,我们便勇闯街头去散步了。

莫斯科苏维埃的总部就设在从前的总督府里，那是一座巍峨壮丽的洁白大厦，正对着斯柯别列夫广场。门口有赤卫队队员在站岗。登上那宽阔而匀称的台阶，就看见墙上到处都贴着各种委员会会议的通告和各党各派的宣言。我们穿过一排宏大的接待室，那里挂有许多披着红绸子、镶着金框子的画像；而后走进一间富丽堂皇的大客厅，那里挂着光彩夺目的枝形吊灯，雕饰着金碧辉煌的花檐。大客厅里充满着一种深沉的喃喃细语声，还夹有一二十架缝纫机呼呼转动的声音。在桌面和拼花地板上，蜿蜒地摊着大幅的红布和黑布。有五六十名妇女，正在桌子旁边为革命烈士的葬礼剪裁并缝制旗帜和长幅。这些妇女被极端困苦的生活打上了很深的烙印，显得面色憔悴。她们此刻在严肃地工作着，其中有许多人的眼睛都已经哭肿了……红军的牺牲确实很重呵。

大厅一角的写字台旁坐着精明干练的罗哥夫，只见他留胡子、戴眼镜，还穿了一件黑色的工人罩衫。他邀请我们和中央执行委员会的委员们一道参加明天早上的葬礼……

只听他愤慨道："那些社会革命党人和孟什维克真是不讲理啊！都是一帮子妥协惯了的废物。您就想罢，他们竟提议要让我们和那士官生在一起举行联合葬礼哩！"

这时有个身穿破军装、头戴羊皮帽的人从大厅对面走过来了，我因看着他极其眼熟，便认出他是麦尔尼昌斯基。我是在美孚石油公司大罢工期间认识他的，那时他住在美国新泽西州的巴容城，是一个钟表匠，名叫乔治·梅尔彻。他告诉我：目前他是莫斯科五金工人工会的书记，而在战斗中则是军事革命委员会的特派员……

麦尔尼昌斯基指着他身上那一套破破烂烂的衣服，大声说道："您瞧我这副德性吧！那些士官生刚开始发动进攻的时候，我们一帮弟兄正驻扎在克里姆林宫里呢。那些士官生把我囚禁在地下室里,大衣也好钱也好手表也好,甚至连手上的戒指都抢光了。如今这套破衣裳便是我的全部家当啦!"

从麦尔尼昌斯基那里,我了解到把莫斯科分裂为两大阵营的那六天血战中的许多详细情形。同彼得格勒的情况不一样,莫斯科的市杜马曾经指挥过士官生和白卫队。市长鲁德涅夫和市杜马的主席米诺尔就曾经指挥过社会保安委员会和军队的活动。莫斯科的卫戍司令里亚勃采夫是一个有民主倾向的人,他在反抗军事革命委员会这一点上还有些犹豫不定;然而市杜马却逼着他那样做……策动占领克里姆林宫的就是那个市长,他说道:"他们决不敢对你们开火。"

卫戍部队中因长期没事干而导致士气特别消沉的军团,此时交战双方便都来拉拢它。于是该军团便举行了一次大会来决定如何选择。决议的结果,是这个团仍然保持中立,接着干眼下的活儿——比如什么卖胶鞋卖瓜子之类!

麦尔尼昌斯基说道:"最糟糕的是我们一边打着仗,一边却还必须得做着组织工作。对方知道他们缺少的是什么;而这边的士兵和工人都有他们自己的苏维埃……曾经为了决定谁来当总司令,还大吵过一架,后来有几个团日夜连轴地讨论着,这才终于决定了该采取什么行动。可是,待那些军官们突然从我们这儿弃职潜逃的时候,我们竟没有战斗指挥员来发号施令哩……"

然后他又给我讲了在打仗的过程中一些特别生机盎然的小故事。譬如有一日十分冷,彤云密布,他站在尼基金大街的拐角上,一阵阵的机关枪子弹扫射了过来。当时一帮野小子正聚集在那儿呢,都是些街上的流浪儿,时不时地卖卖报纸。他们呼啸着,兴奋得似在玩新游戏一般。只要等到机关枪的火力稍微弱下去的时候,他们就打算试着跑过马路去……有许多孩子就这样死掉了,可剩下的孩子竟还来来回回地奔跑玩笑,比谁胆子大……

半夜里我去了"贵族俱乐部",因为莫斯科的布尔什维克党人马上在这儿开会,审查诺根、李可夫以及其他退出人民委员会的人的报告。

这里原是一个剧院,过去旧政权时代,曾有业余剧团在这儿给那些军官和珠光宝气的贵妇人演过最新的法国喜剧。

一开始会场上坐满了知识分子——因为他们都是住在市中心地段的。诺根发言时,大部分的听众显出同情之态来。此时已经很晚了,住在市郊的工人们却都还没有来,而当时电车又都已经结束运营了。不过,到了下半夜的光景,他们便十几个人一拨,成群结队地拥上了楼梯。他们都是些魁梧、粗鲁的人,穿着粗布衣服,刚刚从火线上撤下来。他们曾经疯魔般的在火线上打了一星期的恶仗,目睹许多战友就死在了自己身边。

此时会议才刚刚正式开始,但诺根就已经遭到了一阵暴风雨般的讥嘲和怒骂。他竭力争辩,只可惜大家根本不要听他那一套。诺根退出了人民委员会,他在作战方酣之际做了可耻的逃兵。至于资产阶级的报纸,在莫斯科已经再也看不到它们了,甚至连市杜马都已经被解散掉。布哈林站起来发言,他的讲话气势汹汹而有逻辑性。声音沉重,很能打动人心。……全场的人都目光炯炯,听他说下去。结果大会以压倒多数通过决议,拥护人民委员会的措施。就这样,莫斯科人民表达了自己的意志……

我们走过一条条空荡荡的马路,穿伊伯利安拱门来到克里姆林宫前的伟大红场。夜色朦胧中,圣瓦西利大教堂显得巍峨奇谲,它那色彩鲜艳、盘曲而上、雕着花纹的圆顶依稀可见,都没有受到一丝一毫的损坏……在红场的那一边,矗立着黑黝黝的克里姆林宫的钟楼和宫墙。在高高的宫墙上,有些被遮住了的火光闪烁着橘红色的光芒。从宽阔的广场对面传来了人声,以及铁镐和铁锹的声音。于是我们走了过去。

靠近墙脚下,高高地堆积着山丘一样的泥土和岩石。爬上那些土堆,我们看见下面挖了两个大坑,深约十至十五英尺,长约五十码。在几堆巨大篝火的光焰下,有几百名士兵和工人正在那里掘土。

有一个青年大学生用德语对我们解释道:"这是兄弟冢,明儿早上我们就要把五百名为革命而牺牲的无产者安葬在这里了。"

他领我们下到坑里去。只见坑底的人正飞快地挥动着铁镐和铁锹,上面的土堆也逐渐增高了。大家都在默默无言地干着活儿。我们的头顶是一片星空,古老的克里姆林宫的宫墙高耸云霄。

那位大学生说道:"我们要把我们最敬爱的人安葬在这个神圣的地方,安葬在这全俄罗斯最神圣的地方。这里是历代沙皇的陵墓,但我们自己的沙皇——也就是人民——将在此长眠……"他有一只胳膊缠着绷带,那是因为在战斗中受了枪伤。他注视着他的伤口,说道:"你们外国人一贯是看不起我们俄国人的,觉得我们竟能把这种中世纪的君主政体忍耐了这么长时间。但我们认为,沙皇并不是世界上唯一的暴君;资本主义制度才更加残暴哪,哪国的资本家不是太上皇一般……俄国革命是最好的策略……"

当我们离开的时候,那些在墓穴里掘土的工人们已经精疲力竭了。尽管天气很冷,他们还是冒着汗珠,陆续疲乏不堪地从坑里爬上来。而从红场对面又有一大阵黑魆魆的人群跑过来。他们争先恐后地拥进坑内,拿起了掘土的工具,又开始一声不响地挖掘了……

如此这般,来自老百姓的义务劳动者连夜轮流替换着干活,始终保持着飞快的速度。当曙光照耀在那一片蒙着白雪的伟人的红场上时,那张着大口的土黄色的兄弟冢穴已经完全挖好了。

我们在日出之前就起身了,匆匆忙忙地经过那些幽暗的街道,走向斯柯别列夫广场。在这宏伟的都市里,到处都看不见一个人影;然而隐隐约约地听到周围远近都有一种激动的声音,就像是大风就要刮过来的样子。在那微明的晨曦中,有一小群男子和妇女集合在苏维埃总部前面,扛着一大捆红旗,那上面写着金色的大字——莫斯科苏维埃中央执行委员会。天渐渐亮了。那来自四面八方的闹哄哄的人声，由远而近，逐渐嘹亮起来，成为一片连续不断的无边无际的低音大合唱。莫斯科起来了。我们高举着迎风飘扬的红旗，沿着特维尔大街向前进发。途中只见那些街上的小教堂都已关闭，漆黑无光，连伊伯利安圣母教堂也是一样。在过去，每逢新的沙皇即位，他照例总要先到伊伯利安圣母教堂，然后再到克里姆林宫举行加冕礼。不管白天或黑夜，伊伯利安圣母教堂总是开着的，而且挤满了人。那里面燃着信徒们所献的蜡烛，灯火辉煌，把那用金银宝石镶嵌的圣像照耀得光彩夺目。但现在，据说是自从拿破仑侵入莫斯科以来，伊伯利安圣母教堂里的烛光第一次熄灭了。

此时莫斯科已成了炮轰克里姆林宫的不敬上帝的鬼据点了，因此，神圣的东正教便也不肯保佑于它。所有的教堂都黑着灯，一派冷冰冰的模样，一个鬼影子都不见，神甫们早就跑光啦。没有一个教区牧师来主持这红色的葬仪，没有人为死者举行圣礼，也没有人在这些亵渎神灵的人们的墓前做祷告。那位莫斯科的大主教吉洪，在这事过去不久，就把所有苏维埃都逐出教门了……

还有商店也都关了门，资产阶级亦有自己的理由而躲在家里——因这是人民的节日，它要来临的消息，犹如惊涛骇浪，猛不可挡……

浩浩荡荡的人流已经在穿过伊伯利安拱门，宏伟的红场上星罗棋布地站着成千上万的人。我发现，过去每当有人从伊伯利安圣母教堂前面走过时，总要在胸前画个十字的，而此刻群众的队伍从这儿过时，却仿佛根本没瞧见它似的……

克里姆林宫的墙脚附近挤满了人，我们从那密集的人群中挤了过去，站在一座土堆上。那里已经站着几个人，其中有一位就是当选为莫斯科警备司令的军人穆拉诺夫——他是个高大身量、质朴老实、胡须满面、和蔼可亲的人。

人们如潮水般从所有通向红场的马路上拥了过来。看起来这成千上万的百姓都是些贫寒之人和劳动人民。有一个军乐队列队走过,高奏着《国际歌》。这歌声自然而然地吸住了群众的心灵,就像是风吹起海上的波浪,大家都跟着唱起来,缓慢而又庄严。有几幅巨大的标语从克里姆林宫的墙头上一直垂到地面,红底上面写着金色和白色的大字:"世界社会主义革命先锋队的烈士们永垂不朽!""全世界工人的兄弟般的大团结万岁!"

这时有一阵凛冽寒风刮过红场,旗帜都猎猎飘扬起来。而各家工厂的工人则纷纷抬着自己牺牲了的工友从城市偏远的地段赶来了。可以望见他们的队伍正在穿过伊伯利安拱门,举着迎风飘扬的旗帜,扛着深红色——那正是鲜血的颜色——的棺材。这些木质棺材相当粗糙,都是用没有刨光的木料制成的,上头涂了一层深红色而已。五大三粗的男工们,把棺材高高扛在肩头,一路走一路淌着眼泪。他们的身后又走着许多女人,低声饮泣的也有,锐声哭嚎的也有,还有的就身子僵硬地默默走路,面色惨白得犹如死人一般。有些棺材是打开的,后面的人则抬着盖子,有些棺材上则蒙着绣金色或银色的罩布,或者是在棺材顶上钉了一顶军帽。在这行走的队伍里,还抬了许多个花圈,都是用粗纸扎的花做成的……

队伍穿过一条时开时闭的不规则的人巷,慢慢地朝我们这边走过来。这时有一条浩浩荡荡的旗帜的洪流在穿过伊伯利安拱门,那些旗帜都是深浅不一的红色,上面写着金色或银色的字,尖端挂着一束束的黑纱。但也有些无政府主义者的旗帜,黑底上面写着白字。乐队奏起《革命葬仪进行曲》,人山人海的群众脱帽肃立,发出宏大的歌声,而那些行进的队伍,也用嘶哑的嗓子跟着唱,只是歌声频频被哭声打断……

在工厂工人的队伍中间,又插进了战士们的队伍,他们也都扛着棺柩。还有一队队的骑兵,他们在马上致敬;一队队的炮兵,他们的大炮上缠着红黑两色的布——就仿佛要永远保持着这个样子一般。他们的旗帜上写着:"第三国际万岁!"或者:"我们要求达成公正的、普遍的、民主的和平！"

随着棺材，人们慢慢走到了墓穴处。于是，负责抬棺的人便抬了棺材翻过土堆，下到墓穴里去。也有不少妇女负责抬棺材的，她们都是身强力壮的劳动妇女。死者后面还跟着另外一些女人——有年轻而虚弱的少妇，也有满面沧桑的老太，都哭嚎得像受了重伤的动物一般。她们都拼命要跟她们的儿子和丈夫一道埋到兄弟冢里去，同情她们的人纷纷出手去阻拦，她们便越发痛哭起来。穷人之间是多么相亲相爱啊！

这一日，从早到晚都有送葬的队伍走来，从伊伯利安拱门进入红场，再由尼古拉大街走出去。总共有五万多人都来参加了葬礼，这些人如同一条滚滚奔流的大河般，高举鲜红旗帜，旗子上还写满了表达人民美好希望的话语和兄弟团结的伟大预言。全世界的工人阶级，还有他们的子子孙孙，都将对此没齿难忘……

那五百副棺柩已经被一一妥当下葬了，然而直到傍晚，却还有游行的队伍高举着迎风招展的旗帜走来。乐队奏着《葬仪进行曲》，成千上万的群众则和旋歌唱。人们把花圈挂在墓前落了叶子的树枝上，把树木都装点成了五颜六色的奇异大花。然后，两百个男人开始往墓穴里填土了。在群众的歌声中，只听得泥土像落雨般落在棺材上，发出重重的、扑通扑通的声音……

这时路灯亮了起来，而最后一批游行队伍也走过去了。最后离开坟场的那些伤心饮泣的女人们，直到走时还满面悲戚地频频回顾呢。截至此时，无产阶级队伍的洪流才算渐渐退出了伟大的红场……

我一下子便顿悟了。这些忠实的俄国人民啊，他们根本无需有神甫庇护相助升入天堂，此时他们在人间所做的，正是要建造一个比天堂更加灿烂光辉的天堂啊！对他们而言，为了这个美好的目标而牺牲生命，是非常光荣的……

十一　夺权之争

俄国各族人民的权利宣言

……今年6月,第一届全俄苏维埃代表大会曾宣布俄国境内各民族均享有自由的自决权。

今年10月,第二届全俄苏维埃代表大会更坚决而明确地肯定了俄国境内各民族享有这一不可剥夺的权利。

为了贯彻第一、二两届苏维埃代表大会的精神,人民委员会决定,将以下列原则作为处理俄国民族问题的基本方针:

1. 俄国境内各民族一律平等,并各自享有主权。

2. 俄国境内各民族均享有自由的自决权,甚至可以分离出去,建立独立的国家。

3. 废除所有一切民族的和民族宗教上的特权和歧视。

4. 凡居住在俄国境内的少数民族和种族集团均得自由发展。

民族事务委员会一经成立,将立即制定关于贯彻上述原则的具体法令。

　　俄罗斯共和国人民委员会主席　弗·乌里扬诺夫(即列宁)
　　　　民族事务人民委员　约瑟夫·朱嘉施维里(即斯大林)

基辅的中央拉达闻讯立即宣布乌克兰独立,成为乌克兰共和国,芬兰也通过设立在赫尔辛基的参议院宣布独立。就这样,西伯利亚和高加索地区,建立起不少个独立伪政府。波兰的最高军事委员会也急忙把在俄国军队中的波兰部队集结到一处,先解散了士兵委员会,随后严苛的纪律便被建立起来……

所谓的"独立政府"和"独立运动"都有如下两个特点:一是都被有产阶级操纵着,二则都害怕并厌恶布尔什维主义……

好在,在这令人惊骇的瞬息万变的混乱局势中,人民委员会还是坚定不移地为社会主义制度搭好架子。它颁布了《关于社会保险的法令》《工人监督条例》《关于土地归土地委员会支配的法令》《关于废除社会等级和头衔的法令》《关于废除旧的法院和建立人民法庭的法令》等。

军团和舰队,都一个接一个地派代表团到彼得格勒了,因为他们要"欢欣鼓舞地向新的人民政府致敬"。

一日,在斯莫尔尼大厦门口,我看到了一个刚从前线上下来的军团,里面的战士个个都是破衣烂衫、面黄肌瘦的,排着队伍站在大门口,目不转睛地仰望着斯莫尔尼大厦,简直就像在看上帝居住的天堂。还有些战士含笑拿手指着那上面的双头鹰帝国国徽……这时,赤卫队走出来站岗了,引得全体战士都转过头来好奇地看着,一副对赤卫队只闻其名不见其人的样子。他们天真地笑着,从队伍中跳出来去拍赤卫队队员的肩膀,说些半开玩笑、半赞美的话……

临时政府已经完蛋。从11月15日起,在彼得格勒所有的教堂里,神甫们都不再为临时政府做祷告了。但正如列宁亲自在全俄苏维埃中央执行委员会上所说的那样:这还"仅仅是夺取政权的开端"。那些反对派已经被解除了武装,但仍旧操纵着全国的经济命脉。他们施展出俄国人所特有的通力合作的一切本领,专心致志地组织破坏活动,来阻难并破坏苏维埃的工作,并且打击苏维埃在群众中的威信。

受到银行和商业机关的补贴,那些政府机关工作人员的罢工运动组织得很周密。每当布尔什维克党人要来接收政府机关,总是遭到抗拒。

托洛茨基去接管外交部时,那些公务员们因为不承认他,所以让他吃了闭门羹。等到托洛茨基破门而入了,他们便索性纷纷辞职。托洛茨基叫他们交出档案库的钥匙,他们先是不肯,后来见托洛茨基带了工人要砸锁时,这才终于让了步。后来发现,前任外交部次长涅拉托夫已经挟着那些秘密条约躲得无影无踪了……

施略普尼柯夫试图接管劳动部。天气非常冷,然而部里却没有人生火。在那数百名工作人员中,竟没有一个人愿意告诉施略普尼柯夫哪儿是部长办公室……

11月13日,亚历山德拉·柯仑泰被任命为社会福利人民委员(管理慈善事业和公共慈善机关的部)。部里的人用罢工来迎接她,除了四十个人,其他所有的工作人员都罢工了。片刻之间,大城市里的贫民以及被收容在慈善机关中的人都陷入无衣无食的惨境。于是,那些饥饿的残废者,那些面有菜色、骨瘦如柴的孤儿们都派出代表团,包围了社会福利部的大厦。柯仑泰泪流满面,把那些罢工的人逮捕起来,直到他们交出了办公室和保险柜的钥匙。然而,当她拿到钥匙的时候,却发觉前任部长潘尼娜伯爵夫人已经带着所有的款项逃之夭夭了。潘尼娜伯爵夫人表示,除非有立宪会议的命令,她决不把那些款项交出来。

农业部、粮食部和财政部里的情况也是大同小异。有的职员即使接到命令叫他们回来工作,否则就会失去其职位和养老金,却还是仍旧继续罢工,更有甚者还回来搞破坏活动……几乎所有的知识分子都反对布尔什维克,苏维埃政府没有地方招聘新的工作人员……

那些私营银行仍旧顽固地关着大门,只留一个后门让那些投机倒把的人进进出出。每当布尔什维克的特派员进来的时候,那些办事员就藏起账簿，挪走现款，离开办公室。在国家银行里，除了管理库房和铸造货币的办事员，其他的职员都罢工了。他们对斯莫尔尼方面所提出的要求一概拒绝，却偷偷摸摸地用大宗款项去接济救亡和革命委员会以及市杜马。

有位特派员曾前后两次以官方名义，领着一帮赤卫队队员来到国家银行，坚决要求提取几笔巨款以供政府开支之用。第一次来的时候，有许多市杜马的议员、孟什维克和社会革命党的领导人都在场，人多势众的，纷纷说如果提款的话会引起非常严重的恶果，竟把特派员都给吓住了。至第二次来时，他是奉了命令的，因此先公事公办地当众把命令宣读了一遍。谁知却又有人警告他，那道命令上既没有注明日期，也没有盖印。于是，面对俄国人尊重"公文"的传统习惯，他不得不又退了出来……

信贷办公室的官员销毁了他们手中的账簿，导致俄国同其他国家金融往来的一切档案材料都荡然无存了。

那些粮食供应委员会，那些属于市政府的公用事业管理局，或者完全停止了工作，或者进行怠工破坏。当布尔什维克党人迫于市民们的紧急要求，设法来帮助或监督那些公用事业时，所有的职员就立即罢工，而市杜马还要向俄国各地发出雪片似的电报，说布尔什维克党人在"侵犯市政府的自治权"。

在军事总部里，在陆军部和海军部的机关里，那些旧政府的官员已经同意留下来工作。然而，军队委员会和高级指挥官却在千方百计地阻挠苏维埃的工作，甚至根本不顾前线士兵的死活。全俄铁总执委会满怀着敌意，拒绝运送苏维埃的部队；每一列离开彼得格勒的运兵列车都是用武力征调来的，而且每一次都不得不把那些铁路上的负责人押起来。于是，全俄铁总执委会又威胁说，如果不把那些人释放出来，它就要立即举行总罢工……

斯莫尔尼方面却是完全束手无策。报纸上都在宣扬什么缺少燃料啦，所有的工厂肯定会在三个礼拜之内统统关闭。全俄铁总执委会则说到了12月1日那天,火车肯定就都得停驶啦。又有人说彼得格勒只剩下三天的粮食了,加上没有接济粮送进来,所以前线上的士兵都已经在挨饿……可是,救亡和革命委员会以及那些形形色色的中央委员会却通告全国,唆使人们不要理睬新政府的法令。协约国的大使馆不是冷眼旁观,便是公然敌对……

反对派的报纸,今天刚刚被查封,第二天早上又用新的名称出版了,连篇累牍地对新政府进行恶毒的讽刺。甚至连《新生活报》都把新政府描绘为"空头诺言和软弱无能的混合物"。

《新生活报》说:

"人民委员会的政权机构日益陷入烦琐事务的泥沼中。布尔什维克党人挺容易地夺下了政权,可惜却没办法行使政权……

"布尔什维克党人既无力指挥那现成的政府机构,同时又不能建立一个新的机构,以供顺利而自由地遵照社会主义先行者的理论来进行工作。

"在不久以前,布尔什维克就已经没有足够的人手来管理他们日益发展的党务(这首先是演说者和写作者的工作),而现在,他们又从哪里才能找到有训练的人来执行这千头万绪和纷纭复杂的政府工作呢?

"新政府采取行动和进行威胁,它向全国发布了许多法令,一道比一道更激烈,一道比一道更'社会主义'。然而,在这洋洋大观的纸面上的社会主义事业中(它似乎更像故意用来麻醉我们的子孙后代的),既看不出有解决当前紧要问题的愿望,也看不出有解决当前紧要问题的能力!"

同时,由全俄铁总执委会发起的建立新政府的代表大会仍在日以继夜地开会。双方已经在原则上就建立新政府的基本问题达成了协议;正在商讨人民议会的组成问题;暂时选定了以切尔诺夫为内阁总理的内阁;允许布尔什维克党人占有较多数量的少数党席次,但列宁和托洛茨基均不得参加。孟什维克的中央委员会、社会革命党的中央委员会以及农民苏维埃的执行委员会都做出决定：尽管他们毫不动摇地反对布尔什维克党人的"罪恶政策"，但"为了停止骨肉相残的流血斗争"，他们将不反对布尔什维克党人参加人民议会。

好在，由于克伦斯基逃亡了，且全国各地的苏维埃都纷纷取得了惊天动地的胜利，于是局势获得了很大的改观。在11月16日的全俄苏维埃中央执行委员会的会议上，左派社会革命党人坚决主张布尔什维克必须同其他的社会主义政党成立一个联合政府，否则他们就要退出军事革命委员会和全俄苏维埃中央执行委员会。马尔金是这样说的："从莫斯科传来消息，说那里打街垒战，双方都有我们的同志在死亡，这逼着我们只得再度提出关于政权组织的问题。我们不仅有权利这样做，且也有责任这样做……我们已经获得了权利，同布尔什维克党人并肩坐在斯莫尔尼学院内，并且可以站在这个讲台上发言。如果你们拒绝妥协的话，那么，在经过一场激烈的内部的党派斗争之后，我们将不得不转到外而去做公开的战斗了……我们必须向各民主党派提出一项可以接受的折衷方案……"

在休会讨论了左派社会革命党人的最后通牒以后，布尔什维克党人带着一项决议回到会议厅里来，由加米涅夫宣读如下：

> 全俄苏维埃中央执行委员会认为下列的办法是必需的：所有参加工兵农代表苏维埃的社会主义党派，只要它们承认11月7日革命所取得的那些成果，即建立苏维埃政府、《和平法令》、《土地法令》、工人监督生产和武装工人阶级，均得派代表参加者政府。因此，全俄苏维埃中央执行委员会决定，建议参加苏维埃的各党各派进行关于政府组织问题的谈判，并坚持以下列条件作为谈判的基础：
>
> 新政府对全俄苏维埃中央执行委员会负责。全俄苏维埃

中央执行委员会的委员名额将扩大到一百五十人。在工兵农代表苏维埃的一百五十名代表之外,再加上各省农民代表苏维埃的代表七十五人,前线陆海军组织的代表八十人,各种工会的代表四十人(其中各种全俄工会按照其重要性共派代表二十五人,全俄铁总执委会派代表十人。邮电工会派代表五人),彼得格勒市杜马中的各社会主义团体代表五十人。在内阁中,至少要把半数的部长职务留给布尔什维克党人担任。劳动部、内务部和外交部都必须交给布尔什维克党人。彼得格勒和莫斯科两地卫戍部队的指挥权,都必须仍旧由彼得格勒和莫斯科的苏维埃代表掌握。

新政府应着手有计划地把全俄国的工人武装起来。

决定坚决维护列宁同志和托洛茨基同志的候选资格。

加米涅夫解释道:"代表大会提出要成立一个什么'人民议会',差不多由四百二十多个议员组成,其中约有一百五十个是布尔什维克。另外还要有反革命的旧全俄苏维埃中央执行委员会的一些代表,再有就是市杜马所选出来的一百名代表(全都是科尔尼洛夫分子)、农民苏维埃的一百名代表(由阿夫克森齐也夫指派)和旧军队委员会的八十名代表(他们早已不再代表士兵群众啦)。

"旧全俄苏维埃中央执行委员会的代表也好,或者市杜马的代表也罢,我们一律拒绝接受。另外,农民苏维埃代表应该是由我们召开的农民代表大会来选举才对,且还要另行选举一个新的执行委员会。居然有人说什么要把列宁和托洛茨基排除在候选人的名单之外,那不是等于要给我们这一党派斩首吗,我们绝对没办法接受。说白了,我们根本没看出来有'人民议会'的必要! 苏维埃的大门永远为各社会主义党派敞开着的,而全俄苏维埃中央执行委员会就真实地反映着这些党派在人民群众中的力量对比……"

卡列林代表左派社会革命党人发言,宣称该党将投票赞成布尔什维克所提出的议案，却要求保留修正某些细节问题的权利，例如关于农民代表的问题，并且要求把农业部保留给左派社会革命党人。这个要求被接受了……

没过多久，在一次彼得格勒苏维埃的会议上，托洛茨基在回答关于成立新政府的问题时说：

"我对此完全是不知情的，也并有参加谈判……不过，我不认为那些谈判有特别大的意义……"

这么一来，当天晚上大会便闹起来了，市杜马退出了大会……

谁知，在布尔什维克党本身的队伍中，有一个很难对付的反列宁的反对派正在斯莫尔尼日益壮大起来。11月17日那天晚上，趁着全俄苏维埃中央执行委员会开会时，那宏大的会议厅里挤满了人，充满着险恶的预兆。

布尔什维的拉林宣称，立宪会议选举的日期快到了，这正是该结束"政治恐怖主义"的时候了。

"修正限制出版自由的政策。战争激烈之时，确有理由要实行那些措施，但现在可再也没有理由这么做啦。必须保证新闻出版的自由，只限制那些煽动骚乱和暴动的言论就可以了。"

在本党同志们一阵狂暴的轰然叫好声中，拉林提出了下列的议案：

废止人民委员会关于出版的法令

凡属政治上的镇压措施，都只能由按比例代表制组成的全俄苏维埃中央执行委员会选出的特别法庭来决定。同时，这个法庭也有权重新审查那些已经采取过的镇压措施。

这个提案博得了雷鸣般的掌声，不光是左派社会革命党人热烈鼓掌，还有一部分布尔什维克党人。

阿瓦涅索夫是列宁一派的代表，他见状忙提议说，先暂时放下出版问题吧，等到各社会主义党派之间达成某种折衷办法以后再说。可惜这一提议却被绝大多数人给否定了。

阿瓦涅索夫继续说道："目前我们正在进行的，是无情打击私有财产制度的革命啊，所以我们得像处理私有财产那样来考虑出版问题呢……"

然后他便宣读了布尔什维克所正式提出的决议：

封闭资产阶级的报刊，不仅纯粹出于武装起义期间的军事必须，不仅是为了镇压反革命活动，而且也是过渡到建立新出版制度的一种必要措施。在新的出版制度之下，那些拥有印刷厂和纸张的资本家就不会成为万能的、独一无二的舆论制造者了。

我们必须进一步地在首都和各省没收那些私营的印刷厂和纸张储备，使之成为苏维埃的财产，以便各政党和各团体都能按照它们实际上所代表的思想意识的力量（换句话说，就是按照它们的代表人数比例）来使用印刷设备。

如果要恢复所谓的"出版自由"，简单地把印刷厂和纸张退还给那些毒害人民思想意识的资本家，那就会是对资本的意志作不可饶恕的投降，放弃革命所达成的一项最重大的成果；换句话说，那就毫无疑问地是一种反革命性质的措施。

从上述的情况出发，全俄苏维埃中央执行委员会坚决反对一切旨在恢复旧出版制度的建议，并且坚定不移地拥护人民委员会在出版问题上所持的观点，反对那些出于小资产阶级偏见或出于向反革命资产阶级利益公开投降而提出的主张和最后通牒。

他读这个提案的时候，左派社会革命党人不断地出言讥嘲，屡次将他打断，甚至布尔什维克党人中的那些反对者竟也发出了愤怒的吼声。譬如那卡列林就曾站起来抗议："三礼拜前布尔什维克还满腔热血地保卫着出版自由呢……谁知今儿竟发了这么个决议，听着那调调简直就像往日那些黑帮和沙皇政体下的审查官的观点嘛——因为他们也是说什么'毒害人民的思想意识'之类的鬼话的。"

之后便有托洛茨基长篇大论地赞成了这个决议。他认为应当把内战期间的新闻出版和革命胜利以后的新闻出版区别开来。"在内战期间，只有被压迫者才有使用暴力的权利……"（这时会场上有人喊道："目前是谁压迫着谁呢？你这吃人的家伙！"）

"我们还没完全把敌人打败了呢，且他们正是把报纸握在手里当作武器的呀。所以此时此刻封锁出版自由是合理自卫呀……"然后托洛茨基又谈起革命胜利以后的出版问题来，他说道：

"社会主义者看待出版自由，态度应与他们看待贸易自由是一样的。如今咱们正在俄国建立民主政权，这政权是要求消灭由私有财产支配新闻出版的制度的——这就像消灭私有财产支配工业生产的制度一样呀……苏维埃当然有权接收所有的印刷厂喽。"（底下便有人尖叫："那么你们接收了《真理报》吧！"）

"还有，咱们一定得让资产阶级没办法再垄断新闻出版行业才成。否则咱们还有什么夺权的意义啊！每一个老百姓的团体都应该有权在印厂印刷并动用纸张。印厂和纸张的所有权，首先是在工农群众手里，之后才能论上那些少数的资产阶级政党哩……如今既然苏维埃掌权了，当然会给目前的各方面状况都带来翻天覆地的大改变，那么这种改变正是应该从新闻出版行业中表现出来才对呀……譬如说，倘若咱们接管了银行，那么银行就归为国有了，难道还能让过去那些金融巨头继续出报纸吗？旧制度是一定要灭亡的啦，咱们得彻底领悟到这一点才成呢……"听了这话，会场上有人喝彩，也有人怒吼。

卡列林宣称，全俄苏维埃中央执行委员会没有权力来决定这样重大的问题,这个问题应当留给一个特别委员会去解决。然后他便又激昂慷慨地提出新闻出版自由的要求。

接下来发言的人是列宁。列宁讲话时,完全是一副沉静如水、声色不动之态,一字一句都说得非常谨慎,且又显出从容不迫的样子来。列宁的额头上已爬上了皱纹,他口中说出的每句话,都跟铁锤似的相当有分量。只听他道:"目前内战还没打完,敌人还在纠缠咱们呢,所以取缔资产阶级报纸的措施是肯定不能废除的。

"咱们布尔什维克不是一向都说等咱们掌握了政权便要封闭资产阶级的报纸嘛。容忍资产阶级的报纸,那可不是社会主义者的行为。要搞革命,就不能原地踏步,不进则退呀。现在,那些侈谈'出版自由'的人就是在倒行逆施,而且还阻止了咱们走向社会主义的前进路程。

"第一次革命使我们摆脱了沙皇专制政体的枷锁,如今我们又摆脱了资本主义制度的枷锁啊。既然第一次革命有权力封闭保皇党的报纸,那现在我们当然也可以封闭资产阶级的报纸啦。不可能把出版自由的问题同其他阶级斗争问题分割开来。我们曾经答应过要封闭这些报纸的,现在得履行诺言。绝大多数的人民是站在我们这边的!

"如今武装起义已结束了,我们绝对没打算说也要封闭其他社会主义政党的报纸,但前提是这些报纸不煽动武装暴动,且要服从苏维埃政府的指示。不过,若想拿社会主义报纸的出版自由当个障眼法,而在资产阶级的暗中支持下,去获得对于印刷机、油墨和纸张的垄断权,那是我们决不允许的……那些重要的物资必须成为苏维埃政府的财产,并且首先要严格地按照其表决力量的比例,分配给各社会主义的政党……"

这下只好投票表决了——以三十一票对二十二票否决了拉林和左派社会革命党人的议案,以三十四票对二十四票通过了列宁的提案。在那少数票中有布尔什维克党人梁赞诺夫和罗佐夫斯基,他们都宣称他们不可能投票赞成任何对于出版自由的限制。

到了这时,左派社会革命党人纷纷宣称他们不能再对当前所采取的措施负责,且都退出了军事革命委员会以及一切其他的行政职务。

有五名人民委员会的委员——诺根、李可夫、米柳亭、泰奥多罗维奇和施略普尼柯夫退出了人民委员会,他们发表了如下声明:

"我们赞成由所有参加苏维埃的各党派组成一个社会主义者的政府。我们认为:只有成立那样的一个政府,才可能保障工人阶级和革命军队英勇奋斗的成果。除此以外,那就只有一条道路了:这便是用政治恐怖主义的手段建立一个清一色的布尔什维克政府。而人民委员会所走的却正是这样的一条道路。我们不能够而且也不愿意遵循这条路线。我们认为:这条路线势必把许多无产阶级组织排除在政治生活以外,而建立起一个不负责任的政府,使革命事业和国家遭到毁灭。我们不能对这样的一种政策负责,所以我们向全俄苏维埃中央执行委员会辞去我们的人民委员会委员职务。"

梁赞诺夫、出版管理局的杰尔贝舍夫、国家印刷局的阿尔布佐夫、赤卫队的尤烈涅夫、劳动人民委员部的费多罗夫和法律编纂局的书记拉林也都在这份声明上签了字,但并未提出辞职。

另外,还有加米涅夫、李可夫、米柳亭、季诺维也夫和诺根退出了布尔什维克党的中央委员会;他们公开宣布了退出中央委员会的理由:

"……为了避免新的流血,为了防止正在到来的饥荒,为了防止卡列金分子摧毁革命事业,为了保证立宪会议能如期召开,为了有效地实施第二届全俄苏维埃代表大会所通过的政治纲领,都必须建立这样的一个政府(即所有参加苏维埃的各党派组成的政府)……

"我们不能为中央委员会所奉行的政策负责,因为那政策是会引发灾难的,且也违背了绝大多数无产者和士兵的愿望。这些人所渴望的是各民主政党之间的流血斗争能赶紧停下来才好……我们辞去中央委员会委员的头衔,为的是可以公开地把我们的意见诉诸工人群众和士兵群众……

"我们是在革命胜利之际退出中央委员会的。这是因为我们不能坐视中央委员会领导集团的政策导致革命胜利果实的丧失,导致无产阶级的毁灭……"

工人群众和卫戍部队的战士都难免心神不定起来,纷纷派代表团来斯莫尔尼,又去参加各社会主义党派为讨论成立新政府而举行的代表大会。布尔什维克党内部发生分裂的消息给那个代表大会带来了非常愉快的气氛。

所幸的是,列宁迅速给出了非常坚决的答复。施略普尼柯夫和泰奥多罗维奇都服从党的纪律,回到自己原来的岗位上了。加米涅夫被解除全俄苏维埃中央执行委员会主席的职务,斯维尔德洛夫当选来接替他的位置。季诺维也夫被解除彼得格勒苏维埃主席的职务。11月20日的早晨,《真理报》上发表了一篇由列宁写的义正词严的告俄国人民书。这篇宣言印成几十万份,张贴在各处的墙壁上,并且散发到俄国的每一个角落。

在全俄工兵代表苏维埃第二次代表大会上,布尔什维克党的代表占据了多数席位……因此,苏维埃政府只能是布尔什维克政府才对。大家知道,布尔什维克党中央委员会在成立新政府和向全俄苏维埃第二次代表大会提出新政府成员名单前数小时,曾邀请三位最著名的左派社会革命党人,即卡姆柯夫、斯皮里多诺娃、卡列林等同志参加自己的会议,并邀请他们参加新政府。我们十分遗憾,左派社会革命党的同志拒绝了这个建议,我们认为他们这种做法,对革命者和劳动群众的拥护者来说是不能容许的,我们随时都准备接纳左派社会革命党人参加政府,然而我们声明,我们作为全俄苏维埃第二次代表大会上的多数党,不仅有权利,而且在人民面前有义务组织政府……

同志们!我党中央委员和人民委员加米涅夫、季诺维也夫、诺根、李可夫、米柳亭以及其他几个人在昨天(11月4日)退出了我党中央委员会,且诺根、李可夫、米柳亭还退出了人民委员会……

逃跑的同志就等同于逃兵,一来辜负了党托付给他们的工作使命,二来也违反了我党中央要求他们至少等到彼得格勒和莫斯科的党组织做出决定后再退出的直接决议。我们严厉谴责这种临阵脱逃的行为。我们深信,一切身为我党党员或同情我党的觉悟工农兵也都会坚决斥责这种逃兵行为的……

同志们肯定都还没忘加米涅夫和季诺维也夫这俩逃兵在彼得格勒起义以前就曾有过逃兵和工贼行为,不仅在1917年10月10日那一次有决定意义的中央会议上投票反对起义,且在中央做出决定以后,他们竟然还鼓动党的工作人员反对起义呢……群众的伟大热情,千百万工人、战士和农民,在彼得堡和莫斯科,在前线上,在战壕中和在农村里所表现的伟大英勇精神,就如同火车抛弃木屑一般,轻而易举地把这些逃兵都抛弃掉啦。

让一切信念不坚定的分子,一切动摇分子,一切怀疑分子以及一切被资产阶级直接间接的帮手的叫喊声吓倒的分子去惭愧吧。在彼得格勒、莫斯科以及其他各地的工人和士兵群众中没有发生丝毫动摇……

我们是绝对不会屈服于那些没有群众拥护,实际上只有科尔尼洛夫分子、萨文柯夫分子、士官生等拥护的知识分子集团所提出的最后通牒的……

全国各地都热烈如潮地做出了响应。那些反对派根本就不曾有机会"公开地把他们的意见诉诸工人群众和士兵群众"。人民群众以汹涌澎湃之势奔到了全俄苏维埃中央执行委员会，猛烈地谴责那些"逃兵"。有好几天，斯莫尔尼挤满了来自前线阵地、伏尔加河流域、彼得格勒各工厂的义愤填膺的代表团和委员会，他们表示道："他们竟敢退出政府吗？难道是被资产阶级收买了，所以要破坏革命事业？他们必须回到岗位上去工作，必须要服从中央委员会的决定才行！"

只有彼得格勒的卫戍部队中的情形还略显暧昧。11月24日时战士们开了大会，且各政党的代表都在大会上讲了话。绝大多数的士兵都表示拥护列宁的政策，并且告诉那些左派社会革命党人必须参加政府。

孟什维克党人提出的一项最后通牒中包括如下几个要求：释放所有被逮捕的临时政府的部长和士官生，一切报纸均得享有完全的自由，解除赤卫队的武装并将卫戍部队交由市杜马指挥。对此，斯莫尔尼那边也做出了答复：所有那些社会主义者的部长和绝大部分的士官生都早已释放，只有极少数的几个士官生还在押；除了资产阶级的报纸，一切的报纸都是自由的；苏维埃将继续掌握武装部队的指挥权。至11月19日，各社会主义党派为讨论成立新政府而举行的代表大会不欢而散，那些反对派只得前后脚地潜逃到莫吉廖夫城去了。在前线大本营的卵翼之下，这伙子人在莫吉廖夫城继续接二连三地组织了好几个政府，后来又一个接一个地垮台了……

同时，布尔什维克党人也在逐渐剥夺全俄铁总执委会的权力。彼得格勒苏维埃向全国的铁路员工发表了一篇宣言，号召他们迫使全俄铁总执委会交出权力。11月15日，全俄苏维埃中央执行委员会仿照其直接对农民呼吁的办法，决定于12月1日召开全俄铁路员工代表大会；而全俄铁总执委会也立即决定在两星期以后召开它自己的代表大会。11月16日,全俄铁总执委会的代表来出席全俄苏维埃中央执行委员会。12月2日的晚上,当全俄铁路员工代表大会开幕时,全俄苏维埃中央执行委员会正式邀请全俄铁总执委会担任交通人民委员的职务——这个邀请被接受了。

　　布尔什维克解决了政权问题后便马上全力以赴地去解决那些实际的行政管理问题了。首先是必须让城乡居民和军队都有饭吃。因此,一队队的水兵和赤卫队去搜查各地的货仓、铁路终点站,甚至也搜查那些停泊在运河中的驳船,找到了由投机商人私自囤积起来的成千上万普特的粮食,赶紧没收下来。又有特派员分头驰往各省,在当地土地委员会的帮助下没收了许多大粮商的仓库。水兵组成了五千人一个团的远征军,配备着重武器,分头驰往南方各地和西伯利亚。他们的任务是流动的,即夺取那些仍被白卫军所盘踞着的城市,建立革命秩序,并征调粮食。西伯利亚大铁道的客车运输暂停两星期,而在这期间,有十三列货车满载着由工厂委员会所收集得来的布匹和铁块,从彼得格勒驶向东方。每一列货车上都有一位特派员,负责用这些工业品去与西伯利亚的农民交换谷物和马铃薯……

　　由于顿河流域的煤矿被卡列金占领着,所以燃料问题如今是愈来愈严重了。斯莫尔尼方面便下了一道命令,停止供应剧院、商店和饭店的用电,减少电车行驶的次数,又没收了燃料商人私自囤积起来的木柴……后来,彼得格勒的一些工厂因为缺乏燃料而面临着马上被迫停工的窘境,波罗的海舰队的水兵们就从军舰的煤仓里拨出二十万普特煤给了工人们……

　　11月末,彼得格勒发生了"抢酒骚动"——很多人去打劫酒窖。这次骚动是打抢劫冬宫的酒窖开始的。有好几天,满街都是些酗酒的士兵……所有这一切显然都有反革命分子在作祟,他们在部队中散发注明藏酒处的地图。起初,斯莫尔尼的特派员规劝、警诫那些士兵,不许他们喝酒,但这却根本无法控制住越来越厉害的骚乱。然后便有战士和赤卫队队员激烈地争斗起来了……最后，军事革命委员会只得派出了几个连的水兵，个个都配备着机关枪。水兵们毫不留情地向那些骚动者开火，打死了许多人。又有委员会奉命袭击了那些酒窖，用铁锤把酒瓶打得粉碎，甚至用炸药把酒窖炸掉……

在各区苏维埃总部的门口，整天整夜都有三五成群的赤卫队队员在值勤。他们纪律严明，待遇也很好，代替了旧日的民兵。在市内各居民区里，工人和士兵都用选举的方法建立起小型的革命法庭，处理那些情节较轻的罪案……

然而投机商人们却仍在几家大饭店里红红火火地做着生意。于是赤卫队队员包围了各个大饭店，终于把这些投机商人拘捕下狱了。

彼得格勒的工人阶级保持着高度的警惕性，他们组织了一个广泛的侦察网，通过那些仆役侦察到资产阶级住宅中的动态，把一切情报都汇报给军事革命委员会。而军事革命委员会则不断地进行严厉的镇压。就是用这种方法破获了由前任市杜马议员普里什克维奇同一批贵族和军官所领导的保皇党阴谋案，他们曾经策划由一批军官起来暴动，并且曾经写信请卡列金向彼得格勒进军……也就是用这种方法，才破获了彼得格勒立宪民主党人的阴谋，他们正在用金钱和兵员接济卡列金……

由于害怕自己的逃亡激起人民群众的义愤，涅拉托夫便又跑了回来，把那些秘密条约交给了托洛茨基。托洛茨基开始把那些秘密条约在《真理报》上公布出来。全世界都为之惊骇不已……

对报纸的限制又增加了一道法令：只有政府官方所办的报纸才可以刊登广告。这话一出，所有其他报纸都要么通过停刊以示抗议，要么因为明知故犯而惨遭查封……就这么垂死挣扎了三个礼拜，他们才终于乖乖就范了。

政府各部门继续罢工，旧政府所遗留下来的官员仍在怠工破坏,日常的经济生活也仍在停顿着。支持斯莫尔尼的只有那还没有组织起来的广大人民群众的意志;而人民委员会就是依靠人民群众,指导革命的群众运动去同敌人做斗争的。在几篇散发到俄国各地去的文告中,列宁言简意赅地对革命进行了阐述,号召人民把政权掌握到自己手中,用武力去摧毁有产阶级的顽抗,用武力去接管政府机关。建立革命秩序!保持革命纪律!建立严格的会计制度和监督制度!禁止罢工!不许当游手好闲之人!

军事革命委员会于11月20日那天发出了下列的警告:

富人阶级在反对苏维埃政权(即工农兵政府政府)。而他们的支持者在阻止政府和市政机关的职员进行工作,煽动银行罢工,并且处心积虑地想截断铁路、邮电的交通。

我们严正地警告他们:"你们会自食恶果的。"目前全国人民和军队都受到饥饿的威胁。为了战胜饥饿,一切服务部门都必须正常地进行工作。工农政府正在采取一切措施,来保证供应全国人民和军队的生活必需品。反对这些措施,那就是反人民的罪恶行为。我们警告那些富人阶级以及他们的支持者:如果他们不停止他们的破坏活动和挑衅行为,致使粮食运输停顿,那么,首先尝到苦头的将是他们自己。他们将被剥夺掉领取食物的权利。他们所拥有的一切粮食储备将被征用,而那些主要罪犯的财产将被没收。

警告过那些玩火者,就算我们尽了责任了。

我们深信:如果我们有必要采取断然处置,全体的工人、士兵和农民都会坚决拥护我们的。

11月22日,彼得格勒市内各处墙上都张贴着下列的《紧急通告》:

人民委员会接到了北方前线司令部拍来的紧急电报:"不

能再拖延，否则军队会活活饿死；目前北方前线的部队接连几日没有一点面包吃了，且两三天之后更是连面包干都没了（这是从储备中少量地拨给他们的，以前从未动用过）……来自前线各地的代表议论纷纷，认为应当把一部分军队撤下去到后方才好，又说几日之内就会有战士接连逃走。此时战士们已饿得半死，再加上仗已打了一年多，他们困于战壕之中，痛苦不堪，落下了一身毛病，衣不蔽体、鞋不裹足，这等折磨远非人类所能承受的，几乎都要把战士们给逼疯啦。"

军事革命委员会请彼得格勒的卫戍部队和彼得格勒的工人们对这份紧急电报多上点心，又要求我们对前线立即采取紧急而果断的措施……只可惜此时政府机关、银行、铁路和邮电部门的高级职员都在罢工呢，阻碍了政府调运物资供应前线的工作……每拖延一个钟头，就会导致成千上万的战士丧命啊。对于前线上饥寒交迫、濒于死亡的兄弟们说来，那些反革命的公务员实为最可耻的罪犯……

军事革命委员会向那些罪犯提出最后警告：如果他们继续稍有阻难或抗拒的行为，我们将按照其所犯罪行的严重性予以严厉制裁……

全国各地工兵对此也感到万分气愤，他们都纷纷响应这一警告。然而首都的政府机关和银行的职员们却印发了成百成千的公告和呼吁书，一则抗议，二则也是为自己的恶行辩解。譬如其中一份公告是这样写的：

请全体公民们注意：
国家银行停业了！
为什么呢？
那是因为布尔什维克对国家银行行使暴力手段，害得我们没办法工作了呀。人民委员会的第一道命令就是要求提款一千万卢布。然后到了11月27日,又要再提两千五百万卢布,却根本没有说明要这些钱是做什么用的。

……我们国家银行的职员不能参与这种掠夺人民财产的勾当。我们停止了工作。

市民们!国家银行里的钱是属于你们老百姓的钱,是你们用劳动换来的血汗钱。市民们!请你们都站起来,保卫老百姓的财产不横遭掠夺,并且把我们这些职员从暴力压迫下拯救出来吧!那时,我们马上就会复工的。

国家银行职员司启

粮食部、财政部、特别物资供应委员会的公务员都纷纷声明说,军事革命委员会使职员们无法进行工作;他们并且呼吁居民们来支持他们反对斯莫尔尼……可是绝大多数的工人和士兵都不相信他们的话;人民坚定地认为那些公务员是在怠工破坏,是在使军队挨饿,使人民挨饿……那等着买面包的长队还和从前一样站在冬日严寒的街道上,但这时他们已不像过去在克伦斯基统治时期那样责骂政府了,而是责骂那些怠工破坏的公务员。因为他们都懂得:现在的政府是他们自己的政府,是他们自己的苏维埃,而前政府各部门的公务员是反对苏维埃政权的……

市杜马及其好斗的组织救亡和革命委员会为一切反对苏维埃政权活动的中心,它们抗议人民委员会的每一项法令,一次又一次地投票决定不承认苏维埃政府,并且公开地同在莫吉廖夫城建立起来的一些反革命"新政府"合作……例如,在11月17日,救亡和革命委员会就曾经向"全国各地的市政机关、地方自治局、一切工农民及其他公民和革命团体"发出呼吁:

请不要承认布尔什维克政府,请和布尔什维克政府做斗争！

　　在各地成立地方性的救亡和革命委员会，它们应当把所有的民主力量都团结起来，以便协助全俄救亡和革命委员会完成它所担负的任务……

这时，立宪会议在彼得格勒进行了选举，在这次选举中，布尔什维克党获得了绝大多数的议席。于是，甚至连孟什维克国际主义者都指出：市杜马应当改选，因为它早已不能再反映彼得格勒居民中政治力量的对比了……与此同时，工人团体、军事单位，甚至连附近乡区的农民都纷纷把雪片般的决议案送往市杜马，称市杜马为"反革命的科尔尼洛夫分子"组织，并且要求它辞职。在市杜马存在的最后那几天，它显得特别动荡不安。那些市政机关的工作人员奋起要求享有足以维持生活的工资待遇，又威胁说他们要罢工……

11月23日，军事革命委员会正式下令，解散了救亡和革命委员会。11月29日，人民委员会明令解散彼得格勒市杜马，另行改选。命令说：

　　9月2日选举出来的彼得格勒市中央杜马显然已丧失了代表彼得格勒市民的权利，跟彼得格勒居民的心情和愿望完全是背道而驰……且市杜马中大部分的人员，尽管已经在政治上完全丧失了群众的拥护，却仍继续滥用其所享有的特权进行反革命活动，抗拒工农兵的意志，破坏、阻挠政府各部门的正常工作。因此，人民委员会认为它自己有责任号召首都居民来对市自治机关的施政方针做出判断。

　　为此，人民委员会决定：

　　1. 解散彼得格勒市杜马；该命令自1917年11月30日起生效。

2. 在新杜马的代表接任以前,所有那些由旧杜马选出或任命的人员必须继续留在他们原来的岗位上,并执行其分内的职责。

3. 所有市政机关的职员都必须继续执行其分内的职责。凡有擅自离职者,即以解雇论。

4. 新的彼得格勒杜马的选举,定于1917年12月9日举行……

5. 新选举出来的彼得格勒市杜马将于1917年12月11日下午二时举行会议。

6. 拒不服从此项法令者,以及故意损害或破坏市政机关的财产者,立即予以逮捕,交付革命法庭审判……

谁知市杜马却对人民委员会置之不理,仍然举行了会议,并在会上通过了一些决议,说要"坚守自己的阵地,为此宁愿鲜血流干也在所不惜",又声嘶力竭地向市民们呼吁,请他们来拯救"自己所选举出来的市政府"。所幸市民们对他们却不理不睬,甚至心怀敌意。11月30日逮捕了市长斯莱德和几名市杜马的议员,但审讯后就释放了。即使是在这两天的时间里,市杜马的会也仍旧没有停下,哪怕是在开会期间,不时有赤卫队队员和水兵闯进来,客气地要求会议散会。到了12月2日的那次会议上,有位议员正口若悬河呢,忽然一名军官便带了水兵走进尼古拉大厅,命令那些议员们离开,否则就要动武。在他们的强迫下,那些议员们虽然直到最后还在抗议,但终于"向暴力投降了"。

新的彼得格勒市杜马是在十天以后才选举出来的。那些"温和的"社会主义者拒绝在这次选举中投票,结果当选的议员几乎完全是布尔什维克党人……

然而还剩下几个充满危险性的敌对势力中心,诸如乌克兰"共和国"和芬兰"共和国",都明显地表露出反对苏维埃政权的倾向。

在赫尔辛基,在基辅,当地的政府把它们认为靠得住的军队集中起来,开始进行扑灭布尔什维主义的斗争,并且要解除俄罗斯军队的武装,将之驱逐出境。乌克兰的"拉达"已经把整个南俄置于它的管辖之下,并且正在向卡列金接济兵员和补给。芬兰和乌克兰正在开始同德国人进行秘密谈判,而且立即得到协约国政府的承认。协约国政府将大笔的金钱贷给芬兰和乌克兰,同当地的有产阶级联合在一起,建立反革命的中心,进攻苏维埃俄罗斯。而最后,当布尔什维主义已经在这两个国家里获得胜利的时候,那些被打败了的资产阶级就邀请德国人来帮他们恢复政权。

其实对苏维埃政府而言,最可怕的威胁是俄国内部的两股恶势力——蠢蠢欲动的卡列金和莫吉廖夫城的前线大本营,此时杜赫宁将军已掌握了大本营的指挥权。

穆拉维约夫是个哪里需要去哪里的能人,此时则被任命为对哥萨克兵作战的司令员,且还兼任着动员工厂工人参加红军的工作。成百成千的宣传员被派往顿河流域去工作。人民委员会发表了一篇告哥萨克劳动人民书,阐明苏维埃政府是一个什么样的政府,又告诉哥萨克人,那些有产者,譬如当官的啦,地主老财啦,银行家那一伙子啦,当然也少不了哥萨克贵族、地主和军官,都正想要扼杀革命呢,他们之所图,就是不要让人民来没收他们的财产。

11月27日,有一个哥萨克人的代表团到斯莫尔尼会见列宁和托洛茨基。他们要求弄清楚苏维埃政府是否真的不打算把哥萨克人的土地交给大俄罗斯的农民进行分配。托洛茨基答道:"千真万确,我们不会那样干的。"那些哥萨克人商议了一会儿,接着又问道:"那苏维埃政府是不是打算把哥萨克大地主的庄园给没收了,然后再分配给哥萨克的老百姓呢?"列宁回答了这个问题:"这件事要由你们去做。但我们会支持哥萨克百姓的一切行动……一开头最好是成立哥萨克人的苏维埃;你们可以派代表参加全俄苏维埃中央执行委员会,然后全俄苏维埃中央执行委员会也就是你们自己的政府啦……"

哥萨克人满面严肃,一边琢磨着一边离开了斯莫尔尼。两个礼拜之后,卡列金将军接见了他军队里的一个代表团。代表们纷纷问他:"您是否允许把哥萨克地主的大庄园分配给哥萨克百姓呢?"

卡列金答道:"想那样做,可得先踩过我的尸体才成哪!"打这往后的一个月工夫,卡列金眼睁睁地看着他麾下的军队支离破碎、人走营空,最后他竟开枪打碎了自己的脑袋。至此,哥萨克人的骚动总算平息下来……

同时,旧全俄苏维埃中央执行委员会、那些"温和的"社会主义党派的领导人(从阿夫克森齐也夫一直到切尔诺夫之流)、旧军队委员会的活动分子,以及那些反动军官,全都集中在莫吉廖夫城。前线大本营坚决不承认人民委员会。它把那些敢死队、圣乔治勋章获得者以及前线上的哥萨克兵都纠集在它的周围,并且暗中与各协约国的武官、卡列金以及乌克兰的"拉达"保持着密切的联系……

各协约国政府对于11月8日的《和平法令》都持回避态度,闭口不谈。在《和平法令》中,第二届全俄苏维埃代表大会曾建议各交战国一律停战。

11月20日,托洛茨基向各协约国驻在彼得格勒的大使们提出照会通告:

大使阁下,我很荣幸地通知您:在11月8日,全俄苏维埃代表大会以人民委员会的形式,建立了俄罗斯共和国的新政府。这个政府的主席是弗拉基米尔·伊里奇·列宁,而我作为外交人民委员,受命主管外交工作。

全俄苏维埃代表大会通过了一项文件,再次特别提请您加以注意。在这项文件中,我国政府建议停战,并根据民族自决的原则,缔结一项不割地、不赔款的民主性和约。同时,我很荣幸地请您把这项文件当作立即在一切战线上停战并立即举行和平谈判的正式建议而加以考虑。这个建议由俄罗斯共和国的全权政府同时向各交战国的人民及其政府提出来的。

大使阁下,请接受苏维埃政府对贵国人民所表示的崇高敬意。贵国人民也和其他一切国家的人民一样,被这史无前例的大屠杀折磨得筋疲力尽。我们都很渴望能够早日和平……

就在同一天的晚上,人民委员会给杜赫宁将军拍了一份电报:

……人民委员会认为必须毫不拖延地向各国(不论是敌国还是盟国)正式提出停战的建议。外交人民委员已把根据此项决策拟定的照会送达各协约国驻彼得格勒的代表。

最高总司令公民,人民委员会命令你……向敌方军事当局提议立即停止敌对行动,并进行和平谈判。为了责成你进行上述的初步谈判,人民委员会特命令你:

1. 你同敌军代表进行初步谈判的每一个环节,都必须随时用直通电报向人民委员会进行汇报。

2. 在未经人民委员会批准以前,切勿在停战条例上签字……

在收到托洛茨基的照会通告后,各协约国的大使表现得异常傲慢,一副不理不睬的样子,一边却又暗暗在报纸上发声,通篇都是咒骂和讥嘲。人民委员会给杜赫宁的那一道命令,也被公开指责为叛国行为。

而杜赫宁则根本就不肯表态。到11月22日时,人民委员会用直通电报找他谈话,问他是否打算服从命令。杜赫宁回答说,除非是"为全国人民和军队所拥护的政府"发出的命令,否则他一概都不会服从的。

人民委员会立即用电报解除杜赫宁最高总司令的职务,并任命克雷连柯接替他的位置。列宁遵循他向群众呼吁的策略,用无线电向各团、师、军的委员会,向陆军和海军的全体士兵和水兵们广播,使他们明悉杜赫宁违抗命令的事实,并且命令说:"前线上的各个团都必须选派代表,去跟对面阵地上的敌人进行谈判……"

依本国政府之令,各协约国的将军都于11月23日时向杜赫宁提出了照会,严重地警告他不得"违背协约国之间所签订的各项条约的条件"。照会中还说,如果竟同德国单独停战,这一行动会害得德国"严重遭殃的"。杜赫宁马上就把这项照会分发给所有的士兵委员会……

托洛茨基于次日一早便又给部队发表了一份呼吁书,说各协约国代表的这等照会,是公然干涉俄国内政,他们"用威胁的手段强迫俄国军队和俄国人民继续进行战争,以执行沙皇所签订的那些条约"的企图是十分明显的……

一份接一份的文告被从斯莫尔尼发了出来,都是谴责杜赫宁和他周围的那些反动军官,以及聚集在莫吉廖夫城的反动政客的。在长达一千英里的前线上,有数百万义愤填膺、疑虑重重的士兵,见到这些文告,他们都异常激动。与此同时,克雷连柯率领着三队具有高度革命热忱的水兵驰往前线大本营,说要报复对手。因为受到士兵群众的热烈欢迎,克雷连柯这一路都是凯歌高唱、疾速前行的。接着,中央军队委员会才发表了一篇赞同杜赫宁的宣言,便立刻有一万人的部队出动,直捣莫吉廖夫城……

12月2日,莫吉廖夫城的卫戍部队起义了。他们控制了全城,逮捕了杜赫宁和军队委员会的人员,并且高举着胜利的红旗,出城来欢迎新任的最高总司令。第二天早上,克雷连柯进驻莫吉廖夫城,只见一大群怒吼着的士兵围住一节火车车厢,杜赫宁就被囚禁在那里面。克雷连柯发表演说，劝士兵们不要伤害杜赫宁，因为要把他解往彼得格勒由革命法庭予以审判。当克雷连柯讲完话的时候，杜赫宁本人突然在车厢的窗口出现，好像要对那一大群人说话似的。于是，激怒的人群一声呼啸，冲进车厢，向那个旧军队的将军猛扑过去，把他拖了出来，打死在车站的月台上……

至此，前线大本营的叛乱总算结束了……

苏维埃政府的力量在摧毁了俄罗斯境内敌对军事力量的最后一个重要堡垒后自然是显著加强了。于是这个政府开始信心满满地投入到了国家的组织工作上。这时，有许多旧政府的公务人员都投奔到它的旗帜下面来，而许多其他党派的成员也都来参加政府工作了。不过令那些一心只想着高官厚禄的人失望了，因为政府颁布了关于政府工作人员工资的法令，规定人民委员的工资（也就是最高的工资）为每月五百卢布（约合美金五十元）……由协会联合会领导的政府机关职员的罢工运动垮台了，原先支持过这次罢工运动的金融集团和商业集团都不再支持，银行职员们也都回到他们原来的职务上来……

在颁布了《关于银行国有化的法令》之后，苏维埃政府成立了国民经济最高委员会，从此便开始在农村中实行《土地法令》，在军队中进行民主改革，在国家机关和社会生活的各个领域里进行彻底的改变——所有这一切，都是必需要依靠广大工农群众的意志才能够得以实现的。因此，尽管万事开头"慢"，且也犯了不少错误、遇到了许多障碍，但一个无产阶级的俄罗斯还是逐步建立起来了。

布尔什维克取得了政权。他们不是通过对有产阶级或其他政党的领导人妥协，或者同旧政府机器进行调和来实现的。这场大革命，也不是通过一个小集团用有组织的暴力行动就能够达成的。只有在广大俄罗斯人民都愿意进行武装起义的条件下，它才没有失败。布尔什维克取得胜利的唯一原因，便是他们实现了人民群众最下层愿望——那愿望非常简单,却很具有普遍性。布尔什维克号召人民群众参加推翻并粉碎旧制度的工作,然后大家再齐心协力,在旧制度的废墟上,建立起一个新世界……

十二　农民代表大会

11月18日那天下了大雪。早晨起床时,我们看到窗台上都堆满了雪。雪花随风飞舞,密密层层的,以致十英尺以外的地方都看不到啦。白雪把泥泞的街道覆盖了,令阴郁的彼得格勒市一下子变成了银白世界,使人眼花缭乱。马车也改成雪橇拉的了,速度飞快,沿着高低不平的街道奔驰。赶雪橇的车夫严严实实地裹着厚衣,呼出来的热气在胡须上结成冰块,把胡子冻成直撅撅的样子……尽管革命正在以令人目眩心惊的速度把整个俄国推向未知而可怖的未来,但这场大雪却给全市居民带来了欢乐。每个人都是笑逐颜开,跑到大街上,一边哈哈大笑着,一边张开了双臂来兜住轻盈飞舞的雪花。所有的灰褐色都已经被掩盖起来了,只有那些金光灿烂和五颜六色的尖塔形建筑和圆屋顶巍然耸峙,在那白茫茫的雪景中炫耀着奇异的光彩。

在中午的光景,太阳终于从云层中钻了出来,但显得苍白无力而且水汽汪汪的。在雨季月份中流行的伤风感冒和风湿症都霍然消失。彼得格勒居民的生活变得欢乐起来,而革命事业本身也发展得愈来愈快了。……

有一天晚上,我坐在斯莫尔尼学院大门对面的一家小馆子里;这家小馆子叫作"汤姆叔叔的小木屋",天花板很低,人声嘈杂,是赤卫队队员们常常光顾的地方。这时,它里面挤满赤卫队队员,他们围坐在那些铺着肮脏台布和摆着大磁茶壶的小桌子旁边,弄得满屋子都是香烟的浓雾,服务员们穿梭如织,忙得不可开交,只得一味大喊:"请稍等一会儿!就来啦!就来啦!"在屋子的一个角落坐着一个穿上尉制服的人,他正在对大家发表演说,只可惜每句话都被人们的反驳声打断啦。

只听他嚷道:"你们也没比那些杀人犯强到哪儿去啊!竟在大街上朝自己的同胞开枪哩!"

有个工人便质问他道:"我们什么时候做过这等事来着?"

"就是上个礼拜日嘛,当那些士官生——"

"什么,他们也朝我们开枪了啊!"其中有一个人一边让大家看看他那缠着绷带的手臂,一边说道,"这个伤疤,就是他们那帮子坏人给我留下的纪念哩。"

那个上尉尽可能地提高了嗓门,大吼道:"你们应当严守中立!你们应当严守中立!你们算什么东西,竟敢推翻合法政府呢?列宁又算什么玩意儿了?不过是德国的——"

"那你算什么东西?!反革命分子!奸细!"在场的人都向他怒吼。

等到人们的吼声稍稍平静一点的时候,那个上尉又起身道:"成,你们就自封为俄国的人民吧。其实你们才不算是俄国的人民哩。农民才是呢。等农民来——"

在场的人都大声说道:"好吧,就等农民来发表意见吧!我们知道农民们会怎么说……他们也跟我们一样,都是劳动人民呢!"

从长远的方面看,一切都取决于农民。尽管农民在政治上落后,仍旧有他们自己一套独特的想法,但他们却占到俄国总人口的百分之八十以上。当时布尔什维克在农民中的政治影响还比较小,而且单由产业工人在俄国建立起巩固的专政也是不可能的。……传统的农民政党是社会革命党;目前在拥护苏维埃政府的各政党中,左派社会革命党人就理所当然地继承了对农民的领导权。此外,左派社会革命党人在那有组织的城市无产阶级面前是无能为力的,所以他们也拼命地要得到农民的支持……

与此同时,斯莫尔尼也从未忽视过农民的利益。在颁布了《土地法令》以后,新的全俄苏维埃中央执行委员会最初的几项重大措施之一,就是越过农民苏维埃执行委员会直接召集农民代表大会。几天之后,它颁布了详细的《乡土地委员会工作条例》,接着又发表了列宁的《答复农民的问题》。在那里面,列宁用简单明了的词句,阐述了布尔什维克革命和新政府的性质。至11月16日,列宁和米柳亭公布了《给派往各省的特派员的指示》。当时苏维埃政府派出成千上万的特派员到农村中去工作。指示的内容如下:

1. 特派员一旦到达其所派往的省份,就应立即召开工兵农代表苏维埃执行委员会的联席会议,在会议上做相关土地法令的报告,并提出召开当地工兵农苏维埃全体会议的问题……

2. 特派员必须从下列几个方面来研究当地的土地问题:

是否已经把地主的财产没收?如果已经没收了,是在哪些地区?

是谁在经营管理那些被没收的土地?(从前的业主,还是土地委员会?)

农业机器和耕畜是怎样处置的?

3. 农民所耕种的土地面积是否有所增加?

4. 目前在耕种的土地面积与政府所规定的最小平均面积还相差多少?

5. 特派员必须坚持:农民在得到土地以后,就必须得尽可能迅速地扩大耕地面积,且尽快把粮食运往城市,这是避免大饥荒发生的唯一方法。

6.关于把地主的土地交给土地委员会,或交给由苏维埃任命的类似团体,究竟拟定或实行了哪些措施?

7.那些已经妥善安排和妥善组织起来的农场,应由该农场的雇佣人员所组成的苏维埃在合格的农业科学家的指导下经营管理。

所有的农村都掀起了改革的热潮。这种热潮不仅是由《土地法令》的强烈影响所造成的,而且也是由那成千上万从前线上回来的具有革命思想的农民士兵所造成的……那些农民士兵特别欢迎农民代表大会的召开。

正如旧全俄苏维埃中央执行委员会对待第二届全俄工兵苏维埃代表大会的态度一模一样,农民苏维埃执行委员会也是千方百计地企图阻挠斯莫尔尼方面所召集的农民代表大会。而且,和旧全俄苏维埃中央执行委员会如出一辙,当其发觉阻挠的企图完全无效时,便立刻开始狂发电报了,命令各地选举那些保守派充当代表。甚至有人在农民中散布谣言,说农民代表大会将在莫吉廖夫城开会,而有些代表竟真的跑到那里去了。但在11月23日,就已经约有四百名代表聚集在彼得格勒,而且各党各派已经开始举行它们的幕后会议了。……

农民代表大会的第一次会议是在市杜马大厦的亚历山大大厅里举行的。第一次投票的结果表明:半数以上的代表是左派社会革命党人,布尔什维克党人则只勉强占到五分之一,右派社会革命党人占四分之一,至于所有其余的那些代表,只有在反对被阿夫克森齐也夫、柴可夫斯基和彼得霍诺夫操纵的旧农民苏维埃执行委员会这一点上才是一致的……

大会议厅里人挤人,不断地发出震动屋顶的喧闹。由于彼此之间的怨恨根深蒂固,代表们便分裂成了几个互相敌视的集团。在右边的议席上,坐着一些戴肩章的军官、派头十足的留着长胡子的老头儿,以及比较富裕的农民;在中间的议席上,坐的是少数农民军士和一些士兵;而在左边的议席上,几乎所有的代表都穿着普通士兵的制服。这后一类的代表是年轻的一代,他们曾经在军队中服役过……楼上挤满了工人——在俄国,工人们都还记得他们是出身于农民的……有一点与旧全俄苏维埃中央执行委员会不同,那就是在举行开幕式的时候,农民苏维埃执行委员会不承认这次的农民代表大会是合法的,说正式的农民代表大会预定在12月13日才开幕。这时有人鼓掌喝彩,有人则发出愤怒的呼吼。在这一片暴风雨般的喧嚣声中,农民苏维埃执行委员会的主持人宣布这次集会仅仅是"非常代表大会"……然而,这个"非常代表大会"立即选出左派社会革命党人的领袖玛丽亚·斯皮里多诺娃担任大会主席,在这一点上就表明了它对农民苏维埃执行委员会的态度。

第一天会议的大部分时间,都是在激烈争辩,到底是让乡苏维埃的代表们出席,还是只让省级机关的代表们出席?正如第二届全俄工兵苏维埃代表大会上的情况一样,绝大多数的人都赞成尽可能地扩大代表名额。于是,旧的农民苏维埃执行委员会便退场了……

会场上的形势几乎马上就表明:绝大部分的代表都对那由人民委员所组成的政府抱着敌意。季诺维也夫打算代表布尔什维克党人致辞,可是被轰下了台。而当他在一阵哄笑声中离开讲台时,会场上又有人喊道:"瞧这位人民委员嘿,瞧他这狼狈劲儿!"

一个从省里派来的代表纳查里也夫则大喊:"除非农民代表也参加进来了,否则我们左派社会革命党人是拒绝承认这个所谓的'工农政府'的。因为眼下它不过就是个工人的独裁政权罢了……我们坚决主张建立一个能代表一切民主力量的新政府!"

那些反动的代表们狡猾地煽动这种情绪,不顾从布尔什维克议席上发出来的抗议,硬说人民委员会企图控制住农民代表大会,一旦控制不住了,就用武力把它解散掉。农民愤怒地相信了这种说法……

在会议的第三天,列宁突然在讲台上出现了,会场上的人一见到他,都像发了失心疯似的,纷纷嚎叫起来:"打倒列宁!我们不要听你们这些人民委员的话!我们不承认你们的政府!"

列宁十分镇静地站在台上,两只手紧紧地按着讲台,用他的小眼睛打量着台下嘈杂的人群,一副若有所思之态。最后,除去右边的议席以外,那表示反对的喧嚣声终于慢慢平息下去了。

只听列宁说:"我并不是以人民委员会委员的身份到这里来的,"接着微微顿了顿,待场内的喧嚣声平静下去了,又道,"我是以一个正式当选为本届农民代表大会的布尔什维克代表的身份到这里来的。"于是他把他的代表证高高举起,让大家都能看得见。

他继续以一种非常沉着的音调说道:"但谁也不能否认,现在俄国的政府是布尔什维克党建立起来的——"说到这里,又不得不略停了停,这才接着说下去,"所以不管怎么说,事情反正是一样的……"这时右边的议席上发出震耳欲聋的喧嚣,但中间和左边的议席上则怀着好奇心,保持安静,想听听列宁到底要说些什么。

列宁的论点是简单明确的:"请你们这些农民开诚布公地告诉我,我们到底把地主的土地交给谁啦?你们这不是想要阻止工人取得对工业的监督权吧?要知道,这是阶级斗争。地主当然要反对农民,厂主当然要反对工人。难不成你们竟想让无产阶级的队伍分裂吗?你们到底打算站在哪一边啊?

"我们布尔什维克是无产阶级的政党——既是工业无产者的政党,也是农民无产者的政党呀!我们布尔什维克是苏维埃的保卫者——既是工人和士兵苏维埃的保卫者,也是农民苏维埃的保卫者呀!现在的政府是苏维埃政府;我们不但邀请农民苏维埃参加这个政府,而且也邀请左派社会革命党人的代表参加人民委员会……

"苏维埃是人民群众的最完美的代表机关——是在工厂和矿

山里劳动的人民的代表机关,也是在田地里劳动的人民的代表机关呀!如果谁企图破坏苏维埃,那他就犯了反民主反革命的罪行啦。你们这些右派社会革命党的同志们,还有你们这些立宪民主党的先生们,在这里我要预先向你们提出警告:如果立宪会议企图破坏苏维埃,我们是绝对不允许的!"

到了11月25日下午,切尔诺夫应农民苏维埃执行委员会的召唤,急急忙忙地从莫吉廖夫城赶回来了。仅仅在两个月以前,切尔诺夫还被认为是一个激烈的革命家,在农民中享有很高的声誉。这时农民苏维埃执行委员会请他回来,为的是想借他来遏制农民代表大会中那种充满危险的向左转的倾向。切尔诺夫刚到彼得格勒,立即被逮捕和解往斯莫尔尼。但只经过一番简短的问话,就把他释放了。

切尔诺夫的第一个行动就是痛斥农民苏维埃执行委员会退出农民代表大会。那些执行委员都同意他的看法,决定再回到代表大会中来。当切尔诺夫走进会场的时候,大多数的代表都热烈鼓掌欢迎,而布尔什维克党人则又是嘘他又是喝倒彩的。

只听切尔诺夫说:"同志们!这阵子我一直是在外面。我参加了第十二军的代表会议,讨论关于召开西方前线各军中的全体农民代表大会的问题,因此对于咱们这儿发生的武装起义,我几乎一点都不了解——"

季诺维也夫站了起来,大声喊道:"是呀,你是在外边的——不过只待了几分钟哟!"这话在会场上所引起的喧嚣狂浪简直令人惊骇,有人嚷道:"打倒布尔什维克!"

切尔诺夫继续说下去:"有人竟说是我领着一支大军来进攻彼得格勒的,这等瞎编乱造的话简直就是彻头彻尾的撒谎。这话是从哪儿传出来的?请告诉我!"

季诺维也夫便答道:"是你们自己的报纸上说的嘛,正是从《消息报》和《人民事业报》来的!"

切尔诺夫是个宽脸细眼的人,留着波浪式的卷发和灰褐色的胡子。此时他虽然已经气得满脸通红了,却仍尽可能地抑制住自己的感情,继续道:"我再重复一遍:我对于此间所发生的这一切,根本是毫不知情的。我也没有领过任何军队,要说有,我也只是带来了这一批大军罢了(说着他用手对那些农民代表一指),对于把他们请到这里来开会我倒是要负大部分的责任呢!"会场上发出笑声,并且有人喊道:"说得好!"

"我一回到彼得格勒,就往斯莫尔尼去了一趟。斯莫尔尼的人并没有像你们这般的指责我哩……我跟他们简单地谈了谈便走了——全部的经过就是如此!让当时在场的人提出这种指责吧!"

这时会场上掀起一片雷鸣般的吼声,布尔什维克党人和一些左派社会革命党人都顿时站了起来,挥舞着拳头并且厉声呵斥,而其余的那些人则企图把他们的吼声压下去。

切尔诺夫喊道:"这哪是开会啊,简直是暴动!"说罢便退场了。由于人们吵吵嚷嚷,秩序大乱,只得暂时休会了事……

这时,大家都正在为农民苏维埃执行委员会的地位问题大伤脑筋。执行委员会处心积虑地不让代表大会进行改选执行委员会的工作,所以它宣布这次的集会是"非常代表大会"。然而,这种策略有利也有弊:左派社会革命党人就决议道,既然代表大会无权过问执行委员会的事,那么执行委员会也就无权过问代表大会的事。11月25日,大会通过决议说:执行委员会的一切职权,由非常代表大会代为执行,而那些执行委员会的委员,只有当选为代表者才可以在非常代表大会上享有表决权……

到了次日,大会不顾布尔什维克党的激烈反对,还是修正了决议,使执行委员会的全体委员,不论其是否当选为代表,均得在大会上享有发言权和表决权。

11月27日那天,大会进行了关于土地问题的辩论。在这场辩论中,显示出布尔什维克党人与左派社会革命党人在土地纲领上有分歧。

卡钦斯基代表左派社会革命党人发言，先简单扼要地把革命以来土地问题的历史叙述了一回："第一届农民苏维埃代表大会曾经通过一项准确而正式的决议，主张立即把地主的庄园交给土地委员会支配。然而，当时那些革命的领导者和临时政府中的资产阶级，却坚决认为在立宪会议开幕以前，不可能解决这个问题……革命的第二个时期，即所谓的'妥协'期，是以切尔诺夫加入内阁为标志的。当时农民们都深信不疑，以为此刻总要开始实际解决土地问题了。然而，尽管有第一届农民代表大会的紧急决议，农民苏维埃执行委员会中的那些反动分子和妥协主义者却阻止采取任何行动。这种政策激起了一系列的农民骚动，这都是农民们那种备受压制而忍无可忍的力量的自然表露。农民们都懂得革命的真正含义——他们要把纸面上的东西变为实际行动……"

卡钦斯基继续道："最近所发生的这些人事，决不是简单的暴乱，更非'布尔什维克党人的冒险'。恰恰相反，这是真正的人民群众的起义，它得到了全国人民的普遍同情……

"一般说来，布尔什维克党人对于土地问题所采取的态度是正确的。但他们不应该号召农民以武力夺取土地，这是他们的严重错误……一开始，布尔什维克党人就宣称，农民们应当'用革命群众运动的方式'来夺取土地。而那样做的结果，就只能造成无政府状态。土地是可以用有组织的方式拿过来的。……在布尔什维克党人看来，最重要的是尽可能快地解决革命问题——但他们却对'怎么解决'并不感兴趣……

"第二届全俄工兵苏维埃代表大会所通过的《土地法令》，基本上是和第一届农民代表大会的议决一致的。那为什么新政府又不遵行农民代表大会所拟定的策略呢？就是因为人民委员会想把土地问题赶快解决掉，这样立宪会议就没事可干啦……

"然而这个政府也觉得有必要采取一些实际措施，于是它就不做进一步的思考，贸然颁布了《土地委员会工作条例》，从而造成一种奇怪的局面：人民委员会废除了土地私有制，但土地委员会所拟定的那个《工作条例》却是以私有制为基础的……不过，那也没有造成什么损失；因为那些土地委员会并不注意苏维埃政府的法令，而只是把自己那些切实可行的决议付诸实施，而它们都是根据绝大多数农民的意志制定出来的……

"那些土地委员会根本不想用立法手续来解决土地问题，因为只有立宪会议才具有立法权……但立宪会议是否愿意执行俄国农民的意志，我们对这一点还没有把握……我们有把握的只是，目前农民的革命决心已经被激起来了，立宪会议将不得不按照农民所希望的那样去解决土地问题……立宪会议绝不敢违背人民的意志……"

继卡钦斯基之后，列宁上台发言，这时全场的人都聚精会神地屏息而听。只听列宁是这样说的："当前我们不仅要解决土地问题，还要解决社会革命问题——这些问题的解决，不仅是在俄国的范围之内，更要在全世界的范围之内。土地问题是不能离开其他的社会革命问题而单独解决的……譬如说，没收大地产就不仅要引起俄国地主的反抗，而且要引起外国资本的反抗——因为外国资本是以银行为中介而与大地产联系着的……

"在俄国，土地私有制是广大人民遭受压迫的基础，而由农民没收土地则是我国革命的一个极其重要的步骤。但是，不能把这个步骤和其他的那些步骤分离开来，这一点已经在我国革命所经历过的各个步骤中十分清楚地显示出来了。第一步是粉碎专制制度，粉碎工业资本家和地主，它们的利益是密切联系在一起的。第二步是巩固苏维埃和同资产阶级进行政治妥协。左派社会革命党人的错误，就在于当时他们没有反对妥协政策，因为他们坚持这样的理论，认为人民群众的思想觉悟还没有完全成熟。……

"如果认为只有等到所有的人民群众的思想觉悟都成熟的时

候才能实现社会主义,那么至少在五百年内我们都不会看到社会主义……社会主义政党是工人阶级的先锋队;它绝不能因为一般群众的教育水平而让自己停滞不前,必须把苏维埃当作一个发挥革命首创精神的机构,领导人民群众前进……不过,为了要领导那些摇摆不定的人们,左派社会革命党的同志们必须首先自己停止动摇……

"早在今年7月的时候,人民群众就已经开始同那些'妥协主义者'进行了一系列的公开决裂了。至今已是11月,左派社会革命党人还是伸出整个胳臂去援助阿夫克森齐也夫之流,对工人却只伸出一个小指头。如果继续妥协下去,革命就完了。同资产阶级是没有妥协的可能的,必须彻底摧毁资产阶级的政权……

"我们布尔什维克党人并未改变我们的土地纲领;我们并未放弃废除土地私有制的政策,也决不打算放弃。我们之所以颁布《土地委员会工作条例》——这一条例根本不是以私有制为基础的——只是因为我们想遵照人民群众自己所决定的方式去实现人民群众的意志,从而使一切为社会主义革命而奋斗的人们所结成的联盟更加紧密地团结起来。

"我们邀请左派社会革命党人来参加这个联盟,但我们始终坚持认为:他们不能再想倒行逆施了,且他们必须与他们自己党内的那些'调和主义者'进行决裂才成……

"再说立宪会议。正如刚才这位发言人所说的那样,它的工作确实将视人民群众的革命决心而定。不过我要说:'依靠人民群众的革命决心,但也不要忘记你们手中的枪!'"

接着,列宁便宣读布尔什维克党人所提出来的《决议草案》:

农民代表大会完全拥护全俄工兵代表苏维埃第二次代表大会于1917年10月26日批准的,由俄罗斯共和国临时工农政府人民委员会颁布的土地法(法令)。农民代表大会……号召全体农民一致拥护这项法律并且立即自己在各地实行这个法律；号召农民只选举那些不是用空话而是用行动证明自己完全忠于被剥削的劳动农民的利益，并且有决心、有能力去对付地主、资本家及其随从或走狗的任何反抗以维护劳动农民的利益的人担任一切负责工作和职务。

同时，农民代表大会也相信，只有10月25日开始的工人社会主义革命获得成功了，土地法中的一切措施才能全部实现。因为只有社会主义革命才能保证土地无偿地转归劳动农民、没收地主的农具。充分保护农业雇佣工人的利益，同时保证立即着手无条件地消灭整个资本主义雇佣奴隶制度，保证把农产品和工业品合理地和有计划地分配给国内各个地区和居民，保证对银行的控制——没有这种控制，即便废除了土地私有制，人民也无法控制土地——保证国家给被剥削的劳动者以各方面的援助，不一而足。

因此农民代表大会完全拥护10月25日的这场社会主义革命，并且表示有坚定不移的决心，一定要逐步但毫不动摇地实现俄罗斯共和国的各项社会主义改造的措施。

只有社会主义革命的胜利，才能保证土地法获得巩固和得以全部实现。而社会主义革命胜利的必要条件，就是各先进国家的被剥削的劳动农民同工人阶级即无产阶级结成紧密的联盟。今后俄罗斯共和国所有的国家机构和管理工作，自上而下，都必须以这个联盟为基础。这种联盟将扫清一切直接和间接地、公开和隐蔽地恢复已为实际生活否定的同资产阶级及其政策的奉行者妥协的企图，只有这种联盟才能保证社会主义在全世界取得胜利。

农民苏维埃执行委员会中的那些反动分子已经不敢再公开露面了。但切尔诺夫却装出一副虚心谨慎、不偏不倚之态来，发了几次言,甚至还被邀请到主席台上去了……在大会的第二天晚上,有人向主席递来一张匿名纸条,请求由切尔诺夫来担任大会的名誉主席。乌斯廷诺夫大声宣读了那张纸条,而季诺维也夫立刻从座位上跳起来喊道:"这是旧农民苏维埃执行委员会所玩的鬼把戏,为的是要操纵大会!"顿时会场上一片吼声,两方的人都怒不可遏,手舞足蹈起来。不过,切尔诺夫还是颇孚众望的。

在讨论土地问题和列宁所提出来的《决议草案》时,争辩极为激烈。布尔什维克的代表们曾经有两次差一点就要退出会场,但两次都被他们的领导人劝住了……在我看来,农民代表大会似乎是无可救药地陷于僵局了。

可是我们之中谁也不知道,左派社会革命党人和布尔什维克党人已经在斯莫尔尼举行过一系列的秘密会议,而且仍在继续磋商中。起初,左派社会革命党人曾经要求:建立一个由一切社会主义政党(不论其是否参加苏维埃)所组成的政府。这个政府应当向一个人民议会负责,而人民议会则由工人和士兵的团体、农民的团体各自选出人数相等的代表,再加上各县市杜马和地方自治局的代表联合组成。他们要求把列宁和托洛茨基从政府中排除出去,并解散军事革命委员会以及其他执行镇压职能的机关。

整整经过一夜的激烈争论,终于在11月28日——星期三——早晨,双方达成了协议,决定将全俄苏维埃中央执行委员会的组织予以扩大:除原有的一百零八名委员以外,再增加一百零八名由农民代表大会按照各党各派人数比例所选举出来的委员。一百名由陆军和海军直接选举出来的代表,五十名由各种工会选举出来的代表——其中全俄总工会三十五名,铁路工会十名,邮电工会五名。双方还达成了以下共识:县市杜马和地方自治局都不能有代表权;列宁和托洛茨基仍然留在政府中;军事革命委员会继续执行它的任务。

这时,农民代表大会已经迁往方坦卡六号皇家法学院内农民苏维埃执行委员会总部开会。星期三的下午,代表们都齐集在宏大的会议厅里。旧农民苏维埃执行委员会已经退出去了,它正在这座大厦的另一间屋子里开它自己的残余会议,参加的都是些退出来的代表以及军队委员会的代表。

切尔诺夫往来奔波,一会儿参加这个会议,一会儿又参加那个会议,密切地注视着会议的进程。他知道左派社会革命党人正在与布尔什维克党人进行磋商,然而他却不知道已经达成协议了。

旧农民苏维埃执行委员会的残余势力也开了个会,切尔诺夫在会议上说道:"现在,大家都主张建立一个将所有的社会主义党派都包括在内的政府,这令很多人竟把第一届内阁忘掉了。第一届的内阁并不是什么联合政府,那里面也只有克伦斯基一个社会主义者。在当时,那个政府也是很得民心的。此刻人们都在痛骂克伦斯基,殊不知克伦斯基当时之所以能爬上政权的高峰,不仅是因为苏维埃捧他,而且人民群众也都喜欢他呢……

"为什么社会上对克伦斯基的舆论突然改变了呢?那些蒙昧无知的野蛮人塑造了几尊神像,对着那些神像顶礼膜拜,但是,只要他们的一次祈祷没有应验,他们就会翻脸不认人,去捣毁那些神像……目前所发生的这一切就是这么个道理……昨儿崇拜克伦斯基;今儿崇拜列宁和托洛茨基;到了明儿个,他们又要去崇拜其他的人……

"我们曾建议让克伦斯基和布尔什维克党人都退出政权。克伦斯基已经接受了这个建议——今天他在其藏身之地宣布,他已经辞去内阁总理的职务;可是布尔什维克党人却想保持住政权,只可惜,偏偏他们又不会使用这个政权……

"不管布尔什维克党人成功也好,失败也好,俄国的命运总是不变的。俄国的农村完全懂得它们自己所要求的是些什么,而目前它们正在实行自己的一套办法。……到头来,农村会来拯救我们的……"

与此同时,在那宏大的会议厅里,乌斯廷诺夫宣布农民代表大会和斯莫尔尼达成协议,代表们都为之欢欣鼓舞。这时切尔诺夫突然露面,要求发言。

他开始说道:"我知道农民代表大会和斯莫尔尼正在达成一项协议。但这协议是不合法的,因为真正的农民苏维埃代表大会要等到下星期才开幕呢……

"而且,我在此必须向你们提出警告:布尔什维克党人永远也不会接受你们提出的要求的……"

切尔诺夫的发言被一阵哄堂大笑所打断;他看看形势不妙,就走下讲台,溜出了会场。这令他在群众中间的威望也就随之倒塌了……

11月29日那天是礼拜四,傍晚时农民代表大会举行非常会议。到处都显示出一种节日的气氛,每个人都是一副高高兴兴的样子……大会上剩下来的几个问题很快就解决掉了,接着,那须发皆白的左派社会革命党人的老前辈纳坦松登上讲台。他感动得热泪盈眶,用他那颤抖的声音宣读农民苏维埃与工兵苏维埃"结婚"的喜讯。每当他读到"联盟"这个字眼的时候,全场就响起一阵狂烈的掌声……纳坦松讲完,乌斯廷诺夫便宣告斯莫尔尼方面的代表团已经在红军代表的陪同下莅临会场,于是全场欢声雷动。工人、士兵和水兵一个接一个地走上讲台,向大会代表们热烈祝贺。

接着是美国社会主义工人党的代表鲍里斯·莱因斯坦致词:"农民代表大会和工兵代表苏维埃联盟的这一天,是这场革命的伟大日子之一。它的声音从巴黎、伦敦越过海洋,传到纽约,遍布全球,响彻云霄。这个联盟将使全世界的劳动人民为之欢欣鼓舞。

"一个伟大的理想已经胜利了。西欧各国和美洲各国企望俄国和俄国无产阶级做出惊天动地的壮举……全世界的无产者都期待着俄国革命,期待着这个革命正在完成的丰功伟业……"

全俄工兵苏维埃中央执行委员会的主席斯维尔德洛夫向大会

代表们致贺词。农民代表们高呼着"内战结束万岁！民主力量大团结万岁！"拥出了会场。

这时天已经黑了。月色微明，满天星斗，映在那冰封的雪地上闪闪发光。巴甫洛夫团的士兵们正在踏着严整的步伐，沿着运河河岸走过来，他们的乐队高奏着《马赛曲》。在士兵们高亢而尽情的欢呼声中，农民代表们排成了一列纵队，展开一面巨幅的全俄农民苏维埃执行委员会的红旗，那上面刚刚绣上一行金色大字："革命者同劳动人民的联盟万岁！"后面还跟着许多其他的旗帜，其中有区苏维埃的，普梯洛夫工厂的，那上面写道："向这面为缔造世界各族人民兄弟般大团结的旗帜致敬！"

一群人高举着火炬走过来，火炬在夜色中闪耀着橘红色，使冰面上反射出千万道红光。在火炬的烟焰下，浩浩荡荡的人群唱着歌，沿着方坦卡堤岸前进；两旁都站满了人，他们默默无言地用一种惊讶的神情注视着。

人们不断地高呼："革命军队万岁！赤卫队万岁！农民万岁！"

就是这样，这波澜壮阔的游行队伍蜿蜒地走过全城，沿途不断有人高举着簇新的绣有金字的红旗参加进来。有两位劳碌得有点佝偻的老农民，手搀着手走过来。他们容光焕发，流露出一种孩子般的欢乐。

其中的一位老农民说道："嗯，现在我倒要看看他们还能不能抢走我们的土地！"

游行的队伍走到斯莫尔尼附近，只见街道两旁都排列着欣喜若狂的赤卫队队员。那另一位老农民对他的同伴说道："我一点儿也不累，这一路上我简直像插了翅膀在飞哩！"

在斯莫尔尼大厦的台阶上，聚集着约一百名工人和士兵的代表。他们张着一面大旗，它在拱门里射出的雪亮灯光反射下，倒显得模糊不清了。游行的队伍一到，代表们就像潮水一样从台阶上冲下来，紧紧抱住那些农民代表，吻着他们。队伍发出雷鸣般的喧声,拥进那高高的大门,走上楼梯……

在宽敞而洁白的会议厅里,全俄工兵苏维埃中央执行委员会的委员们正在等待着,此外还有彼得格勒苏维埃的全体代表和上千名的观礼者。他们都很严肃,意识到这是历史的重要时刻。

季诺维也夫宣布与农民代表大会之间所达成的协议。他的报告引起了声震屋宇的欢呼,而当走廊里乐声大作、游行队伍的前列走进会议厅的时候,欢呼声就迸发为暴风雨般的巨响了。全俄工兵苏维埃中央执行委员会的主席团从主席台上站起来,请农民代表大会的主席团就位。这两个主席团的人员互相拥抱。在主席台后面的白墙上,两幅鲜艳的红旗交叉地挂在一起,遮盖了那个空空的镜框子,那里面的沙皇御像早就被撕掉了。……

之后便是隆重的"庆祝大会"了。在斯维尔德洛夫致简短的欢迎词以后,玛丽亚·斯皮里多诺娃上台发言。她是个娇小玲珑、面色苍白的女士,戴眼镜,头发梳得光溜溜十分整齐,或似一位新英格兰地区的女教师。她是全俄国最受人敬爱、最有威望的女性。斯皮里多诺娃说道:

"……现在,在俄国工人们面前已经展现出历史上从来没见过的光辉的前景。……在过去,所有的工人运动都失败了。但是现在的这次革命是国际性的,所以它是战无不胜的。世界上绝没有任何力量能扑灭革命的烈火!旧世界正在土崩瓦解,新世界方兴未艾。……"

接着是托洛茨基充满热情的发言:"农民同志们,我谨向你们表示欢迎。你们不是到这里来做客的,而是这屋子的主人啊。这间屋就是俄国革命的心脏。千百万工人的意志目前都集中在这个会场上……现在俄国的土地上就只有一个主人翁,那就是工人、士兵和农民的联盟啊……"

然后,他又用辛辣的讽刺谈到那些协约国的外交官,说他们直到现在还是蔑视俄国所提出来的停战建议,而德、奥等国倒已经接受了。

"在这次战争中,人类将得到新生……我们要在这个大厅中向全世界的工人宣誓:永远坚守我们的革命岗位。倘若我们倒下了,那也一定是为了保卫我们的旗帜而死的……"在他之后发言的是克雷连柯,他报告前线的局势。当时在前线上,杜赫宁想要准备反抗人民委员会,克雷连柯说道:"让杜赫宁和他的追随者都清醒点吧,对于那班阻挠实现和平的人,我们是决不会客气的!"

德宾科代表海军向大会致敬。全俄铁总执委会的委员克鲁申斯基说道:"现在,一切真正的社会主义者的联盟已经实现了。从现在起,铁路工人这支大军就绝对服从革命民主力量的指挥了!"接着是卢那察尔斯基发言,他感动得几乎泣不成声;之后是普罗相代表左派社会革命党人发言;而最后是萨哈拉施维里代表统一社会民主派国际主义者(马尔托夫和高尔基那一派的人所组成的团体)发言:

"我们过去退出全俄苏维埃中央执行委员会,是因为布尔什维克的政策不容丝毫妥协,这种不妥协是为了逼迫他们让步,以实现所有革命民主力量的联盟。现在这个联盟既已实现,那么,我们重新回到全俄苏维埃中央执行委员会里来,乃是一种神圣的职责……我们宣布,所有那些退出全俄苏维埃中央执行委员会的人现在都应该回来。"

农民代表大会主席团中的那位尊严的农民斯塔什柯夫向全场四周的人鞠躬致敬,说道:"从今天起,俄国人民的自由新生就开始了,祝贺大家啦!"

后来陆续上台发言的还有:勃朗斯基(代表波兰社会民主党),斯克雷普尼克(代表工厂-车间委员会),特里佛诺夫(代表在萨罗尼加地区作战的俄国士兵),以及其他的一些人。他们看到美好的理想已经实现,都滔滔不绝地尽情说出了自己心坎里的话。

这时已经是深夜了,大会讨论并且一致通过了下列的决议:

全俄工兵苏维埃中央执行委员会同全俄农民苏维埃代表大会和彼得格勒苏维埃联合举行非常大会,重新确认由第二届全俄工兵代表苏维埃代表大会所通过的《和平法令》和《土地法令》,以及那由全俄苏维埃中央执行委员会所通过的《工人监督条例》。

全俄工兵苏维埃中央执行委员会和全俄农民苏维埃代表大会的联席会议谨表示其坚定不移的信心:工人、士兵和农民的联盟,即一切工人和一切被剥削者的兄弟般的联盟,将使他们所获得的政权巩固起来;它将采取一切革命的措施,促进其他国家的工人阶级早日获得政权;它将保证正义的和平和社会主义事业的胜利永世长存。